U0659020

本书得到陕西省社科项目：
秦岭生态文学场的构建——以叶广芩作品为例2015J053的支持

# 黄钟与箫管的回声

## 林佩芬、叶广芩创作比较

冯晟◎著

九州出版社 JIUZHOUPRESS | 全国百佳图书出版单位

**图书在版编目（CIP）数据**

黄钟与箫管的回声 ：林佩芬、叶广芩创作比较 / 冯晟著. -- 北京 ：九州出版社，2021.8
ISBN 978-7-5225-0364-6

Ⅰ. ①黄… Ⅱ. ①冯… Ⅲ. ①林佩芬－小说研究②叶广芩－小说研究 Ⅳ. ①I207.42

中国版本图书馆CIP数据核字(2021)第159208号

**黄钟与箫管的回声：林佩芬、叶广芩创作比较**

作　　者　冯　晟　著
责任编辑　习　欣
出版发行　九州出版社
地　　址　北京市西城区阜外大街甲 35 号 (100037)
发行电话　(010)68992190/3/5/6
网　　址　www.jiuzhoupress.com
印　　刷　北京九州迅驰传媒文化有限公司
开　　本　720 毫米 ×1020 毫米　16 开
印　　张　13.5
字　　数　225 千字
版　　次　2021 年 9 月第 1 版
印　　次　2021 年 9 月第 1 次印刷
书　　号　ISBN 978-7-5225-0364-6
定　　价　48.00 元

# 序

冯晟即将付梓出版的这部学术著作，是在她答辩后的博士论文基础上完成的。我是她的导师，看着她从入学读书、几番选题开题而后艰难地写作，直至答辩毕业一路走来，今天终于要出版专著了，欣喜的同时也颇为感慨。老师这个职业似乎是最能体会到四季交替日月流转的，自己得益于老师的培养，离开老师后却有学生向自己走来，这样的迎来送往代际更迭，渐渐地“我”就成了“你”，“你”又成了“我”。冯晟现在已经是一名大学老师了，想她也会与我一样，在收获成长的喜悦时，也慢慢地有了一些生命轮回的领悟。

学文学的人少有不感性的，而冯晟感性的程度显示出她与其他同学的不同，那就是她的个性吧。不乏灵性的敏感和偏于兴趣的判断，对于更多需要理性掌控的专业学习和博士论文写作，有时会在不自觉中成为一种潜在的屏障，影响到思考的深入度和论证的思辨力。冯晟在很长时间里进入不了我们通常认为比较靠谱的史料性论文选题，她紧紧抓住自己的感觉不放，流连于读书储备中那些个人钟爱的领域，寻找能与自己心灵发生撞击的东西。“叶广芩、林佩芬创作比较”是冯晟在“中国传统文化”与“海外华人文学”的关联思考中得来的选题，既为自己的兴趣所在，至此便心无旁骛地进入论文写作的程序，也便有了这本难得的带有作者个人思想和心灵印记的论文。此番过程从因材施教的教育理念衡量应该可以说得过去，追究一下，又未尝不是出于自己的私心认同，说白了就是希望学术研究在遵守规范的前提下，能有更自由更接地气的思考，有研究者的生命体验渗入其中，并诉诸于有情怀有体温的文字表达。对于中国当代文学研究这门特殊的学问来说，这些著述追求应该尤为重要吧。

我在 20 世纪 90 年代初期接触到叶广芩的作品，从此喜欢上这位同样居住在长安城的女作家。在号称文学大省的陕西，叶广芩创作现象是一种完全不同的文学存在。我们在陕西地域文学研究中常常看到的诸如“乡土性”“史诗性”

这些概念，用来解读叶广芩的小说创作似乎总是不那么合适。她的文学根系深扎于民族历史文化的土壤中，而她自己作为满族贵胄后代的特殊家世和成长经历，由此带给她独此一份的生命体验，在被视为成就一个作家最为关键的生活积累和艺术直觉两方面，叶广芩可谓得天独厚。我一直觉得，叶广芩在20世纪90年代动用家族生活题材使之成为小说审美对象，和作家两度旅居日本所形成的跨文化观照视野，使她起步后很快行走在小说创作的一个高度上，从此以后的叶广芩，无论写什么，都是在历史与现实的映照中、在传统与现代的交汇处落笔，其艺术格局和独具魅力的文学景象，为她赢得了众多读者的喜爱和拥戴。叶广芩身居陕西，一直深度关注秦岭的历史文化和自然生态并给予自己独到的理解和审美的表达，人们乐于把她划入陕派文学的队伍中；叶广芩更念念不忘她的老北京，家族记忆与皇城根儿下的故事流淌在几十年的写作生涯中，因其小说的浓郁京韵京味儿，又常常被归入博大精深的京派文学流脉中。对作家创作风格流派的归类，无非是一种评论和研究的视角，每一个作家都有自己生长的文学场域，然真正优秀的作家，又一定是以他卓越的文学个性突破了自己的局域，乃至超越了所属的民族和时代。叶广芩创作的影响力不仅表现在拥有庞大的读者群，而且为评论界和研究界长期关注，研究成果已然是相当丰富和深入了。冯晟将叶广芩的创作纳入她的博士论文进行新的研究，我是希望她能够看到叶广芩身上的超越性文学品格，除了论文所必须做到的更全面更细致，还有深度考察和系统化把握，更理想的努力是在更广阔的视野中观照作家的创作，在一个新的理论制高点上，阐释叶广芩文学世界的价值意义。老师总是把自己未必能做到的，期许与自己的学生，而冯晟也确实下了很大功夫，重新面对自己熟悉的作品，极尽可能搜罗研究资料，自觉地在理论上加固自己，她还追随叶广芩的脚步走进秦岭深处，近距离感受作家的言谈和精神样态，在交流中获得了宝贵的文学现场体验。从完成的论文看，冯晟已然把自己由一个崇拜叶老师的粉丝变成一个叶广芩文学现象的专业研究者了。

对另一位女作家林佩芬，冯晟付出了同样的努力去走近她，从大量的作品阅读到探访作家本人，由对林佩芬作品个案的解读进入到全方位的作家创作研究。女作家中，叶广芩是很有气场的人，素以豪爽博雅著称。而外貌清秀温婉的林佩芬，相谈中不仅叹服她的博学多才，更有一股刚硬凌厉之气扑面而来。冯晟和我一样，第一次见面，就被她身上独有的精神气质所吸引。林佩芬早年在台湾以一部短篇小说集《洞仙歌》蜚声文坛，不久便踏上明清历史小说创作的漫漫长途，多部史诗长卷《努尔哈赤》《天问》《两朝天子》在90年代相继问世，被誉为高阳之后台湾历史小说创作的优秀作家。林佩芬怀抱“历史诠释”的宏愿大志，将写作当作“一重信仰，一个理想，一种使命”，历史忧患意识和现实使命感，使她几十年如一日沉浸于历史书写不曾有丝毫懈怠；勉励自己能够写出一种“以天下为己任”的胸怀和气度，又使她超越了一般女作家的自我抒发，从而保有了大气庄严的文学个性。

林佩芬出生在台湾，却身带满族人的血统，对家世血缘有着强烈的自我认知。也正因此，林佩芬于2003年回到了她父亲的出生地北京，怀揣着父辈去国怀乡的忧伤和魂归故里的愿望，写出了以自己的家世为原型，反映中华民族百年变迁苦难史的长篇小说《故梦》。迄今为止，林佩芬分别在台湾和大陆发表和出版数十部小说作品，形成自己历史书写的洋洋大观。冯晟的博士论文，应该是对林佩芬小说创作的一次全面考察和总体性把握，她看到“在两岸的女性作家中，几乎还没有这样将宏大气魄与细密描述集于一身的作家，她表现出的雄壮浑厚与意境开阔的创作特质，富于中国传统知识分子的强烈使命感都独具特色”，这一研读心得与她对叶广芩作品的感受不期而遇，一个海峡两岸女作家比较研究的思路就渐渐形成了。

林佩芬既有满族家世的渊源，又有从小打造的历史文化功底和传统艺术精神的浸润，她的创作资源同样得天独厚。将林佩芬和叶广芩的创作进行比照研究，是一件很有意思的事情。两位女作家都深藏着王朝没落的痛苦记忆，持有回望家国历史的姿态和反思民族悲剧的诉求，和以文学的方式参与民族文化精神重建的美好愿景。追溯家族历史，她们的祖上是有亲缘关系的，而在现实生活中两位作家也曾有过交集。然而她们既为同时代的作家，却又分别生长在海峡两岸，在完全不同的社会文化环境中走上创作道路，人生际遇、创作空间乃至性格趣味的不同，都会造成她们文学个性和作品面貌的巨大差异。难得的是，冯晟通过深入解读两位作家作品并与她们面对面的交谈后，认识到她们对民族传统与民族文化的体认有着深刻的共性，也因此触摸到她们异途同归的艺术追求。沿着中国传统文脉的复兴与创造的思路，去探寻她们弥合传统于当代的努力中，寄寓在文学创造中的文化灵魂、精神样貌以及人文情怀。从方法而论，冯晟采纳的是作家平行比较研究，合理的可比性来自研究对象之间的多种关系，且能共同生发出重要的学术问题。作家比较研究也是开放性关联性研究的一种，在相互映照中便于提出新问题，也更加凸显彼此的个体创造性，亦即思想和美学价值上的不可替代性，从而刷新或超越单一的和内部的作家研究，这才是比较研究真正的意义所在。

叶广芩、林佩芬创作比较是一项艰苦也很有难度的研究工作，不仅因为两位作家创作的体量都很大，而且与她们创作相关的理论问题，皆内嵌于古今中国社会发生巨大转折的历史进程中，与民族国家、文化传统、社会变革、思想革命等等重大命题扭结在一起，这对研究者的理性思维和逻辑阐发能力都是一种考验。大凡博士论文的写作，都是研究者的学术生命中一次最重要的学术训练，冯晟同样经受了这一痛苦并快乐的考验，这本即将出版的著作，证明了冯晟的进步，也标志着她学术上真正的起步。期待她由此出发，在学术研究的道路上走得更加稳健成熟，同时也希望她永远不要丢掉那份对文学原初的热爱，这热爱既带给人生难得的幸福，也令研究者保持良好的文学感受力，让学术研究之路走得更好更远。

2020 年 3 月 31 日

于西北大学长安校区

# 目　录

# 第一章　绪　论

## 第一节　缘起：中国传统文脉的复兴与创造

晚清以来，在全球历史转型的进程中，中国“帝制天下”的文化慢慢瓦解蜕变，民族危亡、重塑国格的迫切需求，对中国文化及文学的发展产生了深远影响。过去那种博通文史而产生的深厚民族感情被进化论所取代，即使创作历史题材的作品，也总是需要为塑造民族认同与增强民族凝聚力的现实服务。龚鹏程认为：“现代小说观，第一就是要从创造性讲起。因此，会觉得讲史缺乏创造性。……现代小说家也不擅长写讲史或历史小说。因为现代的特征之一，就是与传统的决裂。现代小说家既乏历史知识，又无兴趣处理历史题材，就是想写也写不出来。……现代文学两大阵营，一是现代主义，二是现实主义。现代主义旨在反映现代社会中人的处境，现实主义则以反映社会为目标，它们的关怀所在，都不在历史而在现代。……可是，人类对历史的情怀，仍是不可磨灭的。现代社会中，讲史仍以巷议街谈、稗官野史的形态在继续发展。”[①] 历史上，中国人在每一次朝代兴替之际都会全力修史，以作后人殷鉴。20 世纪中国文学的发展，总体来说记载了传统农业文明向现代工业文明转型的文化变迁。随着价值观念的演进、文化行为的发展，也为传统文化的更新带来了契机。80 年代以来两岸历史小说的“复兴”，以及通过影视与网络等新媒介展现出的中国人对历史文学的浓厚兴趣说明，数千年文明史的积累沉淀出“文史哲”合一的文化观念，仍在深深影响中国人的文化走向。如何将具有主体意识的历史观念与个人书写有机结合，如何在现代性的价值观与运作逻辑之下发掘并延续中华文化中的信念与道德，在中国文化现代化的进程中，把握传统与现代的辩证关系，

① 龚鹏程 .《中国小说史论》[M]. 北京：北京大学出版社 .2008：248

在理解本土价值系统的基础上诠释新的历史变迁与文化问题，都是当下中国文学创作与发展所无法回避的。

“当生活的发展逐渐需要时，死历史就会复活，过去史就变成现在的。希腊人和罗马人躺在墓穴中，直到文艺复兴欧洲精神重新成熟时，才把他们唤醒。”① 20世纪70年代开始，东亚的经济发展逐渐改变了亚洲和西方的力量对比。21世纪以来，亚洲在经济上获得巨大成功的同时，“文化复兴”也使得自身文化的独特性日益得到关注，这意味着亚洲人“不再把西方或美国的一切看作必然是最好的”。对外来文化不论好坏，一律照单全收的崇洋或者说崇美心态已经逐渐淡化。现实的发展使我们想起亨廷顿在《文明的冲突与世界秩序的重建》中预言过的：“全盘西化在20世纪末也如同它在19世纪末一样被认为是不可行的。领导人于是选择了一种新的‘中学为体，西学为用’版本：一方面是实行资本主义和融入世界经济，另一方面是实行政治权威主义和重新推崇传统中国文化，把两者结合起来。”② 中国的社会主义革命包含着文化建设的责任，如何将社会主义文化与传统文化有机结合，则是我们这个时代增强民族文化自信的历史命题。

在这样的历史转型时期，当代作家知识结构的先天局限，使得他们在承继古典文学传统时，就像将散落在田间地头的古代碑石请入博物馆阵列展览一样，使传统失去了鲜活的脉息。孙郁在《新旧之间》中谈到自己这一代学者的历史与文学知识结构的空白点，差不多要靠偶然读到的一点非革命化的文化论著来弥补，自己在70年代第一次读到《胡适文存》时即惊为天人：“后来接触鲁迅、陈独秀、周作人的著作，吸引我的，不都是白话文的篇什，还有古诗文里的奇气，及他们深染在周秦汉唐间的古风。足迹一半在过去，一半在现代，遂有了历史的一道奇观。奇怪的是，我们在五十年代后，不太易见到这样的文人和作家，一切仿佛都消失了。亲近那些远去的人物，没有旧学的根底，大概是不行的。”③ 在返本开新的过程中，“阳春白雪”的中国古典文学传统应该成为作家创作的源泉。然而古典文学传统在当代是否就像古代建筑一样，只能被保护与展览？在“文化寻根”的回溯中，“修旧如新”的文学创作是否反而会使传统僵死？

即使在业已成名的一些当代作家的作品中，我们仍旧能够发现当代文学一

① ［意］克罗齐.《历史学的理论和历史》[M]. 北京：中国社会科学出版社 .2005：11

② ［美］塞缪尔·亨廷顿 . 文明的冲突与世界秩序的重建 [M]. 北京：新华出版社 ,2010:86

③ 孙郁 . 新旧之间 [J]. 收获 ,2011(1):77—85

些普遍性的问题。例如，作家的文体缺乏独特的生命气息与传统文化的脉息，作家更多看重如何将“历史事件”改写串联为“历史故事”，而不能自然地将中国文化渗透进事件的衔接铺陈之中，形成一种能够让读者感知到的富于民族文化魅力的审美化文体。中国传统文学的文脉究竟适用于当下的文学创作吗？如何在文学创作中，构建一个富于中国文学特质的情深意永的世界？钱穆先生认为要想创造出新的中国文学，仍需要向传统文学中寻求翻新复兴的资源。生硬模仿西方文学导致中国文学的“革命”是西方文学的替代物，而非自身自然生发的复兴过程。如果中国作家能够从《诗经》《楚辞》《文选》和唐宋诗词，明清小说中推陈出新，自出机杼，才有利于中国文学的复兴创造与社会大众文化修养的提升。① 钱穆先生反复强调了中国学术与中国传统文化有其独特性，两者相关，不可分割，文学创作亦复如是。

在历史的演化中，台湾与大陆的作家都面临着如何面对、并书写历史的命题。台湾与大陆抛开了地理面积的巨大悬殊，凭借政治与历史的区域性差异共同构成了中国当代历史文学的不同语境：大陆自 1949 年社会主义革命后，继续承袭延安文学与苏俄文学的传统，经过 50、60 年代的文学运动及 80 年代以来新时期的发展，直到今天面临着文化重建的历史使命；而台湾则将中华传统文化视作政治及文化抵抗的“国家寓言”：古代文学的显性影响与五四新文学的隐性渗透，大陆籍贯的台湾作家与本土作家共同构成了台湾文学的不同空间。大陆文学和台湾文学在长达几十年的分流发展中，其发展形态和发展进程存在不少差异，但是它们始终没有脱离中国传统文学母体的文化基础和逻辑演化。随着时间的流逝与数十年的经济发展，台湾文学逐渐失去了和内地山河大地的经验联系，在“外省人”后代如白先勇、张大春等代表作家之间，“聆听父亲”、想象历史成为台湾文学写作的核心。随着历史的发展演变，某种“政治先行”统摄下的单一审美趣味已经被时代扬弃，文学与现实政治的互动，更多表现为文化建设的公共性，在不同的历史阶段，呈现出更加复杂多样的面貌。在这样的文学现象面前，如果研究者能够拓展文学研究的视域，客观面对多样的文学史实，就会发现母体文学发展过程中面对的文化问题，是两岸当代作家共同关注的核心问题。在世界文明的版图中，中国特殊的诠释性文明，使得传统和现代文化并未产生绝对的断裂，那么海峡两岸作家如何在对传统进行诠释的基础

① 钱穆 . 中国学术通义 [M]. 北京：九州出版社 .2012:3

上，面对这个时代的文化问题和进行这个时代的文化建设，如何进行着交流与交融，则需要研究者选择具有代表性的作家展开较为全面的研究，进而对于一体多元的中国文化发展现状有所归纳，对研究大陆文学与台湾文学的相互参照亦有启发。

选择作家林佩芬与叶广芩作为研究对象，是因为她们恰好分别身处台湾与大陆同中有异的文化语境之中。出身于中国最后一个封建王朝的贵族世家，使她们拥有相似的文化与写作起点，表现为家世门风带来的古典传统的文化教育与文化认同感，以及交叉或相似的创作题材与写作风格。她们在面对当代文化的困惑时，会主动有选择性地从传统文化中寻找更新民族文化的参照物，用“传统”的价值观念参与现实，在作品中体现出强烈的历史感。而20世纪中国历史的沉浮起落，与她们的家族及个人的命运相伴而生，使得她们对历史的关注尤非一般作家可比。她们的作品调动了家族及个人记忆，和经典的文史资料并加以创造性重构，从中国历史近古阶段的转折阶段即明清时期，经过民国来到1949年后的巨大社会变动时期，一直延伸到了21世纪，横跨数百年的历史时空。在同样书写中华民族近现代历史的时候，林佩芬与叶广芩都突出了满族历史的族裔性，将本族历史被消隐的困境，转化为自己的发言场域，构建出属于满族和中华民族集体的历史回忆。无论是她们的人生及思想轨迹，还是作品内涵，都能够代表在中国古代文化中具有重要意义的传统知识阶层向现代知识分子的转变历程，同时又着重揭示出近古以来中国历史的真实性与复杂性，并显示出传统人文精神的独特魅力，达到了文学审美与历史认识功能的有机结合。

从林佩芬与叶广芩极为正统与古典的审美意趣与创作内容来看，中国的文化传统与现代之间并无绝对意义上的“断裂”，“古代”的重要性依然对后世产生着持续的影响。李敬泽在《红楼梦影响纵横谈》一文中指出，近百年间中国最缺失的是心性之学的训练。① 在中国由民族国家向文明国家迈进的当下，在温柔敦厚的古典传统百年间几近被连根拔除的价值真空状态中，在文本的召唤中恢复这种克己复礼、反求诸己的儒家心性之学，成为林佩芬、叶广芩这样的作家的使命与目标，也为当下的文学创作提供了诸多有益启示。林佩芬与叶广芩的创作都富于士阶层的精神传统与审美品格，在有效承续中国古典文学传统的同时，亦能吸纳西方文学与文化的有益经验，对中国文脉的现代承续与中国

① 李敬泽 . 红楼梦影响纵横谈 [J]. 红楼梦学刊 ,2010 (4):94

传统文化的现代性转化，都提供了较好的范例。但是，她们及其家庭成员具体的政治经历、社会活动、家庭生活和思想文化观念，因为台湾与大陆的地缘和历史政治差异，而显示出相当的差异。每一代知识分子在对古代文化的价值取向进行诠释与发展的同时，也代入了他们自身所处的时代特性与思想内涵。台湾的社会文化脱胎于中国传统，经历了国民党退台初期官僚机器的强力掌控，自20世纪70年代末的经济转型时期开始，中间阶层日益扩大，构成了社会秩序的存在基础："这一社会秩序中尽管保留了不少传统文化的成分，知识分子反而不感觉有反传统的需要。"更多台湾人感兴趣的是怎样在"传统"与"现代"之间找到接榫之处。所以尽管林佩芬创作的主要领域是明清历史小说，但她笔下的历史人物早已超越了三纲五常的古代儒家思想体系，而融入了作为现代知识分子的思索。如何在现代性的价值观与运作逻辑之下延续中华文化道统，是林佩芬选择的历史使命。林佩芬的作品大多首先刊登于《联合报》等当时台湾主流报纸的文学副刊，那时这些副刊运用丰富的资源塑造了众多"文化景观"：冠盖云集的大型活动及颁奖典礼，邀请国际知名作家来访及酒会等等，都为文坛唤起新的想象空间提供了土壤，也成为林佩芬抒发"文人传统"情怀的园地。大陆的当代文学既受到了五四文学传统的影响，同时继承并发展了延安时期以来文艺为政治服务的写作传统，知识分子往往将自身的精神寻求融合在现实的国家体制土壤中，文学写作也相应由个人行为变成了社会行为。经过了宏大话语对个体生命精神空间的挤压与驯服过程，作家在重新寻找个人与自我的情感意趣的同时，已经不由自主地将宏大话语与意识形态带入了作家的主体建构之中。相比较而言，叶广芩的出身所带来的成长经历，使得她的知识结构与同时期作家相比，没有被完全剥夺阅读传统的权利，而更多体现出中国文化的传统想象与文化韵味。而在亲身体验过大陆当代历史对中国传统文化价值体系的批判与撕裂后，如何探寻与构建出富有中国传统文化特质的精神世界，则成为她一直在努力的方向。她的创作，体现出大陆当代作家对自身价值重新进行认同，重新发展个人情怀的生命经验的演变历程。将这两位作家作为同时期台湾与大陆文学的精神体现，探讨她们文化灵魂的缘起由来，并将她们的历史命运与两岸的文化现状互相参照，则对研究台湾与大陆文学都会有一定启发，对中国传统文脉的复兴与创造也能提供颇多有益启示。

## 第二节　作家创作历程

林佩芬的父亲1904年出生于北京的满族贵族家庭，后在1949年去了台湾。林佩芬于1956年4月出生于台湾省基隆市，在东吴大学中国文学系读书时就开始发表文学作品。自1978年台湾尔雅出版社出版她的首部中篇小说《一九七八年春》开始，林佩芬创作了以《声声慢》（台湾·新生报社1981）、《洞仙歌》（台湾·采风出版社1982；台湾·业强出版社1999）、《大江东去》（台湾·自立晚报社，1983）、《月明千里》（台湾·自立晚报社1984）、《燕双飞》（台湾·尔雅出版社1984）、《第四乐章》（台湾·学英文化公司1985）、《雁字回时》（台湾·光复书局1987；二次版改名《春天远去之后》，台湾·海飞丽文化公司1993）、《都市丛林股票族》（台湾·希代出版公司1989）、《台北风情》（台湾·希代出版公司1990）、《城市英雄》（台湾·派色文化公司1991）、《唱一首无言的歌》（台湾·开拓出版社1990）、《台北·京都·哈尔滨》（台湾·希代出版公司1991）等作品，其中以《洞仙歌》为代表，展现身在台湾的“外省人”后代意识到家族线条的断裂，进而产生对家国问题的历史思考，以及大时代变化中，常人的生活经历与生命体验，与相伴而生的历史的沧桑与无常感。

林佩芬创作的第二阶段从20世纪90年代开始，先后推出了《帝女幽魂》（台湾·派色文化公司1991）、《西迁之歌》（繁体字版，台湾·时报文化公司1995；简体字版，上海文汇出版社1996）、《辽宫春秋》（台湾·远流出版公司1993）、《努尔哈赤》（繁体字版共六册，台湾·远流出版公司，1992—1999年陆续出版；简体字版共三册，作家出版社2000）、《天问》（繁体字版共八册，台湾·远流出版公司1995；简体字一次版，上海文汇出版社1996；二次版中国友谊出版公司1998）、《两朝天子》（繁体字版共四册，台湾·远流出版公司1997，简体字版共二册，中国友谊出版公司1998）等历史小说，与散文集《繁花过眼》（台湾·海飞丽文化公司1993）、《长城外面是故乡》（台湾·幼狮文化公司1995）。这些作品在两岸读者中与学术界都产生了较大反响，有的多次再版并被改编为电视剧，其中《天问》获得了1997年台湾中兴文艺奖，林佩芬也因此进入了台湾文学史并被视为高阳之后台湾历史小说创作的代表作家。

1996年3月，林佩芬创办了历史文学学会，以弘扬、推展历史文学为主旨，以推动两岸文化交流为重点项目，至今已经联合举办两岸学术研讨会二十余次，主编研讨会论文集三册：《海峡两岸少数民族文学研讨会论文集》（1998年）、

《海峡两岸清史文学研讨会论文集》(1998年)、《明清文化新论》(2000年)，并于1997年7月至1998年6月主编《历史月刊——历史文学之页》共12期，均由历史月刊社出版，除承袭“以文会友”的文人结社传统外，在促进两岸文化交流方面贡献良多。1996年9月，林佩芬应聘北京市社会科学院满学研究所客座研究员，并于2003年定居北京市，2006年创办“文苑雅集”活动，致力于推动海峡两岸文化交流，为中国之统一大业贡献心力，自此进入她创作生涯的第三个阶段。

在创作的第三阶段，林佩芬推出了使她更为大陆读者所熟知的小说《故梦》(短篇小说合集，台湾·国际村文库出版公司2005；长篇小说，广西师范大学出版社2009)，并将之前的长篇历史小说进行了新的改写，形成大清开国(三部曲)(长篇小说，2012年开始出版)。其中林佩芬担任编剧的40集电视连续剧《故梦》由北京天意影视公司拍摄制作完成，陈坤等领衔主演，2009年在北京卫视首播，取得了极佳的口碑。近期，林佩芬开始进行有关海峡两岸百年历史变迁的电视剧《筑梦》剧本的创作。

在两岸的历史小说作家中，林佩芬是一个历史使命感和社会责任感很强的作家。她的历史小说除了一些合乎情理与人物性格设置的虚构情节之外，但凡重要的历史事件，都坚持有据可查的原则。为此她创造了在小说章节的末尾，以附录的形式注明史实出处的体例，使得小说的可信度及文化含量都超越了一般的历史小说。同时，在台湾的文化环境中自然习得的传统文化学养，也使得林佩芬的作品语言清逸雅致，并能够创造出多种富于古典意趣的审美意象，对于中国传统经典的活用更是举重若轻。同时，林佩芬也是一个严于律己、对待写作严肃认真的作家。因为历史小说的创作时间较长，结合自身阅历的丰富与社会读者的阅读体验，她对自己的作品常常进行自我超越式的反复修改。例如《努尔哈赤》是林佩芬自1981年就开始进行的写作计划，历时18年才初步完成，期间又同时创作完成了《两朝天子》《天问》等其他大部头的历史作品。作者从20多岁的青年进入中年阶段，对历史的观察与分析都有了新的突破，在叙述行文上也有了一些差异。在新的修改过程中，经过反复思索和考虑，林佩芬索性将《努尔哈赤》与《天问》两部作品的主题重新作统一设计和构思，将原本各自独立的两部作品连续在一起，以人物命运的主要线索改为以国家和时代命运为主要线索。书名也由原来的《努尔哈赤》与《天问》改为《大清开国》，这样修改后的作品气魄更加宏大，作者的毅力与精益求精的创作态度也十分令人感佩。在两岸的女性作家中，几乎还没有这样将宏大气魄与细密描述集于一身的作家，她表现出的雄壮浑厚与意境开阔的创作特质，富于中国传统知识分子的强烈使命感都独具特色，所以对林佩芬创作的关注与研究应该是持续而深入的。

叶广芩于 1948 年 10 月出生于北京的满族贵族家庭。曾经在方家胡同小学与北京女一中就读，后来考入北京七二一护士学校。1968 年被分配来西安，先在华阴农场劳动，后在黄河厂卫生科任护士。1983 年叶广芩调入《陕西工人报》副刊部做记者，同年进入中国人民大学新闻专业函授部学习。1990 年至 1992 年期间，叶广芩在日本筑波大学继续学习日语，同时在千叶大学法经学部进行社会历史调查。1995 年叶广芩调入了西安市文联，在创作研究室任专业作家。2000 年至 2008 年，叶广芩在陕西省周至县挂职任县委副书记，有过多年在秦岭中的生活体验。丰富的经历使得叶广芩的创作版图具有多样化的特点。20 世纪 80 年代初期到 90 年代初可以视作她创作历程的第一阶段，与一般年少成名的作家不同，叶广芩从事创作时已经经历过因家庭政治出身带来的人生磨难，文学对她来说不是心血来潮或充满浪漫色彩的梦想寄托，而是个人生命体验的深沉凝结。发表于 1982 年第 2 期《延河》上的《溥仪先生晚年轶事》与 1986 年未来出版社出版的历史小说《乾清门内》，可以视作她对自己的“家史”的小心翼翼地回溯；1981 年第 9 期《延河》发表的短篇小说《在同一个单元里》，以及后来的《天一的美惠》《五光十色的大街》《套儿》《远去的凉风垭》等作品，都看得出作者努力尝试将个人的生活体验与普通民众结合起来的创作特点，但在人物塑造、结构设计方面还存在着拘谨与人工雕饰痕迹过重的不足。

进入 20 世纪 90 年代，特别是拥有了在日本长期学习、生活的跨文化体验之后，叶广芩的创作进入了丰沛的第二阶段。这时社会环境的开放使得叶广芩终于意识到家族题材可以进入自己的创作领域，1994 年《延河》第 8 期发表的中篇小说《本是同根生》，后来被 1994 年第 12 期《新华文摘》、1994 年第 11 期《小说月报》转载；在 1995 年第 4 期《延河》上，叶广芩又发表了《祖坟》，均广受好评。后来在《湖南文学》《小说选刊》《上海文学》《人民文学》等刊物上发表的《黄连厚朴》《风也萧萧》《雨也萧萧》《谁翻乐府凄凉曲》等中篇小说作品，并在 1999 年由北京十月文艺出版社结集为长篇小说《采桑子》出版。刊登于 1999 年第 5 期《十月》中的中篇小说《梦也何曾到谢桥》被《中华文学选刊》《小说选刊》《小说月报》先后转载，并获第二届鲁迅文学奖。同时，叶广芩还开拓了有关日本平民生活，以及中日战争及历史遗留问题的小说题材。发表于 1988 年第 1 期《人世间》的《在清水町的单元里》到 1996 年《青年文学家》第 2—3 期的《"联合国" 的家长里短》等属于前者。1995 年第 6 期《小说月报》发表的《风》、1998 年第 3 期《芳草》上刊登的《到家了》等作品后来结集为小说集《日本故事》，与 1990 年由华岳文艺出版社出版的长篇小说《战争孤儿》一起，都属中日战争题材。在这一系列的小说中，叶广芩创作的主旨已经超越了中国与日本的历史对立与创伤，而变成了这两个东方国家与世界的关系问题，叶广芩作为创作主体的理性诉求与在战争文学中表现出的人本意识，也使得她的这类作品具有独特的审美价值。

进入 21 世纪后，叶广芩的创作进入第三阶段，显得更加异彩纷呈：在家族叙事方面，2007 年第 3 期《当代杂志》上刊登的《三击掌》先后被《中国作家》《北京文学》《小说选刊》《新华文摘》等刊物转载，开启了用传统戏曲名作为小说标题以达到互文效果的系列小说创作。其后刊登在《十月》《小说月报》《民族文学》《芒种》《中国作家》等刊物上的《盗御马》《豆汁记》《状元媒》《大登殿》《小放牛》《玉堂春》《三岔口》《拾玉镯》《凤还巢》等中篇小说，于 2012 年由北京十月文艺出版社结集出版为长篇小说《状元媒》，成为关照"传统"与"现代"、"历史"与"日常"的传统文化再造文本。

在创作的第三阶段，因为在陕西省周至县挂职工作的经历，叶广芩开拓出了秦岭生态文学创作的全新领域，以纪实散文集《老县城》及小说集《山鬼木客》为代表，以理性的姿态关注着人类与其他生物的关系，以及人类自身的发展。她从古典文学中的志怪传奇取藻敷彩，并活用了古典诗歌的对仗结构，也吸收了笔记体与对话体的风格，拓展了作品的想象与审美空间，以其坚实的生态伦理立场参与和推进了民族心理与生态文学的现代建构，为在"生态文学"这一外来概念中塑造出具有中国文化心理与品格的作品，恢复传统文化的魅力，提供了很多有益启示。在长篇小说《青木川》中，叶广芩模糊了散文与小说、镜像与现实、纪传与虚构的多重界限。作家并不着意史诗品格的建构，而是努力揭开被宏大历史叙述所遮蔽的历史场景，捡拾起流落民间的文化碎片，用多线索多声部的方式搭建通往历史的桥梁，从而质疑和挑战着惯性思维中的合法性历史观，更接近中国传统史学注重会通综合的基本特点。在青木川这样一个偏僻之地，知识分子与"土匪"达成了一种奇异的相互理解，共同推动了青木川的现代性演化。文明与野蛮不再是美国小说《海狼》里你死我活的搏斗，"文明”对“野蛮”的征服几乎没有遇到抵御，而是呈现出神圣化与理想化的表征。从晚清开始的现代性追求，自20世纪30年代开始以革命和阶级斗争取代了以民主自由和“立人”为核心的思想启蒙，造就了革命文学的思潮并影响深远，但是在《青木川》中又回归到了对中外文明兼收并蓄的状态之中，这是中国当代文学创作在新时期的收获。

1996年，叶广芩的小说《学车轶事》被改编为电影《红灯停，绿灯行》导演黄建新。2009年，叶广芩的小说《采桑子》被改编为40集电视连续剧《妻室儿女》。2010年，她又担任了39集电视剧《茶馆》的改编工作，这部由陈宝国等主演的电视剧在豆瓣网站上得到了9.2的评分。2005年叶广芩的小说《全家福》被改编为话剧，2013年又被改编为48集电视连续剧，成为观众追忆北京历史文化的载体。从2012年在第5期《民族文学》上发表中篇小说《唱晚亭》开始，叶广芩在读者粉丝的建议下，又开始写作以“亭台楼阁”为题目的“老北京故事”，这种互联网时代作者与读者的互动使叶广芩有了新的创作激情，2016年这些作品由北京十月文艺出版社结集成长篇小说《去年天气旧亭台》。因为“离开”故乡与家园后的记忆，出于对老北京即将消失的焦虑和文化自觉，叶广芩对于变化迅速的新北京有意保持了一定距离，而是企图在文学的重塑中保留老北京的文化记忆。虽然没有如林佩芬般将历史事件置于正面，做大全景及鸟瞰式的艺术概括，并以历史的重大事件进行聚焦，有清晰可见的开阔的艺术结构中心，但由这些馆榭楼台作为窥视历史的孔隙，在具体的平凡俗常的生活景象中体现出历史与时代的深沉慨叹，才是这本小说有别于其他“京味”小说的地方。在90年代京味文学被推为美学与商业的双重巅峰时，叶广芩没有刻意迎合这一股热潮，直到新世纪京味文学退潮时，她仍在孜孜书写自己心目中的老北京。从中我们可以看出叶广芩“心静”的创作态度，无形中使她与主流文坛在有意无意间保持着一种距离，显示出从容稳健的自足心态。整部小说结构精巧，语言纯熟自然，甚至可以说深得“三言”“二拍”这类明代话本小说的神韵。作者采用的第一人称与“忆旧型”的写作视角，小说中各个中篇在人物与情节上的前后照应，都有一种“历史实录”的味道，也体现了中国小说的史传传统。

生长于海峡两岸，先天的文化环境熏陶与后天自觉的个人修养造就了林佩芬与叶广芩丰沛的传统学养；个性气质的不同，使得林佩芬与叶广芩在创作心境、目标要求、历史观与审美观方面有着一定差异。这两位作家在不同的创作阶段，背靠着中国传统文化进行文学创作实践，在文化视野与历史意识方面对民族文化精神的重建活动有着诸多共性与贡献，在整个当代文坛也是非常独特的存在。对她们的创作展开全面深入的研究，无疑对当代中国文学的创作与传统文脉的复兴，有着一定的启发意义。

## 第三节 作家研究现状

在林佩芬作品研究的有关学者当中，古继堂是一位对她进行持续关注与研究，并率先将其纳入文学史论述的学者。在古继堂主编的《简明台湾文学史》一书中，将林佩芬的历史小说归入第二十三章——“在商品经济大潮中冲浪的台湾通俗文学及戏剧创作概况”，紧随台湾作家高阳的历史小说之后。书中介绍了林佩芬的生平、主要创作情况及代表作品，并肯定了林佩芬在大量调查阅读熟悉史料的基础上进行创作和合理历史虚构的方法，认为这样的历史小说比之历史演义和戏说更贴近和符合历史真实，称之为“这是一种真正意义上的历史小说。”[①]关纪新则在《当代港台及海外满族作家素描》一文中，将林佩芬与赵淑侠、赵淑敏、纪刚、唐鲁孙、杨明显等流转到香港、台湾等地乃至于世界各国的满族后裔作家进行了整体研究，认为他们的“书写各具千秋，却共同体现出满族书面文学的传统意蕴，体现出本民族叙说的族性特点和中华情感的普世价值”。[②]同为作家的从维熙则将林佩芬的创作称为：“胸中能运筹雄兵百万，内织历史经纬千重。小说进而金戈铁马，时而花落无声；阳刚与阴柔相间有度，铁蹄与莺歌相伴适中。我认为这是《天问》能突破史学范围，嬗变成为文学、艺术工力的深邃表现。以此对比台湾众多小儿小女情殇为文学猎场的作家们来说，林佩芬小姐便具有了古罗马角斗般的勇敢。”[③]充分肯定了她的创作在台湾乃至整个华人文学界的价值。

周燕芬在《历史的文学生成法——唐浩明、林佩芬创作比较论》一文中，从“历史文学”与“文学历史”的辨析出发，剖析了林佩芬小说的文体创造意识，并将其与大陆著名历史小说作家唐浩明进行了创作比较，认为唐浩明与林佩芬已经形成了一种“历史诠释”的写作方向，创作出我们可以称为“文学历

① 古继堂 . 简明台湾文学史 [M]. 北京 : 时事出版社 ,2002:395

② 关纪新 . 当代港台及海外满族作家素描 [J]. 中国文化研究 ,2013 夏 :38

③ 从维熙 . 初读《天问——明末春秋》[J]. 北京社会科学 ,1997(1):135

史”这一独特文本形式的文体。她认为：“‘历史诠释’或者‘文学历史’的写作，一定是以‘史实’和‘寄托’为核心。他们的创作与历史的‘胶着’关系，带有一种‘方向’性意味，显示着弃绝潮流的个性化姿态。”这也是作家“以天下为己任的”史家胸怀的具体表现。如果作家能够主动地操控和利用史料而不是被史料所操控和压迫，反而可以取得更大的创作自由。在写作方法上，比之唐浩明的传统写实笔法和较为稳健、节制的人物内心表现，林佩芬的文学观念更为开放，她将现代小说的精神分析、心理探照手法运用于人物性格的塑造，大大强化了历史小说对人和人的精神世界的关注和探索。这在历史小说创作中是不多见的，可以说是林氏独有的创作特色。林佩芬对历史人物真实深刻的诠释，在很大程度上依仗了这种可称为“深度心灵化”的写作笔法。①

“人文科学在极端化的分门别类中暴露出的诸多局限已是人所共见，相互割裂中的文史哲各守一方，逐渐丢失着丰富、复杂、广阔、厚重等等固有的人文品格。于是，林佩芬的文学精神和文本创造，具有超越文学写作的实践意义。身处台湾的社会环境，使她不会受到大陆某些现成的政治化历史观的影响，特殊的家世教养，传统文化的长期熏陶，又使她更深切地体察到自己祖先创业的心路历程。林佩芬笔下的历史事件和历史人物，是经由自己认识和理解，吻合于自己的情感需求的主体化历史。”②因为强调以“淑世”“致用”为写作的最高境界，所以林佩芬将眼光牢牢盯在重大史实和重要人物身上，并对努尔哈赤这类居于兴亡之际的英雄人物展开正面书写，才能体现出历史演变的规律、提供鉴于来者的经验教训。

在具体的作品研究当中，关纪新认为林佩芬的《努尔哈赤》因为作家的历史敏感性而饱含人文意念，在诸多还原努尔哈赤心灵活动的细节创造中，“真切地触摸到创大业者那秘不示人的脉息律动”。在小说结构的设计上，“长篇小说《努尔哈赤》，并不是一部单线条描述英雄人物斗争道路的书，作家力图通过与读者一同观察努尔哈赤时代缜密交织的社会经纬，来印证和阐发自己的历史性思辨。这些故事，全都在提供着一层重要的认识作用，即通过彼此对应地展示使人读出，在同一时代背景下面，有关各方政治力量是怎样地因因相袭此消彼长，从而竭力开凿出潜伏于社会演变深层的历史殷鉴”。同时，他也强调了林佩

① 周燕芬 . 历史的文学生成法——唐浩明、林佩芬创作比较论 [J]. 理论与创作 ,2007(5)：84

② 周燕芬 . 林佩芬：历史小说的另一种个性书写——感知《努尔哈赤》[J]. 小说评论 ,2001(6):72

芬作品中采用了充分的心理描写，与大量运用影视创作中的“蒙太奇”剪辑手法等艺术补偿措施等创作特点。[①]

围绕小说《天问》的研究成果比较丰富，台湾著名作家柏杨先生评论这部作品说：“明朝末年，崇祯皇帝甫上任即面对李自成、皇太极的交相侵扰，他力图振作，也有多次振衰起弊的良机，但终究逃不过亡国的命运。是前人留下的担子太重？对手太强？还是作茧自缚？林佩芬在《天问——明末春秋》中将这些错综复杂的关系，做了一个完整而精彩的交代，她的历史考据严肃而平实，小说笔法顺畅典雅，读起来轻松，感受却深刻。”[②] 刘恩铭在论文中强调了林佩芬具有强烈的当代意识，具体表现在小说浓烈的哲学意蕴与借鉴西方文学观念所带来的人物心理的细腻描写上面。古继堂认为在历史小说的两种结构方式中，林佩芬选择了更高难度的“全方位、大画面地从正面描绘历史演变的全貌”的方式。具体表现在外层结构上，林佩芬创造了独有的勾连法，即前后两节写的本不是一个故事和人物，但前一节的结尾和下一节的开头，却用相同或相似的动作、语境和意念进行连接。在语言上，作者运用生命力极强的现代白话语言表达古代人的生活，通过选择极为生动和颇具生命力的口语和歇后语，并采用动态性语言的透射效果，加上行动语言引发的想象效果，造成语言的精炼性和含蓄性。在用今语表古意，让古人说今语方面获得相当的成功。[③] 刘起林同样肯定了《天问·小说明末》的情节设计与意蕴布局，显示出一种“整体性的研究和诠释”明清易代之际历史的审美视野。在人物性格的审美塑造方面，他提炼出《天问》表现出的史实考辨与心理剖析相融合的特征，并具体列举出作家在人物关系的艺术处理方面所采用的两种方式：其一是点面结合地展开了对朝堂政局的揭示。其二是描述了众多浴血疆场的国家栋梁的悲剧性命运。同时，刘起林还发现了《天问》中将复社活动与明朝衰亡、清朝崛起和陕西民变同样作为重要的历史内容呈现于审美境界中，是对历来明清易代主题创作的一种匠心独具的重要补充。“《天问》还深入揭示了当事人在历史大变局中的人生困惑与价值迷茫，并从‘生灵何辜’的社稷、黎民意识和‘读圣贤书，所为何事’的民族文化原则出发，充分肯定了他们‘尽其在我’、对黎民苍生‘施以仁心’的

① 关纪新．兴替由来岂瞬间——评台湾女作家林佩芬的长篇小说《努尔哈赤》[J]. 满族研究，2001(4):65

② 刘恩铭．再造民族灵魂的呐喊——谈林佩芬历史小说《天问明末春秋》[J]. 满族研究，1996,(3):68-70

③ 古继堂．凝神纳百态挥笔洒纵横——论林佩芬的《天问》[J]. 民族文学研究．1998(1):33

个体生命的精神崇高性。作者以一种透彻而通达的思想眼光审视历史乱象，对不同战争阵营中体现出拯世济民之‘仁心’的人物，都表现了充分的理解、尊重和肯定。”[①] 在人物创作方面，吕志敏也指出了林佩芬作品的明显特质：“大胆地将现代新兴学科新思维方式、新流派特征引入自己的历史文学创作，以现代心理、精神病学等理论和手段开启历史人物紧锁的心扉，向读者展示出他们被淹没尘封于繁杂史实中的心灵世界。”[②]

在谈到林佩芬自台湾至北京后以《故梦》为代表作的新创作阶段时，古继堂认为：“林佩芬从台湾向北京的转移，不是脱离创作基地，而是鱼游大海鸟入林。林佩芬的这一举措，使她实现了三个跨越，即台湾海峡的跨越，两岸意识海峡的跨越和创作上从边缘到基地的海峡之跨越。在八年前台湾的生活还明显优于大陆的情况下，林佩芬到北京定居的举动，是突破了许多瓶颈的。其中最主要的一条是她对祖国发展崛起和统一的坚定信念。林佩芬在与大陆朋友的交往中虽然也有意识方面的障碍，但她是最容易接触和交流的一个台湾作家。她身上极少那种政治性的隔膜，而且颇有一见如故的亲切感。所以她拥有许多比较知心的大陆朋友。”剖析了作家的人格形态与作品之间的关系，并以此为出发点，将林佩芬称之为“一个历史使命感和社会责任感很强的作家”。将她在作品出版之后，经过社会实践的检验和读者的测试，对那些不尽人意的地方仍然要填低就高地进行自我超越式的，颠复式的修改，视作对历史、对读者、对时代负责的精神。[③]

在叶广芩创作的整体研究方面，李翠芳与施战军认为：“九十年代以来的文学在现实体验和价值判断上常常处于一种悬空状态，阅读者常常会感到失落和空虚。于是，人们更期待一种自然宁静、将人生际遇和生存感喟相结合、字句流畅、节制优雅的写作。”[④] 邢小利认为叶广芩的创作特点是：因为有深厚的历史底蕴和扎实的生活内涵作为支撑，所以她的创作始终体现出一种宽阔的文化视野和深长的历史意识，传统和现代在她这里交汇，这就使得她的创作写旧而不

① 刘起林．明清易代题材审美新境界的成功开拓——论林佩芬的长篇历史小说《天问·小说明末》(作者提供)

② 吕智敏．林佩芬的使命感 [J]. 北京社会科学 ,1997(1):137

③ 古继堂．鱼游大海，鸟归林——谈林佩芬近年来的创作 [J]. 民族文学 .2014 (9) :124

④ 施战军 李翠芳．情智共生的雅致写作——叶广芩小说论 [J]. 当代作家评论 ,2014(1):135-145

陈腐，还时有新意甚至时尚、先锋，写新而不单薄、空泛。[①]周燕芬则将叶广芩的创作概括为“安置灵魂的一种写作”：“叶广芩90年代以来的小说创作大概就是沿着民族文化与外域文化这两个参照系衍生并拓展开来，营构出别具机杼的人生氛围和文学精神。无论平民百姓生活还是家族历史生活，叶广芩一律将其当作客观审美对象，面对小说的故事与人物，她能够拉开距离进行审美表现或理性评判，叶广芩更专注于精神境界的探求，她的作品总是促使人们对人类精神进行感悟，并完成人性的提升。”[②]潘超青认为：“正是由于题材的丰富性，我们很难将叶广芩归纳为哪一类作家。称其为女性作家完全是字面意义的，她的写作超越了我们惯常认为的女性写作那种注重体验的、私人化的、片段式的写作风格。”并从叶广芩对于“强势时代与弱势遗民”“战争中的加害者与受害者”“自然领域的支配者与被支配者”权力关系中有关弱者的书写，归纳出作者在历史视域下的伦理感怀与人文意识。[③]叶广芩的创作基本可以分为家族与京味叙事、秦岭生态叙事及中日历史等几大板块，分别也对应有针对性的研究成果。在家族与京味叙事方面，刘树元认为：“家族小说作为一种独特的文学样式，本身蕴含有厚重的文学和社会历史价值，在寻找丢失的京城记忆及表达满族旧贵族的根意识方面，叶广芩的小说都有独特的艺术灵性。”[④]季红真与王雅洁则认为叶广芩是在以文学的方式参与民族文化精神的重建：“在叶广芩多样的题材书写中，始终带着深沉的历史宿命意识与为民族文化悼亡的忧伤、悲壮的诗情。无论是描绘清朝贵族子弟的悲剧命运，还是对处于文化边缘的历史孑遗如慰安妇、汉奸和土匪形象，都包含着作者对文化因子与复杂人性的探寻；即使是以动物叙事为主体的寓言写作，也启示着以萨满教为核心的民族传统文化精神的溃散与拯救的可能。她以衰败的民族文化为视角，审视家族、历史与自然。这是她对抗污浊、浮躁、混乱的世相的独特方式。”[⑤]席扬与林山则指出了叶广芩作品中对“贵族精神”的坚持：叶广芩努力于中国传统精英文化在清时代的整体观照，试图提炼、整合、熔铸出中国开始现代性阶段以来一直被有意排斥否弃的“贵

① 邢小利．文人情怀史家眼光——叶广芩论 [J]. 中国作家 ,2010 (9):83-91

② 周燕芬．叶广芩：安置灵魂的一种写作 [J]. 小说评论 ,1998 (4):42-47

③ 潘超青．历史视域下的伦理感怀与人文意识——叶广芩写作的多维度观照 [J]. 民族文学研究，2016（5）：155-163

④ 刘树元．陈墨，京华——叶广芩近期小说创作 [J]. 名作欣赏 ,2012(7):47-51

⑤ 季红真 王雅洁．衰败文化中的家族、历史与自然——论叶广芩的小说创作 [J]. 南开大学学报 ( 哲学社会科学版 ), 2010(6):24-30

族精神”，并从满族独特的审美视点出发，对“贵族精神”加以艺术的镂雕与情感的润色，使其别具一种风神韵致。[①]对贵族精神的持守是以儒家伦理为核心的，“因为内心存在着一个理想的儒家家庭结构及文化内涵，所以在进行儒家家庭文化的解构式描述时，叶广芩采用了尊敬和仰视的态度保留了儒家文化的精华。”[②]叶广芩最有影响力的家族叙事作品《采桑子》,在此方面也是极好的体现：“长篇家族小说《采桑子》耐人寻味的深层意义结构，表现在作者独具匠心地把历史的戏剧性、戏剧家族与金家子弟戏剧化的性格命运这三个意义向度天衣无缝地整合为一体，形成了一种反差而又共生互补的文本意蕴。”[③]在家族叙事中，叶广芩在强调文化身份的旨归上，痛感于现代人道德价值观念的堕落，反思现代文明进程中人性的异化和个体存在被遗忘的问题，传达出一种古典人文情怀，也传递出对满族世家特殊的形象、文化、观念、地位的坚守和维护。[④]表现在具体的人性处理时，她与同是贵族出身的张爱玲有着一些差异：“叶广芩小说中这种纵向的、在历史风云变幻中展现人性变化的方式是张爱玲小说中所没有的。张爱玲的小说通常忽略人物背后时代的沧海桑田，只是对人物的人性进行一种具有心理纵深度的开掘与展示。而在触及到被扭曲了的灵魂的时候，叶广芩却没有像张爱玲那样剖析人性的复杂，而是依旧用自己的情感来寻找扭曲与正常的平衡点，用血浓于水的亲情，淡化了亲人之间的宿怨。在暴露人性弱点的同时，也展现了人间亲情对人性被异化的抵抗力。”[⑤]在回望故乡北京时，“叶广芩的作品中有对老北京种种人文景观衰颓的眷恋、叹息，也流溢出对这种改造过程的理性关照。文化反思作为其作品的协作视点之一，体现了她对家国生命体验和老北京记忆的智性态度,对自我处境与整体文化语境的理性思考。”[⑥]在“新”与“旧”、“中”与“外”的价值冲突中，叶广芩与家族文化之间的疏离乃至相向的姿态使她取得了一种文化审视和文学审美的最佳距离，在传统和现代的引

---

① 席扬 林山 . 中国贵族精神的丰富性表达——再论叶广芩家族叙事的文化图谱与意义指涉 [J]. 中南民族大学学报 ( 人文社会科学版 ),2012 (5):119-123

② 白军芳 . 叶广芩家族小说的文化学意义 [J]. 小说评论，2010(5):127-131

③ 李永东 . 戏剧家族与家族的戏剧性解体——解读满族作家叶广芩的家族小说 [J]. 民族文学研究 ,2008(1):135-140

④ 李永东 . 异质因素与贵族世家的解体——评叶广芩《采桑子》[J]. 创作与评论 ,2008(2):93-97

⑤ 郭昱晨 . 历史纵深与横截面的探索——浅析叶广芩与张爱玲小说的人性开掘 [J]. 现代语文 ,2010(11) :85-87

⑥ 杨秀英 . 论叶广芩写作的文化性 [J]. 小说评论 ,2010(5):127-131

力场中，穿照中华民族文化体系的深层结构，感性的叙述中潜藏着理性的估定和批判，这使得叶广芩的家族小说区别于当代其他历史、家族书写，具有了另一重思想情怀和艺术韵致。叶广芩对中国现代历史的观照角度和言说方式，与传统的'史诗性'创作有很大的不同。作家并不着意史诗品格的建构，而是从自我半个多世纪以来独特的生命体验入手，努力揭开被宏大历史叙述所遮蔽历史场景，捡拾起每一块流落民间的文化碎片，重新搭建时空的桥梁，弥合历史的缝隙，从而质疑和挑战着我们惯性思维中的合法性历史观。"[①] 对叶广芩小说创作特质的把握应该说是非常准确到位的。

从生态美学的角度，对叶广芩的秦岭生态文学创作进行解读的研究成果，认为其生态文学运用了生态整体观对人与自然的关系进行了重新审视，从自然生态的视角对人类社会进步做出了人文主义的内省，对于生态道德的建立具有重要的启示意义。[②] 李玫从"空间"角度，指出叶广芩的秦岭系列小说"因生态思考的出现，使空间展示的频率大幅度增加，空间书写不仅展示了独立而醒目的生态伦理特征和相应的话语形态，更重要的是在时间的序列中，书写空间的裂变以及由此形成的话语冲突，并以其清醒而理性的叙事立场超越同时代人，实现对百年中国文学话题不同层面的续接。"[③] 唐克龙则从叶广芩的作品中挖掘出了"动物伦理"的深度：叶广芩的生态观念和"敬畏生命"的动物伦理主要来自她在基层动物保护区的独特经验。在批判、否定人类中心主义立场的基础上，提出了体认和尊重动物的"高贵与庄严"的动物伦理。在当代文学动物叙事的谱系里，以其坚实、清晰的伦理立场参与和推进了民族心理的现代建构，具有不可轻忽的重要意义。[④] 在有别于主流历史叙述的作品《青木川》的有关研究中，研究者们认为《青木川》是一部探寻"土匪"心灵、复活"土匪"魂灵的小说，它覆盖了以往人们对土匪残忍暴虐的简单判断。作者在历史的巷道里窥视土匪的秘密，用极富张力的叙述，将众多的疑惑串结起来并集结于现实，完成一种判断、一种感叹、一种记忆和经验的摩擦，以及"革命""土匪""爱

---

① 李春燕 周燕芬 . 行走与超越——叶广芩创作论 [J]. 小说评论 ,2008(5):48-54

② 李艳妮 . 生态文学的美学之维——论叶广芩的生态文学创作 [J]. 沈阳大学学报 ( 社会科学版 ),2008(2):9-12

③ 李玫 . 空间的生态伦理意义与话语形态——叶广芩秦岭系列文本解读 [J]. 民族文学研究 ,2009(4):80-86

④ 唐克龙 . 动物的"高贵与庄严"：论叶广芩的动物叙事 [J]. 民族文学研究 ,2006(1):88-91

情”“文化”的历史融合和诗意摹写。[①]郜科祥认为叶广芩是一个以“超性别”甚而“超作家”的博大情怀来观照整个人类的思想、行为和处境的作家。这种超性别作家的情怀具体表现为作品中的超民族意识、超时代意识和超道德意识。超性别的视野导致了作品思想开掘的深度。在《日本故事》中，叶广芩站在全球性的立场通过不同文化的比照让读者对人生终极价值的产生不尽的思索。[②]潘超青则认为，叶广芩的《日本故事》叙述的是战争历史，触及的却是历史困局、文化价值冲突、人性复杂度等更为恒久和复杂的问题，这些深藏在战争创伤背后的问题使我们在回顾战争历史时，必然要经历自我认识和文化碰撞，但只有深刻地揭示而不是淡化、回避问题，才可能在文化发展的过程中坦然地面对矛盾并自信地走向自我完善。[③]这些研究将叶广芩创作的有关特点剖析得较为深入，也揭示出作家创作中历史文化观念的复杂性。

上述这些研究成果，对我们了解林佩芬与叶广芩其人其文，并继续对其创作展开综合性的研究，提供了有益借鉴与启示。

## 第四节 研究内容与方法

鲁迅先生曾经说过：“倘要论文，最好是顾及全篇，并且顾及作者的全人，以及他所处的社会状态，这才较为确凿。”[④]对于当代作家而言，个人的内心印痕与时代经验的交织，使得作品文本及其产生的历史语境及影响状态都应该被纳入文学研究的版图，使文学研究能够尽量客观细致，获得更为有效的阐释。谢有顺在《接近那些复杂的灵魂——〈中国当代作家评传丛书〉序》中提出：“面对日益复杂的当代文学现状，有志于文学研究的人，似乎总是不满足于作品研究和现象观察，他们喜欢的是为一种正在生长的文学命名，或者通过一种文学史论的方式建立话语阐释权，单纯的作家研究，反倒显得寂寞而不被重视了。”这是一种不太好的现象，而“当代文学作为一种正在发生的语言事实，要想真

① 王鹏程 袁方．在历史的缝隙里窥视“土匪”的秘密——论叶广芩的《青木川[J]. 民族文学研究,2008(1):160-162

② 郜科祥．作家的身份及其性别体认——由《日本故事》观照叶广芩作品的超性别现象[J]. 小说评论,2007(6):76-79

③ 潘超青．置身于历史中的旁观者——读叶广芩的《日本故事》[J]. 民族文学研究,2008(4):88-93

④ 鲁迅．鲁迅全集（第6卷）[M]. 北京：人民文学出版社 .1981:430

正理解它，就必须建立在坚实的作家作品研究这一基础上——离开了这个逻辑起点，任何的定论都是可疑的。所以，唐弢先生才说‘当代文学不宜写史’，因为阔大而空洞的文学史书写，未必会比认真、细致的个案研究更有价值”。[①] 本研究试图从这种理路出发，将林佩芬与叶广芩这两位作家的人生经历和作品、文学活动视作一个整体来省查关照，从而深入认识作家及其写作的全貌，阐释其精神品格与艺术境界。

在谈到如何实现古代文学理论的现代性转化这一问题时，南帆将古代文论百余年间的历史演变过程勾勒为：“大家都知道中国古代的文学理论有一整套自己的概念、术语、范畴、命题。比如说‘道’，我们说‘文以载道’；比如说‘气’，我们说‘文以气为主’；还有‘诗言志’、‘诗缘情’、‘神韵说’、‘以禅喻诗’，如此等等。”自五四新文化运动至20世纪80年代，“我们的概念、范畴、命题出现了一套全新的东西。我们谈国民性，谈阶级，谈典型，谈现实主义，谈民族性，后来又谈论主体，谈无意识，谈结构主义，谈现代主义，谈后现代主义，总之再也没有回到中国古代文学理论的轨道上。那些‘道’、‘气’、‘以禅喻诗’真的一去不复返了。但是，九十年代开始，对这种状况的反弹意见越来越强烈。”[②] 呼吁建立中国的“文化研究”、“艺术文化学”或“文化诗学”的要求也越来越强烈。中国古代文学理论的潜在体系实际上包含着古人对宇宙、对自然、对社会、对历史的一系列基本理解，而林佩芬与叶广芩的作品在这些哲学思想层面与审美趣味方面都接续着古人的传统，所以对于她们的研究和古代文学理论的潜在体系是可以协调的。虽然不能全用古代的文学理论去解释这两位当代作家的创作，但是从中国文化的整体观念出发，适当运用古代文学理论去理解和说明两位作家的人与文，则是一种较为切近与适当的方法。“文学是诗情画意的，但我们又说文学是文化的。诗情画意的文学本身包含了神话、宗教、历史、科学、伦理、道德、政治、宗教、哲学等文化含蕴。在优秀的文学作品中，诗情画意与文化含蕴是融为一体的，不能分离的。中国的文化研究应该而且可以放开视野，从文学的诗情画意和文化含蕴的结合部来开拓文学理论的园地。这样，‘文化诗学’就不能不是文学理论发展的一个重要趋势。”[③] 神往古代传统，是当今社会中人们试图摆脱日益庸俗化的社会在文化上的浅薄之风的一

① 谢有顺．接近那些复杂的灵魂——《中国当代作家评传丛书》序 [J]. 南方文坛，2005(1):61

② 南帆．文学理论：本土与开放 [J]. 福建论坛·人文社会科学版，2009(3):4

③ 童庆炳．中国古代文论的现代意义 [M]. 北京：北京师范大学出版社 .2001:5

种努力，面对林佩芬与叶广芩这两位作家极为正统与古典的审美意趣与创作内容，将她们之间相映成趣的比较纳入更为宽广的关照视域中，则是本研究努力的方向。

在解读林佩芬与叶广芩数百万字的文学作品时，本研究采用了文本细读的研究方法，期望借此恢复中国传统鉴赏批评的特质。在《重建文本细读的批评方法》一文中，陈晓明梳理了中国传统鉴赏批评向现代观念性批评转型中逐渐彻底而激进的过程：20 世纪 40 年代以来马克思主义理论与批评，因其强大的社会观念性，尤其契合了中国现代文学批评的革命需要而占据了主导地位。到了 50 年代，革命观念性实际成为文学批评要表达的意义前提，作品文本成为论证这些事先存在的观念的素材，终至文学批评变成了大批判，并一直影响到 80 年代文学研究方法论的设计滞后。他认为："中国当代文学理论与批评一直未能完成文本细读的补课任务，以致于我们今天的理论批评（或推而广之——文学研究）还是观念性的论述占据主导地位。"如今在进行中国文论的现代转化之时，在看待问题、评析问题之时就需要有能力调动和融合中国经验，寻求阐释中国历史与当下问题的具有个体性的创新视角："如何以文本细读为肌理来展开论述和阐释，仍是需要加强的基本训练。"只有这样才能避免在道德主义立场上空泛的夸夸其谈和没有具体文本分析依据的所谓批评。"即使是女权主义、新历史主义、后殖民主义这类观念性强的文化批评，所用的一套细读分析的方法，也都是从文学批评的文本细读那里挪用过来的。这就是说，文化研究依然有必要以文学批评的细读方法为基础。"① 所以本研究强调回归文本，接近文本中最能激发读者阅读兴趣和情感波动的细节，从而打开文本的阐释空间，揭示这两位作家创作艺术的丰富性与复杂性。

在具体的细读过程中，两位作家作品中历史的文本化的形成，成为笔者关注的视角。文本与社会历史不再是简单的对应与反映的关系，而是叙事的关系。如果按照文类的简单划分，林佩芬与叶广芩创作的侧重点并不完全一致，但是如果从社会历史成为两位作家文本叙事产物的角度出发，则我们可以清晰地整理出一条历史性的创作线索，即从明清时期经历民国时代，贵族世家不独受到平民血统改换的逐渐侵蚀，也受到时代政治风波与世俗商业化的影响，从士大夫阶层逐渐转化为平民百姓。无论明清之际的帝王将相，还是民国时期的时代

① 陈晓明 . 重建文本细读的批评方法 [J]. 创作与评论 ,2014(6):4

负荷者，再到离开原乡的异地漂泊者，在对贵族世家演化过程的叙写中，林佩芬与叶广芩仍然坚持着中国知识分子的文化使命与责任感，在宏阔的大历史观念影响下坚持对历史的追问与书写，展示了中国历史文化的独特性。本研究将采用从文本的叙述分析逐渐进入到文化内涵揭示的研究策略，并尽可能展示出两位作家创作中的思想与文化意义，以期将该研究引向更为宽广的历史与思想场域。

# 第二章　地域文化与文气养成

“文气”在古代文学理论中是极为重要却又容易混淆不清的概念。“气”本为象形文字，由云气的具体所指引申为天地之元气的抽象境界，进而演化为作者个人的气质禀赋，以及后天的个人修养和所处环境所生发出的气息，最终在作品中表现为文章行文的气势。曹丕论文气曾说清浊有体，而巧拙有素。姚鼐论文气则曰各有偏胜，而文变多端。《文心雕龙·养气篇》有云：“吐纳文艺，务在节宣，清和其心，调畅其气，烦而则舍，勿使壅滞”。[①] 魏禧《许士重诗序》谓诗文必有静气以之为根。唐浩明在《故梦》的序文中曾评价林佩芬说：“她对著书立说这种名山事业有很高的期许。她认为优秀的文学作品可以长久流传下去，影响着民族文化品格的铸造。她也不在意当下市场对严肃文学的冷淡。”贾平凹也曾经这样推崇叶广芩的文风：“叶广芩是中国文坛的名家，才华横溢，又特别心静，在娱乐化消费化的年代，她坚守着对文学的神圣感，忠诚地以笔写心。”在对个人物质生活的淡泊和对文学神圣的坚持方面，这两位女作家共同的“静气”，使她们达到了刘大櫆在《论文偶记》中提到的“文须笔轻气重”，形成了独特的个人风格：“写气图貌既随物以宛转；属采附声亦与心而徘徊”，在抒情写意的同时其文气文风又具有一定共性。

## 第一节　故都北京：中国知识分子的“精神故乡”

对于任何一位作家来说，从小成长的地理环境与当地的文化气息，会对他们的创作动力与创作心理构成延绵不绝的影响。地域文化与教育背景是形成作家自身文学品格的重要原因。1948 年 10 月，叶广芩出生于北京的一个满族家

① 刘勰 . 文心雕龙 [M]. 上海：上海古籍出版社 .2015:239

庭，祖姓叶赫那拉，原系明末海西女真扈伦四部之一叶赫部的王族，其中不乏文豪武将，如历来被誉为“清初学人第一”的满族杰出文人纳兰性德。二十岁时叶广芩离开北京来到陕西，但北京始终是她创作灵感的核心来源地之一。1956 年 4 月，林佩芬出生于台湾省基隆市，她的父亲与姑姑都是北京满族人，祖上可以追溯到清初开国五大臣之一的额亦都。她自小在耳濡目染中早已累积了对北京的向往之情，自 1996 年担任北京市社会科学院满学研究所客座研究员后，林佩芬选择在 2003 年定居于北京，并开始了新的创作历程。北京，成为两位“格格作家”“两重家乡”的交汇之地与心灵之所。

童年时的经验，会影响到人的一生，在早慧而敏感的作家及其文学作品中体现得尤为明显。这其中的缺失性体验则是构成作家日后创作活动的主要动力来源。父亲的过早离世，孺慕父亲所象征的家世渊源及文化底蕴，成为林佩芬与叶广芩日后创作的原初驱动力。选择从事文学创作，能够纾解对父辈的思念之情，同时使父辈在文字的记载中获得不朽，作家也在创作过程中实现了精神的超越与人格的自我成长。

叶广芩的父亲 1949 年前在国立北平艺术专科学校（即今日中央美术学院的前身）教书。四五岁时，叶广芩被送往颐和园，和在那里工作的三哥叶广益、三嫂鲍贞住在一起，偌大的昔日皇家园林就成了小丫头时常游玩的地方：知春亭畔元朝宰相耶律楚材的塑像，成了“肯陪我聊天的好老头儿”；父亲教叶广芩认字，用的是颐和园大戏台两侧的楹联：“山水协清音，龙会八风，凤调九奏；宫商协法曲，象德流韵，燕乐养和。”谐趣园的岚光水色，玉澜堂的历史恩怨，与父亲说的时而有形，时而无形的“哈拉闷”（满语：水怪），景福阁美妙绝伦的月景，就这样浸润着叶广芩与中国文化艺术的灵犀，滋养着她的想象与创作才能。在回忆性散文《颐和园的寂寞》里，父亲携着叶广芩的手，在颐和园中走到哪儿讲到哪儿，编出在夜里与光绪品茗谈古论今的故事，京剧《打渔杀家》中的萧恩父女、孙悟空和猪八戒，甚至王国维也由水中踏月而出，加入清谈的行列，多少深厚的历史文化知识就这样流入一个孩子的心田。六岁那年，父亲去往彭城陶瓷研究所工作，叶广芩执意将父亲送上开往前门火车站的有轨电车，不想竟是最后一次的相见。“我父亲有本叫《梦华琐簿》的书，闲时他常给我们讲那里面的事情，多是清末北京梨园行中的轶事，很有意思。我大约就是从这本书，从父亲那颇带表演意味的讲述中认识了京剧，迷上了京剧，同时，将那本书看做神奇得不得了的天下第一书。‘文革’破四旧时，这本发黄的线装书又被翻腾出来，我才知该书出自蕊珠旧史之手，知道‘旧史’便是清末杨懋建氏。翻览全书，发现并无多少深刻内容，盖属笔记文学之类，文字也显粗糙肤浅，我遂明白，当初对它的崇拜，很多原因是因了父亲的缘故。”[①] 林佩芬的父亲在她年幼时常年航海在外。在她的回忆中，也是在六岁时父亲曾应她的要求，为她做过一间小狗屋：“那时父亲已经60多岁了，双鬓斑白，身子有些佝偻。有好些天，他从早到晚都在小院子里叮叮当当地敲打。我则安静乖巧地守在旁边，父女俩似乎没有什么话可说。”但那却是林佩芬一生中最不能忘怀的时光。“那是一个很小的狗屋，却耗费了父亲近一星期的时间。他是绝对的完美主义者，常常会因为一个小钉子没有钉好，将木屋拆开来重新再做。许多年后我想，他也许是故意缓慢和重复，从而有‘堂皇’的理由和女儿多相处。”后来，林佩芬对父亲的思念不只寄寓在爱狗怜狗上，更是寄托在读书上面：“小时候家里古典文学藏书很丰富，有父亲从大陆带来的，也有后来在台湾买到的。父亲在船上工作，母亲对我严加管教，父亲休假回家时也会出于自己兴趣买一些书，再上船时就留给我看。”诸如《诸葛亮评话》《桃花扇》《红楼梦》及大量历史小说都是林佩芬在初中时就通读了的，她研究历史并写大清开国三部曲的历史小说、直至写出以父亲为原型的家族小说《故梦》，都是出自为父亲和家族做些事情的长久心愿。为了历史小说的修订与《故梦》的写作，林佩芬开始频繁地往来于台湾和大陆之间。回到父亲的故乡北京，她按照林家当初的遗址，遍访周边“邻居”，最后选择在当年皇家园林的旁边将新家安顿下来，她的心灵从此可以不受台湾海峡的阻隔，而离父亲与祖先更加接近。对于出生与成长在台湾的“外省人”第二代作家来说，“他们被迫从此时此地的当代中被撕开，去面对那父辈集体仓皇的过去。”无论朱天心的《漫游者》、张大春的《聆听父亲》，还是朱天文的《巫言》与骆以军的《月球姓氏》，都是以凝视已逝的父亲，去追问“我从哪里来”的反思，身为台湾作家的林佩芬也概莫能外。从这层意义来说，林佩芬与叶广芩身处于不同的政治与文化语境中，但是共同的家世背景使得她们的创作起点有着一致性，即接续了“五四”之前中华文化的传统精神。

对于中国知识分子来说，北京是他们共同熟悉的世界，承载着共通的文化经验与文化感情，在“精神故乡”的意义上甚至可能比自己的原乡更富于心理建构的意义。在中国现代作家里面，关于北京及北京文化的书写不绝如缕。虽

① 叶广芩 . 贵妃东渡 [M]. 北京：作家出版社 .2016:85

然北京所代表的古老中国的乡土深情与新文化理想之间经常构成一种紧张的关系，但是不同作家通过自己对北京的文化诠释和形象展现，又表现出对北京的文化认同，这里面尤其以出生和成长于北京的作家为最。老舍、萧乾都对北平充溢着复杂的情感，林海音赴台后写出的《城南旧事》，引起了人们强烈的共鸣。北京文化的复杂性在于它作为古都，是中国明清以来数百年精英文化和通俗文化汇集的地方，在不同阅历的作家笔下也会折射出不同的面向。老舍与萧乾都是曾经生活在社会底层的作家，通俗文化对他们二人的影响非常大，他们笔下的北京形象的美感是统一的。确切地说，他们都在自己的作品中表现出对通俗文化、大众文化的浓厚兴趣，有着精到的描写和呈现。赵园在《北京：城与人》中提到，老舍关注的是胡同、四合院这种生活格局造成的人际关系特点："老舍作品少'学问气'、'书卷气'，少有剥离了审美的历史兴趣。他的'历史'即活的人生形态，不是史著的历史陈述"。[①] 而普通胡同里的北京，仍然是较多匮乏和令人不能不克制其欲求的北京，与清代贵族对享乐的投入和创造热情不可同日而语，在文化的丰富性与多层次方面也显得较为单薄。唐宋以来中国的文人雅士以能混迹俗人俗世为飘逸，俗雅之间并无中世纪欧洲那样的鸿沟。而五四以来的现代精英文化则大部分源自"泊来"，并非由大众文化中选择、淘洗、提纯，于是缺乏与大众文化间的交换，而显得"高高在上"水土不服。所以沈从文表现出"一个乡下人对现代文明的抗议"，这一矛盾，直到80年代刘心武写作"京味小说"《钟鼓楼》时，还被当作一个普遍的社会问题，以冯婉姝这位"城市知识青年分子中最能接近低文化劳动群众的人"和杏儿这位"农村青年中最富自尊感和进取心的人"之间的矛盾冲突来表现，展现出一种"古老的、难以抑制的对占有知识优势的城里人的一种厌恶"。北京文化，在刘心武的笔下更像是昭示时代特点和社会矛盾的素材，与当时的"改革小说"一样，具有强烈的社会责任感和使命感，而缺少了超然物外的静穆悠远，与玄远深奥的哲思等更加个人化的笔调。"京味作家"邓友梅在《略谈小说的功能与创新》中认为，小说可以"为读者提供多种多样的审美对象，在各个生活角落，发现美的因素"。在邓友梅笔下，这"美的因素"当然就包括北京以旗人文化为代表的贵族文化。但是知识累积需要内在的生命体认，因此文气的从容、雍容是得来不易的。为介绍烧瓷工艺或鬼市等"文化"元素，邓友梅小说中的人物有时沦

---

① 赵园．北京：城与人[M]．北京：北京大学出版社．2002:27

为了一种“引子”或线索，成为文化符号而缺少了生命体认的力量。倒是高邮人汪曾祺在《安乐居》等作品中，因为极富情趣的心灵与对老庄禅宗等传统哲思的会心，使得作品从内容到形式处处显得散淡闲逸，最得老北京人的神髓。对于叶广芩来说，她的京味系列小说同样能够写出胡同中平凡世俗生活的温情，有着所谓的“底层意识”，但非同一般的家世阅历，又使得她在家族叙事中不可避免地表现出贵族精英文化的理想追求，从而能够从容地穿行于雅俗之间而游刃有余。

地域文化对林佩芬的影响主要体现在两个方面：一是她在作品取材时涉及北京的地域文化，譬如《故梦》中对京韵大鼓等地方曲艺演绎过程的生动描绘；二是崇尚恢宏大气的审美风格。在《故梦》中，热爱读书、仰慕文化的秦燕笙第一次到达北京时：“站前广场的开阔气象与熙攘的人群组成一幅博大、繁华的人间景象，她顿觉视野辽阔起来。”不由感慨道：“万里无云万里天——看过多少次改朝换代，京师的天依旧一尘不染，像包容了一切似的，又像一幅素笺，让人来书写历史！”“故都北京”对于林佩芬来说，是中国传统文化精神的高度象征，是精神濡慕的永恒家园。与“台北”的现代都会经验带来的文学现代感性相比，“北京”才是她上溯“国史”、以情驭史的创作舞台。满族统摄中国后，为提高旗人的文化素养，清帝下令旗人只习文练武，经过二百余年的吸纳积累，在各民族文化交汇的帝都北京，这些天潢贵胄的旗人世家子弟们各有所长，即使家境败落也继续精研不辍。夏仁虎在《旧京琐记》中提到清末北京二黄流行，“因走票而破家者比比”，不惜“耗财买脸”的旗人，其人生追求的痴气与任情，不是讲求实惠的近代商业都会市民所能够完全欣赏的。旗人文化已经难以从北京文化中剥离出来，骑射的文明演变为更富于历史文化与生活艺术的价值趣味。清代贵族“太平父老清闲惯，多在酒楼茶社中”，不但成为叶广芩与林佩芬家族小说的人物原型，也使作家在潜移默化的熏陶中习得了中国古典文化的精华，形成了文气所以致之之本，这种文气与当代的“京味小说”作家大异其趣。在历史对旗人进行的强制性改造过程中，他们的贵族身份为历史所剥夺，贵族后裔虽然平民化了，其优异禀赋与艺术素养仍然显示出文化的意义与价值，具有史诗性的悲剧品格。以“末代王孙”溥心畬为例，这位“王孙画家”在林佩芬与叶广芩的作品中都出现过，他的书法作品也都悬挂在两位女作家的厅间案头。溥心畬代表了传统中国知识分子在面对新时代与新文化转型时的一种典型价值取向，对其生平进行研究分析，也可以获得一种理解这两位女作家思想与创作倾向的角度。

溥心畬原名爱新觉罗·溥儒，1896年出生于北京恭亲王府，是清恭亲王奕䜣之孙。他的名字来自光绪帝的赐名，光绪在溥心畬3岁时勉励他成为“君子儒”。溥心畬6岁时发蒙读书，8岁时参加慈禧的祝寿活动，因为善于联句而被称为“本朝神童”。在他13岁时，因为读了在正统儒士心中属于另一文化谱系的袁枚《子不语》而被老师责罚赋诗。看了他的诗作后，老师因其才华而不再责罚。他写的《烛之武退秦师论》《题随园子不语诗》等则被送入宗室子弟所设“文风社”并大获好评。在他15岁时进入贵胄法政学堂读书，第二年辛亥革命爆发，这个学堂先后并入过清河大学和北京市内的法政大学。1911年秋天，袁世凯为了威吓清宗室成员，派兵夜围恭王府戟门，溥心畬的母亲项夫人带同溥心畬与溥僡逃到了北京城北的清河县二旗村，投靠过去的故旧家中避难。项夫人亲自传授溥心畬《春秋三传》，教之以农事料理。17岁时溥心畬又为了避祸至马鞍山戒坛寺隐居，一边临摹家中收藏的古画，一边对戒坛寺中的千年古松进行写生。19岁时他开始游历德国并考入柏林大学，后来又加入了柏林研究所，至27岁时归国。1925年，承袭了恭亲王位的溥心畬长兄溥伟，将恭亲王府与后园萃锦园都售与了辅仁大学，作为校舍预定地。溥心畬闻讯以年租八百元的价格租回恭王府居住，直到1938年才迁居颐和园。溥心畬三十岁时，和一众满族画家组成了“松风画社”，所有社员的笔名中都有一个“松”字。溥心畬在其自传中称：“画则三十左右始习之，因旧藏名画甚多，随意临摹，亦无师承。喜游名山，兴酣落笔，可得其意。书画一理，因可以触类而通者也，盖有师之画易，无师之画难；无师必自悟而后得，由悟而得，往往工妙，唯始学时难耳。”展现出旧式文人外师造化、中得心源的妙悟自然之法。1927年，溥心畬31岁时，在北京春华楼设宴邀请张大千与张目寒昆仲、张善子等名画家，其后时常与张大千对画及互题，京中人渐有“南张北溥”之目。

尽管同样有着负笈海外的经历，与徐悲鸿几乎同龄的溥心畬却不似对方那样兼收西学，积极求变。这与他的成长背景有着密不可分的关系。从小耳濡目染接触到中华文明中最顶层的文化，对其价值有着深切感悟。天潢贵胄的文化身份，又造就了他在面对西方文化时，自尊自足的本位立场。这种坚持道统的文化立场在应和时代变迁而开拓进取方面或有不足，但却因此却保存了传统时代的人文精神与价值延续。1932年，溥仪在伪满洲国重新登位，宗室旧臣纷纷趋之若鹜。溥心畬却拒任伪职，还写了一篇著名的《臣篇》以表明心迹。文中对于溥仪处境这样分析道："故建国之神，右社稷而左宗庙；三代令王、其揆一也，未有九庙不主，宗社不续，祭非其鬼，奉非其朔，而可以为君者也。"论及自己态度，则曰："我祖忠王，股肱王室，临难受命……窃维屏藩之道，必重尊王，草莽之臣，始曰择主。岂敢背先帝先王，而从其所不当从者哉。"[①] 其后，溥心畬又写出《与陈苍虬御史书》，分析了日本扶植满洲国终将招致败亡的命运，预言未来苏联出兵东北时，溥仪君臣亦可能被俘北狩，其后果然一一应验。1936 年暮秋，溥心畬赋《念奴娇（乙亥暮秋陶然亭题壁）》，用"三十年来陵谷变，极目苍葭千顷。"来感叹风云变化，外敌入侵，国无宁日。次年春，日本华北派遣军司令以重金求取溥心畬的画作，作为伪满洲国成立四周年的贺礼，为溥心畬坚拒。这一事件，或许是林佩芬在创作小说《故梦》中陆正波拒不出任伪职的原型来源。溥心畬义子溥毓岐与溥心畬之间的关系，所体现出的高贵情操与侠义精神，也可能成为《故梦》中秦燕笙的父亲秦约对陆府终生铭感的情节原型：毓岐原名陈宝枬，祖父陈恒启为恭王府总管，父陈伍荣为溥心畬的书童。毓岐出生后不久就失去了母亲，三岁左右时随父亲到溥家玩耍，甚为溥心畬所怜爱。溥心畬迁居颐和园后，将他留在身边照料长大。此后溥毓岐跟随溥心畬途经南京、杭州与上海辗转赴台，终生相伴左右。

44 岁时，溥心畬因向辅仁大学租用萃锦园期限已满，更因"日方屡请参加教育等事，遂称疾不入城"。乃迁居颐和园，租用介寿堂。从此颐和园的各处盛景在他的诗词绘画中多有出现，这一时期的溥心畬埋首金石研究中并有多部专著问世，如《秦汉瓦当文字考》《吉金考文》《陶文释义》《汉碑集解》等。1946 年即溥心畬 51 岁时，蒋介石特邀他作为满族代表参加了在南京举行的制宪国民大会，代表们在会内会外都强调了满族对中华文化的贡献，第二年溥心畬在北京东四九条胡同唐君武家中共商成立"北平满族文化协进会"，并上书蒋介石主席，期望消除畛域，为满族争取平等，反对文艺界对满人的歧视和丑化。12 月 30 日协进会获得正式批准，选溥心畬为理事长、唐君武为秘书长。在叶广芩的散文《感觉京城旧王府》一文中，也提到了这段历史与叶家和溥心畬的深厚渊源："四十年代后期，恭亲王之孙溥心畬成立了'满族协会'，从颐和园搬出，居住在肃王府。溥心畬（溥儒）是中国有名的书画家，与我家关系甚笃，在我们家里，我的四哥叶喆民当着老家儿的面，给溥心畬磕了头，拜其为师。四哥

① 转引自王家诚 . 溥心畬年谱 .[J]. 新美域，2005(2):86-121

告诉我，溥心畬在肃王府期间，他常过去，有时看见他的老师坐在院里弹弦子，唱曲儿。……”[①]1948 年，溥心畬为北平满族人争取救济金三亿元获准，可见即使身份特殊，需远离政坛，但他始终具有传统士大夫的责任感。

1949 年，溥心畬藏身于一艘小船中，自上海偷渡至舟山群岛，并从舟山辗转赴台，从名士要人转变为台湾师范大学美术系的教师。虽然为生计亦曾在家中开班授徒，也至亚洲各国讲学，但在蒋夫人宋美龄一心期望拜师学艺时，溥心畬以不愿至官邸授课为由拒绝了这位“第一夫人”的邀约。1953 年，溥心畬以诤友立场，写出《易训篇》一文，经罗家伦转呈蒋介石，借阐明易理，诤谏除弊革新之道。后来他又辞谢了台湾的“光复大陆设计委员”“国策顾问”等职，与孔子一样居家授徒、埋首著作。他的《尔雅释言证经》《毛诗经义集证》《四书经义集证》等著作都采用以经解经的形式，对帮助今人阅读古代文献做出了文化贡献。1959 年 64 岁时，溥心畬在香港新亚书院进行了文化演讲，1962 年更是在新亚书院艺术系讲学三个月。他在新亚书院的讲学方式与在台湾师大一致，讲论与示范同步进行，留下的书稿与画稿都由新亚书院辑成专书出版，为中华文化的传承留下了丰厚的遗产。1963 年，溥心畬在台湾去世，葬于阳明山南原，一心想回北京看看，最终也没有回来。

这位处在旧传统与新思潮斗争中，一生颠沛流离的“末代王孙”，因出身皇室，自然多有观摹体悟大内珍藏的机会。在揣摩古人法书名画与诗文辞赋的过程中，他形成了清丽典雅，恪守中国文人精神本位的文风与画风，也深深地影响了叶广芩和林佩芬的审美趣味。叶广芩的四哥曾师从溥心畬，在她很小的时候就让她每天习练小楷字帖，并加以指点。她也常在哥哥们作画时潜移默化习得用色的调和与“文人画”的审美趣味。而林佩芬更因身处台湾，得以饱览溥心畬的书画作品，在浸润提升自身文化修养的同时，写下了一系列的优美散文，使我们得以了解和接近溥心畬的艺术与精神世界。在《世上如侬有几人》一文中，林佩芬从溥心畬笔下气势苍茫、烟岚掩映的山林与小舟上身披蓑衣、手撑长篙的渔翁那里，读出了溥心畬“经历繁华之后不眷恋富贵权势”的隐者心境；在《山高水长》一文中，写到了溥心畬与莫德惠先生由一幅历经战乱流离仍保存完好的画作而显示的莫逆之交与至情至性；在《永恒的岁月》一文中，通过对比韦瓦第的小提琴协奏曲《四季》，与溥心畬的画作“四季”，无论“云霞出

①叶广芩 . 贵妃东渡 [M]. 北京：作家出版社，2016:190

海曙，梅柳渡江春”宁静的璀璨，还是“孟夏草木长，远屋树扶疏”的自在快乐，其画境中蕴含的浓郁的中国文人气息，在韦瓦第模拟大自然的现象之上，更表现出大自然的哲理，显示出更高的审美境界；在《历史的伤口》与《王孙终古泣天涯》中，通过列举溥心畬的诗作，揭示出“身为亡国的贵族”在山河破碎、身家飘零时的沉痛和无奈。溥心畬字画上钤着“旧王孙”的印文，流露着回天无力的苍茫，他的诗作完全可以和近代史上中国百年的忧患互相印证：“闻道长安似弈棋，百年世事不胜悲。”与八大山人“哭之笑之”的任情放诞不同，溥心畬的画境常常呈现出繁华过后的清寂澄明，表现出节制亦是一种美，应该说对这两位作家的文气文风，都有深远的影响。在现实生活中，这两位作家的结缘也与溥心畬有一定关系。在叶广芩的小说《状元媒》最后一章“凤还巢”中，阔别北京故乡多年已入老境的“我”终于归“家”：“条案上是来自潘家园瓷器摊上的两个粉彩将军罐，墙上是恭亲王孙子溥心畬的书法《蝶恋花》”，并且这幅书法作品“是台湾作家林慧芬送给我的仿制品”[①]。笔者曾在访谈中求证，从叶广芩老师处得知这位“台湾作家林慧芬”的原型就是现实中的林佩芬。林佩芬老师也提到两人一度在北京交往甚多，差点连住所也选在了一处小区。那么，溥心畬这首“蝶恋花”中“沧海茫茫天际远，北望中原，万里云遮断”的苍茫慨叹，也就成为萦绕在林佩芬与叶广芩创作空间中那挥之不去的乡愁之思，在“遣情伤，故人何在？烟水茫茫”的苍茫现实中，点燃了作家创作的心灵之火。

## 第二节　文气养成：积理练识，励志尚学的心理建构

先天的文化环境熏陶，若加之以后天自觉的个人修养，才是昔人所谓的养气功夫，即所谓的通过涵养变化气质。对于中国传统知识分子来说，养成自己的文气文风，则要通过积理练识与励志尚学这样的道路。积理可以达到“理辨则气直，气直则辞盛”，练识则需通过广泛阅读，达到韩愈所谓“识古书之真伪”，“无迷其途”，还应在读书与行路的反复印证中不断强化扩展自己的识见。励志则韩愈所谓“物不得其平则鸣”，尚学需通过柳宗元总结出的读书之路的来完成：“本之《书》、《诗》、《礼》、《春秋》、《易》以取道之原，参之《谷梁》、

① 叶广芩 . 状元媒 [M]. 北京：北京十月文艺出版社 ,2012：479

《孟》、《荀》、《庄》、《老》、《离骚》、《史记》以旁推交通而以之为文者”[①]，积累丰富的学养且在学问面前永远保持谦恭和追求的心境。叶广芩在读者指出《采桑子》中引用的楹联有一字之差时，由衷地赞叹：“大学问家啊，虽然用了这个联，我却是一知半解，理解远不及你。真是三人行必有我师呀。学问是不以年龄论的，想起一句话，后生可畏，焉知来者为谁！谢谢！”而林佩芬则在笔者询问为何不在成功写出明清历史小说的基础上继续写作唐代历史小说时回答：“样样通就样样松，草草写作唐史小说，也许用三年就可以了，可是研究明清历史我用了三十年时间。这期间就像弘一法师一样，中年以后百艺俱废，放弃音乐、绘画等其它的兴趣和娱乐，所以如果再有三十年，我才能写出较为满意的唐史小说吧。”从中可以看出作家对写作视为名山事业的严谨认真的态度。

乾隆时创立阳湖学派的恽敬曾有云：“作文之法不过理实气充，理实需致知，气充需寡欲。”林佩芬在创作几百万字的明清历史小说时，为忠于历史、有据可查，用了数十年时间研习历史典籍，甚至自学满文，为此在个人物质生活方面毫不讲究，多年过着寒窗孤灯的书斋生涯。在北京定居后，她认为整日坐着飞机交游研讨不该是生活常态，还是应该像陶渊明一样回到书房，“俯仰终宇宙，不乐复何如”。林佩芬写成家族历史小说《故梦》，对百余年间的历史人物充满了“谅解之同情”，也表现出深受钱穆先生及其思想的影响。

1975年春上元节，钱穆先生于台北外双溪之素书楼为《中国学术通义》一书写下这样的自序：“欲考较一国家一民族之文化，上层首当注意其‘学术’，下层则当注意其‘风俗’。学术为文化导先路。苟非有学术领导，则文化将无向往，非停滞不前，则迷惑失途。风俗为文化奠深基，苟非能形成为风俗，则文化理想，仅如空中楼阁，终将烟销而云散。”[②]在求“文化”与存“风俗”方面，在“积理”与“练识”的文风养成的过程中，林佩芬与叶广芩依旧有共通之处而各有侧重。

也正是在1975年，林佩芬“勉强越过大学联考的窄门”，从高雄负笈求学北上，进入外双溪畔的东吴大学中国文学系。开学前一天，远眺红白相间毫无藻饰的“素书楼”，就使她想起了唐代刘昚虚的《阙题》：“闲门向山路，深柳读书堂”，一种静远博大的境界深深地激励着已读过钱穆《国史大纲》的林佩芬做个精进学业、著作等身的人。其后的岁月里，教授“中国通史”的姜公韬老师

① 郭绍虞．郭绍虞说文论[M]．上海：上海古籍出版社，2000:33

② 钱穆．中国学术通义[M]．北京：九州出版社，2012:1

指定学生阅读钱穆先生的《中国历代政治得失》，林佩芬又自行购买了《中国历史精神》《中国思想史》《秦汉史》等著作，在笔记本上抄录下钱穆《灵魂与心》一文中的一段话："人之年寿有尽，而其精神德化可以弥补宇宙之无穷。……后人所受之精神，即其祖考之精神，故唯贤德乃有达后，而不唯其后人之精神，乃可以感召其祖考之精神，使常聚而不散。……古来大伟人，其身虽死，其骨虽朽，其魂气当已散失于天壤之间，不再能搏聚凝结。然其生前之志气德行、事业文章，依然在此世间发生莫大之作用：则其人虽死如未死，其魂虽散如未散，故亦谓之神。"这时的钱穆先生在林佩芬心中是中华历史文化的掌灯人，远望素书楼阳台上钱穆一袭白衣踱步的身影，林佩芬产生了对中华历史文化深深的濡慕之情，这种情怀一直伴随着她之后的写作岁月。

这种"一生为故国招魂"的文化情怀也与当时台湾的历史环境有关。台湾地区在日据时代结束之后，当地教育部门为增加民族认同与重树民族自信，在小学至大专院校的教育体系中系统开授《生活与伦理》《中国文化》及《国民思想》等课程。以"民族教育"及"道德教育"并重的政策使得中国传统文化和道德得以"生根阐扬"。1966 年 11 月，台湾地区的"中华文化复兴运动"由孙科、王云五、陈立夫、陈启天、孔德成等一千五百人联名发起，倡议在每年 11 月 12 日（孙中山诞辰）设立"中华文化复兴节"。第二年 7 月，台湾地区领导人蒋介石为"中华文化复兴运动"制定了思想纲领，并被推举为"中华文化复兴运动推行委员会"（简称"文复会"）会长。"文复会"下设各类职能机构，如有负责整理出版古代思想典籍、普及学术精华的"学术出版促进委员会"，有负责发扬传统伦理道德工作的"国民生活辅导委员会"等。1970 年，作为全社会的生活理想的行动纲领的修订版"国民礼仪范例"正式颁布。这场运动关注和思考中华历史文化，在整理文化典籍、宣扬文化传统，提升社会道德教养方面有着不同程度的积极结果。

林佩芬在接受笔者访问时曾谈到自己在"中华文化复兴运动"中的成长经历："我们当时的高中教材里就有《论语》和《孟子》，四书五经和唐诗宋词都是必须阅读的，我们的课大部分都是古文。我高中时得过孔孟学会的论文奖，主题就是孔孟学说，并引用了钱穆先生的名句。说到'中华文化复兴运动'，蒋介石一生功过我们且不去评说，但这个运动我认为是他一生中最伟大的地方，让中华文化没有断根，另一个就是领导抗日，捍卫民族尊严。""中华文化复兴运动"为台湾几代人打下了良好的传统文化基础，当时的中文系教育注重校勘、训诂、文字学等基本功夫，也很注重文史哲的贯通，林佩芬在大一时，整个暑假都在读史记里的列传。“中华文化复兴运动”伴随着台湾的经济起飞，也促进了各类演讲机会、座谈展览、观摩研讨等文化集会的盛行。在岛内每逢孔子诞辰日，台湾的各孔庙都要举行庆典仪式。在各传统佳节也会由社会名流主持，普通百姓参与举办诗歌雅集。所以林佩芬自2003年定居北京后，在2006年开始创办“文苑雅集”活动，遍邀诸如周澄等海峡两岸的著名艺术家品鉴书画，致力于推动两岸文化交流，一切都显得自然而然。

台湾的历史环境使林佩芬的写作起点接续了正统的儒家思想，强调文学要突出美善结合、义重于利的伦理道德观念与诗教意识。她认为培养文化不应该用机械化（电脑检索）的方式，而是要通过形象的文学作品进行潜移默化的熏陶。这样的文学观念与一生忧国爱民的顾随先生颇有近似之处。在叶嘉莹教授记载的七十多年前的听课笔记中，顾随先生说：“气象要扩大。……所以抒情作品没有大文章，世界大而有人类，人类多而有你，一个大文学家是不说自己的。为了自己要强，也还是自私狭小，参道、学文忌之。”[①] 林佩芬在笔者的访问中也强调，只写个人的人生感悟“对别人来说没有意义，没有一个重大的共通性”。在创作《故梦》这样的家族历史小说时，她仍然要求自己写的细节要能反映时代的变迁与一代人的命运遭际。初中时，她在书店购买了苏雪林的《棘心》《绿天》，很欣赏苏雪林的个性与学问。没想到到了1986年，也就是林佩芬已经成为职业作家十年时，台湾的《文艺》月刊主编俞允平先生邀请她撰写几位前辈学者、作家的小传，得以有机缘“成了这些老作家的小朋友”。林佩芬专程又去外双溪畔的素书楼拜访了大学时仰慕不已，时年已九十一岁高龄的钱穆先生，她将杂志的这个专题命名为“不朽者”，先后完成了对苏雪林、钱穆、台静农、王鸥等几位大师的访问。但由于时间仓促且字数所限，林佩芬对已经完成的这几篇文章并不满意，所以没有将其收录在文集里，并认为“为不朽者作传，至少要投入十年以上的时间，写出一本同为不朽者的传记”。时过境迁，90年代因政治风向的变化，台湾政界掀起“素书楼产权”的话题，钱穆先生在1990年6月1日，以九十五岁高龄毅然迁离素书楼，8月30日即与世长辞。斯人已逝，两年后素书楼却又改为了钱穆纪念馆。这件事对林佩芬的刺激很大，在“人心浇薄、文化沦丧”的悲愤之情溢满心怀之余，再也没有走向素书楼的意愿，只

① 顾随讲 叶嘉莹笔记．中国古典文心 [M]. 北京：北京大学出版社，2014:23

是继续努力阅读后来出版的《钱宾四先生全集》。新世纪到来，林佩芬迁居北京后，恰逢大陆兴起“钱穆热”，在《外双溪的回忆——忆钱穆先生》一文中，她抚今追昔，以一位历史小说家的身份不由感慨道：“就宏观的历史角度看，钱穆先生的一生，以及身后的余绪是一部中国近百年来历史变迁的缩影。……清末至民国，是中国逢‘三千年未有之变局’，少年钱穆因读梁启超的文章而对‘救亡图存’产生了重大的使命感，开始研究历史；……当时是‘新文化运动’推展后的第二个十年，学术文化蓬勃兴盛，如日初升；而北平为首善之区，人文荟萃，名家云集，且为集中国历史文化菁华之地，他离乡入京，固然使自己的苦学所成得到发挥，而心胸、视野都为之扩张，学问也更上一层楼。”[①] 从中我们可以看到林佩芬一直在追寻的“钱穆之路”：以学术普及全民，以求复兴中华文化。又因为钱穆赴台湾定居的缘起和结局“更是一部台湾政治、社会变迁的记录”，从深受“当局”重视，“特命”建筑素书楼以居，到 90 年代当局易人，对素书楼及钱穆先生代表的国学和传统文化所持态度大不相同，如此种种也启发着林佩芬在小说创作时采用了大陆与台湾两相对照的，以个人经历显示时代变迁的更为宏阔的艺术视角。“批孔扬秦”的时代已成为过去，“我两度亲身经历‘中华文化复兴运动’，在两个不同的地方，时间只隔了短短的几十年，这个实证证实了‘文化不灭’”，也使得林佩芬放下了对素书楼或纪念馆这些外在物相的执着，对钱穆先生提出的中国传统文化的价值更有信心，并选择继续以“尽其在我”的虔敬态度去书写历史，传播文化。

《故梦》中写到陆海棠进入台大哲学系，与系上几位志同道合的教授联合办杂志，让陆天恩联想到《自由中国》杂志被查封，雷震被逮捕的画面。后来担任社长的杂志发起人被约谈，于是杂志胎死腹中，隐隐影射着 1972 年的台大哲学系事件，只是在时间上做了一些变通处理。台大哲学系事件之一的主角陈鼓应先生，也是一位阅历丰富，在两岸暨香港都具有较大影响力的学者。为着小说创作的真实性，林佩芬也深入研究过他的生平经历。对于 1935 年出生的陈鼓应来说，初抵台湾时英文老师还是受日本教育的，而三角、几何数学都用闽南语教授，整个社会的官方意识形态也非常封闭，陈鼓应认为“四九年之后，五四的新传统被切断了，台湾知识分子在日据时代那种可歌可泣的言论和行动的历史被切断了”，直到进了台大哲学系，殷海光先生教授了他们用逻辑分析事

① 外双溪的回忆——忆钱穆先生 [J].( 台湾 ) 明道文艺 .2006(8)

理，通过阅读《自由中国》（1950 年创刊，1960 年被查封），“一下子对现实世界就清楚了”。而且“班上有一个同学，他有很多左翼的东西，于是沈从文的文章，还有鲁迅 30 年代的文学作品，都在班上流传，使得我们眼界大开”。[①] 这些年轻学子如李敖、杨国枢等人发展了方东美、殷海光等学者从北大、西南联大继承的自由独立的精神，并创办了《大学杂志》《文星》等杂志。在台大哲学系，陈鼓应“接触的同学都觉得继承‘五四’精神有时代的使命感，有社会的关怀心”，并效仿五四时期“把思潮引进来，将一种时代的感受传达、透露进来”，在主题演讲《失落的自我》中反传统。“那时的时代思潮，一个是逻辑实证论，一个就是存在主义”。当时的陈鼓应想运用存在主义思潮打破台湾当时的沉闷，并在“言论自由在台大”座谈会上提出在台大设立“民主墙”或“自由墙”的建议，在《大学杂志》发表《开放学生运动》，引起了轩然大波，导致了“台大哲学系事件”。他被台大解聘，当局还勒令台大哲学研究所停止招生一年。直到 1972 年访美之后，陈鼓应看到财阀政治实质上影响着所谓的美式民主，而美国在全球的霸权主义也使陈鼓应对自己过去的“崇美”思想产生了怀疑，逐渐转而诠释、论述、弘扬起了中国传统文化。1984 年，陈鼓应从美国到北大教书，给学生介绍道家思想、尼采与萨特的哲学，又一次参与到大陆思想解放的进程中。这些上一代知识分子对台湾民主化进程的影响，也深深影响了林佩芬。

相形之下，出生于 50 年代的林佩芬在传统与现代、历史与现实之间的转换和选择既与陈鼓应有相似之处，也有一些差异。相似之处在于如饥似渴地“求知”，林佩芬回忆到自己的阅读体验时说：“（台湾）当时只要是留在大陆没有离开的作家的书都不能出版，鲁迅、巴金、曹禺和钱钟书的书我都是买的盗版的，后来舒乙先生把这些书都放在现代文学馆里，说可以研究一下是从哪个版本盗印的。我偷偷地看完了这些书，否则我们的文学史就是一个断层。”在对传统文化的态度上，由于成长的历史阶段不同，少年时受到“中华文化复兴运动”影响，熟读四书五经、唐诗宋词且成长在台湾经济已渐渐起飞，政治气氛也有所缓和的林佩芬，无论在阅读趣味、语言风格、思想倾向上都表现出对中国传统文化的接受与体认。而陈鼓应师承的方东美、殷海光等先生，继承了五四以来的思想传统，对现实问题较为关注，陈鼓应自己在少年时代，对国民党的文化保守立场也很反感，认为国民党“对于旧的传统，是把中国文化简化为儒家文

① 陈鼓应 干春松 . 学术与政治之间：“台大哲学系事件”始末——陈鼓应的记忆 [J]. 学术月刊 ,2013（5）：167-171

化，而原始儒家那种气概，那种气势、那种气象，都完全刷掉了，变成‘忠孝节义’、‘移孝作忠’。这就是把‘儒学’变为‘儒术’，就是孔子所批评的‘小人之儒’”。大学阶段，陈鼓应主要读西方哲学，“对中国哲学可以说是一无所知，我在那个时候老庄课的分数考得很高，但是老子、庄子的原著都没有读”，直到研究生阶段，陈鼓应的兴趣才偶然从尼采转到庄子。陈鼓应认为：“我这一生所写的学术文章，哪怕看起来很学究，其实都跟这个时代的苦难、人生感觉、生命感受直接联系在一起。对儒家、道家不同的看法，也是与遭遇有关，跟时代有关。”与此相同的是，林佩芬后来虽然主要从事历史小说创作，实际上对时代的关注也同样密切，笔下人物带有明显的知识分子倾向，承担着历史与文化的多重重负，带有作家自身的情感与思想轨迹。

在《芳菲恻恻 ——记一九七八年》这篇散文中，林佩芬写出了第一次经历“历史变动中的惊涛骇浪”：

那年，世界和海峡两岸的变局已隐隐成形，台湾的社会正步入转型期，经济起飞了，政治上还充满着诸多禁忌，新闻的尺度还在半开半闭之间，再怎么认真地阅读报纸也难以了解世事的真相，但我的智慧也和同年龄的少年一样，处在半懵半懂之间，并没有对政治运作下的新闻、舆论产生太大的怀疑，一如闲来走出小屋与同学聊天，总是慷慨激昂的大谈知识分子的良心、使命，畅论人类历史与世界趋势发展，中国的命运，台湾的未来……

没有人能确知自己究竟能为这个时代做些什么——包括我，一个已被认为是“青年作家”的大学生。

接着，暑假来了，校园里静寂了下来，我无从高谈阔论，也不必再应付考试，得以专心写作；已经构思完成的长篇小说《声声慢》很快的动笔，暑假结束时已经完稿，面对一叠十万字的手稿，我雀跃不已，一面认真地回想起十五岁那年产生过的愿望：要写一部充满了历史感，并能深刻反映中国现代史的百年沧桑的大小说。①

而现实世界中，台湾的“乡土文学论战”正在如火如荼地进行。“社会上不停地有人发言，有人撰文，有人出书，从前几年发生的保卫钓鱼台、退出联

① 芳菲恻恻——记一九七八年 [J].( 台湾 ) 明道文艺 .2004(11)

合国等事件议论起，乃至于大声呼吁开放言论自由；有人悲观地认为，戒严中的台湾将在威权的统治下沉闷窒息；也有人平静地认为，安定最重要，丰衣足食远比自由民主和人权重要；而更多的人乐观地认为，社会已进步如斯，知识分子的良心已被唤醒如斯，执政党已经无法像以往一样以一手遮天的方式办选举，经过这一次的选举，台湾必将加速脚步迈向理想中的民主政治，当局的言论尺度必将大幅开放；说这些话的人个个慷慨激昂，听这些话的人个个热血沸腾。”林佩芬也因为刚刚获得投票权而极度热衷关注竞选活动，那时参与竞选的候选人中有两位是她已有认识的：“陈（鼓应）先生在哲学方面的著作是我在中学时代就拜读过的，他师承的殷海光先生更是我景仰已久的前辈学人，《思想与方法》、《中国文化的展望》这两部名著乃是我的案头书之一；李钟桂女士不久前才到东吴大学演讲，以温婉的仪表、卓越的口才和丰富的学识赢得许多同学的折服——不只是我，许多人对他们的投身政坛都寄予重望。”这时的林佩芬也常常与朋友在台大的“民主墙”读张贴与政论，生活异常丰富多彩，并计划以眼前正在进行的这场选举为背景写一部忠实反映现状的小说。但是在 1978 年 12 月 16 日，美国同台湾“断交”，选举暂时停办，整个台湾形成了团结一致的空气，林佩芬也参加了群众运动，去松山机场向来台的美国官员表达抗议：“但也因为人多，拥挤，我只看到站在我前后左右的自己同胞，而没有看到同胞的‘公敌’；等候的时候，耳朵里被灌满的还是愤怒的声浪、此起彼落的叫嚷；不久之后，声浪忽然扩大成怒吼，我感觉到前排的人有了行动——果然，有人丢鸡蛋了，群众叫嚷得更激烈、更火爆，脚下还一面踩着花生，声音混在一起，特别响而乱。”

生平第一次参加的群众运动，既使林佩芬终生难忘，也使她感受到：“读得越多，我的心中越感茫然，总觉得集合我所有读过的书籍、文章，为数已经不少，却还像隔靴搔痒似的碰触不到要点；我无法全面地、深刻地了解美国，对大陆的现况更是完全不了解，甚至得不到任何资讯，便连猜都很难猜测到一、两分历史的真相”。她认识到即便是写作当下发生的历史，也需要走出象牙塔，参与了解外面的“大世界”，这为她后来写作历史小说时认真探访考据、并试图从各种不同的角度去反映历史的真相，以致最终“北上”定居大陆，奠定了思想基础。二十五年后的 2003 年 10 月，林佩芬在北京恭王府花园主持周澄先生书画艺术研讨会，认识了 1978 年夏天出任中国驻美联络处主任，参与中国与美国建交谈判的柴泽民先生，使她又回忆起年少时的如风往事，并发出了深深的感慨：

一九七八年是个转折的年代，这一年的变局对日后的影响至深至远；美国改变了外交政策，导致世界情势产生变化，历史为之改变；台湾在经历了这场变局后，加快了开放的脚步；大陆快速地与国际舞台接轨，展开了改革开放，两岸关系也开始由紧张转而舒缓，且在若干年后伸出友谊的双手互握；未来的发展固然有待观察，过去的回忆和今日的感受却都是历史的实录。

二十五年来，我亲身经历了台湾的演变与进步，解严、反对党成立、“总统”直选……每一件大事都是一个里程碑，我深刻地感受到，整个社会在荣耀与挫折的相互激励下勇敢地迈步；而近八年来，我经常在大陆旅行、逗留，主办多次两岸文化交流和学术研讨会，积累了多方面的见闻和经验；当然，我自己的心智也与二十五年前的芳菲年华大相径庭，对当代历史的体会、感受和思考，有了一个属于自己的开阔视野和格局，因此更仔细地回忆一九七八年的经历。①

70年代末台湾“退出联合国”的“外交挫折”激发了台湾的“乡土文学运动”，其后的“本土主义”者又对乡土文学中蕴含的“大中华主义”提出了挑战。如果说林佩芬少年时的读书、成长经历可以视作“外省人”第二代台湾作家的缩影，但贵族家庭出身的特殊色彩，使得她的文化选择趋于“保守”或“传统”，既冷眼旁观短暂的纷争，又对历时悠久的中华民族传统文化矢志不渝。那么叶广芩也有着相似的文化选择与创作趋向，她的人生阅历与同时期的大陆作家相比，在联系中又有着显著区别。她详细展现出对精致典雅的旗人文化没落的痛心，并将这种一度隐藏的族群认同升华为对中华民族的国族认同，倡导恢复中华传统文化中的精华部分。

苏轼曾谓“欲得高山大野可登览以自广”，“气可以养而致”。叶广芩在不同的人生阶段深入体验生活拓展识见，创作出京味家族系列、日本故事系列及秦岭生态系列等不同领域的文学作品，写出了时代人生中的真相。1999年出版的“新时期地域文化小说丛书”之一《风也萧萧雨也潇潇》，是叶广芩20世纪90年代中篇小说的一本合集。在《走出北京（代后记）》中她写道：“我是旗人，祖姓叶赫那拉，听说我的祖先入关后即被朝廷安置在北京东城，后来虽然

① 林佩芬．芳菲恻恻——记一九七八年[J].(台湾)明道文艺,2004(11)

搬了几回家，可终没离开过东四附近这块地界”。[1]叶赫那拉氏是满族八大姓之一，据《皇朝通志·氏族略·满洲八旗姓》记载，叶赫在今天吉林省梨树县的范围内，晚清后其名字多冠以汉字，如姓那、叶等。清初第一词人纳兰性德、慈禧太后和光绪的皇后叶赫那拉·静芬都出自这个家族。这种得天独厚的家族氛围为叶广芩的创作增添了一些信手拈来的素材，譬如《豆汁记》中御厨刘成贵说慈禧太后实际死于饮食没有节制这样一个细节，就是来源于叶广芩小时候听家人所说，慈禧是个美食家，年龄大了照样喜欢美食，最后是因为贪嘴而转成痢疾致死的。历史上慈禧确实是在秋天得痢疾而死的。叶广芩认为：“让我查资料，我也不知道到哪查去。但我觉得家里老人的话，应该也是有根据的。”“那时候的北京，东贵西富南穷北杂，风情极不相同。我们家人口多，规矩也多，我的祖父做过官，不大，似乎没什么本事和作为，是个很有脾气的老头。”祖父叶赫那拉·钟群的长子叶麟趾毕业于京师大学堂，1904 年考取官费到日本东京高等工业学校窑业科留学，同行同学中有后来著名的地质学家李四光。1909 年叶麟趾回国后曾在北平瓷业公司和天津工业试验所任工程师。30 年代，叶麟趾在河北曲阳县发现了消失一千多年的宋代五大官窑定窑遗址，奠定了他在陶瓷考古界的学术地位。1934 年叶麟趾出版了《古今中外陶瓷汇编》一书，具有极高的学术价值。后来他执教于国立北平艺术专科学校陶瓷科和中央美术学院陶瓷系，1949 年后又与徐悲鸿、齐白石等成为“生产建国瓷创制领导小组”的专家，为我国的陶瓷事业做出了极大贡献。叶广芩的父亲即叶麟趾的弟弟叶麟祥，同样追随哥哥的脚步前往日本留学，归国后在北平的高等学府任教。1952 年即叶广芩六岁那年，知道哥哥身体欠佳的叶麟祥又毫不犹豫地来到了河北邯郸的彭城镇，继续开展细瓷的研究，终因积劳过度诱发心脏病而在 1956 年去世。在家庭的影响下，叶家的女儿们也与陶瓷结下了不解之缘。叶麟趾的女儿叶广荣，早年毕业于中央美院陶瓷系，后就职于玻璃陶瓷研究所。《采桑子》中的老姐夫完占泰，就是以叶广荣的丈夫为原型的。他出身于湖北的一个大地主家庭并取得了大学学位。“书香门第”的叶家人不怎么理会他，当时年幼的叶广芩却很同情他，为了安慰老姐夫而给他表演翻跟斗。叶广荣的女儿刘伟在故宫博物院陶瓷组专事古陶瓷的研究，也是国内知名的陶瓷专家。这些家族中的人物都为叶广芩的小说创作提供了丰富的原型形象。叶广芩提到家人对她的小说创作影响

---

① 叶广芩 . 风也萧萧 雨也潇潇 [M]. 北京 : 北京出版社 .1999:473

时说：“我的一篇小说提到了肃亲王家的事，四哥对我说，写作要慎重，金家的后人还在，不可说错了。”与散文相比，小说可以在虚构的世界中自由驰骋，作家往往将自己和身边熟悉之人的特点套用在小说中。小说真实与生活真实之间必然存在着差异，作者的融会贯通、移花接木乃至改写再造都是出自作者自身的个性选择，这也是文学的魅力所在。大家庭里异彩纷呈的各式人物，细心的观察与深入的体认，不为尊者讳的创作态度，成就了叶广芩笔下一个个鲜活的人物形象。叶广芩说：“这些小说基本上都有真实素材，《豆汁记》中的莫姜当年给我三哥看过孩子，当时他在颐和园工作，没人看孩子，就找了这个老太太帮他。其实她根本不会带孩子，倒做得一手好饭，她老伴是御膳房的。老太太无儿无女，一直住在我三哥家。到‘文革’期间实在动不了了，她侄子才把她接回去，我三哥还像原来那样每月给她工钱。”“神色清朗如秋水”的莫姜沉稳的外表下知情知义，就像那根晶莹碧绿的翠玉扁方，是叶广芩笔下最动人的人物形象之一，而对人物原型进行“托身已得所，千载不相违”的精神升华，则是这种动人感得以成功的原因。在中国现代文学馆召开的《青木川》研讨会上，评论家李建军是这样评价叶广芩小说中抑制不住的“贵族”气息的：“在她笔下，绝然没有某些陕西作家插科打诨的粗俗和言不及义的无聊。你也许对那弥漫于字里行间的贵族气多少有些不适应，但是你得承认，她的文化教养的确高出有些‘著名作家’一大截。她的中篇小说《豆汁记》，仿佛一块温润的美玉，是近几年乃至近几十年中国文学最重要的收获。它所塑造的莫姜，像契诃夫写于 1899 年的《宝贝儿》中的奥莲卡一样，把善和爱转化为本能，只不过比较起来，叶广芩笔下的莫姜经历了更大的痛苦——失去‘天堂’的痛苦，因而也更豁达、更成熟。”评论家李星认为：“《青木川》的语言，一如既往地充盈着饱满、优雅的文化内涵。在几乎是与平民化、本土化、原生态俱来的粗鄙化文学潮流中。”叶广芩的文学作品往往显示出浓厚的文化内涵，对戏剧、收藏、风水、建筑等都很有研究，来自家族的文化滋养与熏陶，成为叶广芩创作与众不同的文风来源。

叶广芩“在故宫博物院工作”的哥哥即叶麟趾先生的长子叶喆民，在叶麟趾、叶麟祥两兄弟的子女们中排行老四，自幼随父亲叶麟趾教授学习陶瓷。叶喆民早年毕业于北京大学文学院，曾师从徐悲鸿、罗复堪、溥心畬三位大师学习书画，离休前为清华大学美术学院书法教授，著有《中国陶瓷史》等专著。1977 年，在故宫工作的叶喆民发现了宋代五大官窑之一的汝窑。这位四哥在叶广芩很小的时候就让她每天习练小楷字帖，并加以指点，至老不变："深秋，我在北京创作老舍《茶馆》的电视连续剧，闲暇时和妹妹小荃去看望我们的四哥，这个大我两轮的哥哥给我们每人找了两本老字帖，字帖上有家里老一辈留下的墨迹，越发显得珍贵。他让我们回去好好临摹，不许偷懒，下次见他的时候要把作业带来……他是中央工艺美术学院书法教授，我知道，他对我们的要求不会比他的学生宽松。我说现在的写作用电脑，已经许久不用笔写字了，他批评了我那'没有灵魂和个性的肉头字'，说一切艺术都是相通的，字写得很臭，文章也好不了哪儿去……听着兄长的训导，望着屋里暗红色陈旧的家具，望着墙上映在夕阳中发黄的老照片，望着白髯飘洒，清癯飘逸的兄长，嗅着儿时便熟识的气味，我想，这就是伴随我成长的家的基调，我的文学……"①家庭带给叶广芩的，是贵族精神与文化的承继与守望。在颐和园照看叶广芩的三哥，"严格说他应该是父亲的侄子，……三哥是个很重感情的人，他把我的父亲看作他自己的父亲，把我们也看作他的亲兄妹。在七个哥哥中，我最喜欢的是三哥，我对他的依赖，是女儿对父亲的依赖。1994 年，他七十一岁，患了癌症，临终前他克制着病痛给我写了一封长达八页的信，信的最末一句话是：'丫丫，你是我抱大的'。万语千言的疼爱尽在这一句话之中。"叶广芩以手足情深的哥哥们为原型，将这种谆谆教诲与疼爱写进了小说中：

我走过去为他盖被，他问我那篇"景福阁的月"写得怎么样了，我说已写好，交给《中华散文》编辑部了。他说颐和园的景福阁早先叫昙华阁，光绪年间重建才改成现在这个样子，为赏月听雨之地，名之所来，取自《诗经》"寿考维祺，以介景福"一句，景福者，大福也。舜铨说，书还是要多读的，要博学详视，遍采广询，不可单纯钻文学，做单一的作家难免失之于浮。要做学者，多读经史，由俗学而文学，由文学而理学，由理学而小学，这样才能除去迷妄与迂腐，增添笃实与深思，成为通博的大儒，那文学之业自然是水到渠成了。我笑了，说七哥设定的目标，不说今生，怕是来生我也达不到了。他说不难，自拔于流俗，而困而知，而勉而行，不求近效，铢积寸累，受之以虚，得之以勤，没有不可达之境……未说完，又咳嗽，脸憋得发紫，我轻轻为他捶背，透过薄绒衣，触及肋骨，骨的尖利引起我一阵心酸：如此人物，不知当今世间尚

① 叶广芩. 但写真情并实境 任他埋没与流传 [J]. 时代文学，2004(1)：46-48

存几人？①

六岁那年，父亲去往彭城陶瓷研究所工作，叶广芩执意将父亲送上开往前门火车站的有轨电车，不想竟是最后一次的相见。在家中以典卖维持生计的岁月中，叶广芩收获了日后写作时所用的古玩知识，却常常感受到难与人言的酸涩、无奈和感伤，她写到自己在方家胡同小学时的一段经历：因为身戴重孝及沉默寡言，班主任马老师在一次课间操后向“我”走来，在询问她在为谁戴孝后，面对抽泣的叶广芩，马老师并未多言，而是把她搂进怀中，轻轻拍着安抚。这些细节使人想到老舍先生的名篇《宗月大师》，自幼敏感而重情的叶广芩在生活中一点一滴地收集着这些人性中的温暖。

任何一位有所成就的作家，他的艺术气质往往在童年就已经形成。童年时“思无邪”的直觉体验奠定了作家的艺术开端，而后天的积累与修养则成就了作家的艺术境界。与小四岁的妹妹叶广荃相伴嬉戏的时候，叶广芩已经展现出在艺术表演和文学上的先天禀赋。据叶广荃回忆，姐妹俩在摆弄父亲留在家中的小瓷人时，叶广芩往往能够一人分饰数角，无论小姑娘还是老太太，乃至各种小动物无不惟妙惟肖，有时还吸引母亲放下手中的活计前来观看她演戏。叶广芩又将自己听过看过的戏文故事自编自画成了小人书。这种讲故事、编故事的能力，在很多作家童年时期都有所体现，叶广芩认为自己的这种能力来自北京旗人善讲故事的传统，也来自在方家胡同小学读书时，毗邻国子监和孔庙等古迹，那种文化气息带给自己的熏陶启迪。

除了对自己讲故事天赋的自信，早慧的叶广芩也身体力行着“修己求知”的自我要求，不但努力考上了北京女一中这所“北京第一好中学”，对自己和妹妹的学习要求都很严格。下午回家时带着从学校图书馆借来的课外书，她总是先完成作业和复习任务才读书，每个星期天还要画画，在工笔细描中磨炼性情。叶广荃将之总结为：“置死地而后生，逼着自己咬牙，这是芩姐的处事原则，我常常惊异她对自己的狠劲儿，她会利用一切机会充实自己，在对待学问上，从不偷懒，在对待错误上，从不原谅自己。”②1966年“文化大革命”爆发，时代的惊涛骇浪对叶广芩的影响是深远的，后来她多次用作家从维熙说过的一句话概括那时的经历：“生活和命运把你蹂躏了一番之后，才会把文学给你。”“文革”

① 叶广芩 . 风也萧萧 雨也潇潇 [M]. 北京 : 北京出版社 ,1999:102

② 叶广荃 . 走出叶广芩 [J]. 时代文学 .2004(1):54-60

期间她加入了文艺宣传队，因为一口脆亮京白而被选中扮演样板戏《沙家浜》中的阿庆嫂。但演出在即时，队长却让她改演沙奶奶，选择了一个口音浓重的广西同学去演阿庆嫂。即使叶广芩努力争取，因为她的家庭出身和社会关系问题，到上戏时进一步降级改演“革命群众”。一场大病后嗓音再也没有之前动人，叶广芩便离开了宣传队。这些积郁为后来叶广芩文学创作的爆发奠定了基础，尽管她后来在长时间内“回避个人家族文化背景成了我的无意识，那些痛苦的感受实在让人感到可怕，我甚至不愿意回忆它们，把它们看成是一场噩梦。在那噩梦中改变的太多，不变的只有人格。我将这些粗砺与苦涩用泥封起来，不再触动，享尽今日的轻松与自由。孰料，年沉日久，那泥封竟破裂，从中冒出了浓郁的酒香……”当时，她在“为我那些不争气的哥哥们感到羞愧，正如同我当年为卖开花豆的舅舅羞愧一样。别人的哥哥是共青团员，我的哥哥是军统特务、是三青团骨干，他们之中那些说不清扯不明的是是非非，随便拉出来哪一个都能倒出来一大堆。我也为我的祖先感到羞愧。我为什么姓叶赫那拉？我们旗里的那位姑奶奶为什么偏偏还要丧权辱国，让后人跟着挨骂背黑锅？我的父亲为什么不去参加革命，而非要搞什么陶瓷，害得我连套旧军装也没资格穿，很各色地混在革命队伍中？我每天就是读书，因为，家里那些尘网蛛封的线装本再怎么清理也难以把它们赶尽杀绝。现在想来，那种厚积薄发的积累，那种潜移默化的浸润，正是我今日创作的丰厚积淀。”①走上文学创作之路既是偶然也是必然，天生的敏感与聪慧，家庭环境带来的知识的积累，对自己高度的要求遇到了现实的障碍，从而转移到多年后的文学创作之中，那种淡淡的哀伤与豁达都是自然而然的生活的馈赠。

从创作心理学来说，“艺术就是对被挤掉了的幸福的展示”。在弗洛伊德看来，在现实中被迫失去的期望都会通过艺术得以补偿。艺术之宫是一切在现实中不得不放弃自己某些本能需求的人们的避难之所，在放飞想象的理想世界中，不但自身的梦想得以寄托，也能够通过艺术创作满足读者观众的潜意识需要。在演戏的梦想受限几十年后，叶广芩在改编老舍先生的名著《茶馆》时，仍然不由自主地借用了京剧艺术的表现手法，在赋予电视剧人物性格灵魂的时候，运用生旦净末丑这些京剧程式分行方法，使每个人物各有光彩，并形成不同人物性格间的平衡与张力。京剧文化也在她的《采桑子》等家族系列小说中渗透

① 叶广芩 . 没有日记的罗敷河 [M]. 长春 : 吉林人民出版社 ,1998:59

交融，到了小说《状元媒》中，她还运用了经典剧目与历史现实的互文写法，形成了作品独有的悠长回味。

1968年，刚刚20岁的叶广芩被分配到陕西某“国家级的特殊单位”工作，被迫离开了北京与身患绝症的母亲。因为“不能仆妾色以求荣，更不会俳优犬马行以求禄”，更是因为特殊的家庭出身，到达目的地的第二天她便被打入另册，又因为写“诗”的问题被打成了“现行反革命”，在接受批斗后被贬到黄河滩上种地，开始她人生阅历中最痛苦也是最刻骨铭心的一段旅程。还是四哥叶喆民常常给她带来精神上的安慰：他在湖北咸宁牧鸭时，躲在蚊帐中画好自己五十大寿的画作，题上自嘲的诗歌寄给叶广芩。为了解决叶广芩无书可读的苦闷，每周寄一份自编的日语讲义给她，从日语假名与中国书法讲起，内中夹杂文艺评论与艺术见地。在唐山的四姐也寄来她自己用过的北大日语教材。叶广芩在打猪草和整猪圈之时想办法苦读日语，并利用当时在西安外文书店可以买到的日本中医杂志《汉方研究》，自己摸索着翻译起了科普文章……近百万字中医理论翻译的积淀，使叶广芩后来创作以中医为背景的小说《黄连厚朴》时，能够将人情与医理融会贯通，写出了中国文化的博大精深与厚重滋味。在农场学习外语的自我奋斗也成就了叶广芩命运的又一个转折点：十一届三中全会后，叶广芩将一大包译稿分为两份，利用回京探亲之机交给了人民教育出版社与商务印书馆，因为当时出版业稿件匮乏，这些译稿被编为《眼镜蛇为什么会跳舞》《什么是生物》《生物》三部小书，于1983年很顺利地出版，恢复了她的自信。多年后，叶广芩在留学时更是凭借四哥教授过的“古色古香”的日语得到了日本老师的赞赏。这不是捡来的幸运，而是“君子不学，不成其德”的家学门风结出的美好果实，也是中国知识分子注重修己求知的精神传承的体现。

叶广芩的小说中经常出现在陕北插队的知青形象，这些形象的鲜活生动使得读者往往以为她有着上山下乡的生活体验，其实这完全来自于她对生活的敏感与细致观察。在想方设法寻找机会去看望在陕北插队的妹妹广荃时，她已经在不动声色中积累着对一切人与事的审视与把握，这样的习惯一直伴随着她后来的创作生活。1983年叶广芩调进了《陕西工人报》任副刊部记者，主要从事林业新闻的采访，开启出了新的写作天地。在黄河滩上“劳动改造”的人生体验，磨砺出叶广芩吃苦求苦的生存能力与创作心态：“至于写作，那是额外的收获。我觉得人得给自己找苦吃，人这一辈子不能老享福，哪难到哪去，哪苦到哪去，这样才是完美的人生。老天其实是非常公正的，不会白白让你受苦。作家不能坐在书斋里寻求安逸，否则你会失去很多东西。”[①]在周至挂职期间，叶广芩深入探索了当地的地域自然与人文景观，在物质生活条件方面则并不讲究。为了写好小说《青木川》，她从20世纪80年代初就开始收集资料，在2001年、2004年和2005年前后三次前往这个秦岭深处的偏僻小镇居住调研，和镇上的老人们座谈，又到距离青木川三十多公里的四川广元青川县姚渡镇和木鱼镇去访问魏辅唐的女儿魏树金。“搜尽奇峰打草稿”，将历史真实与文学真实有机结合在一起。在创作话剧及小说《全家福》时，叶广芩用了几个月时间在故宫博物院古建队深入体验生活，和工人们成为朋友。在话剧演出时，叶广芩要求北京人艺邀请了古建队的工人一起看戏。在改编老舍先生的名作《茶馆》时，叶广芩更是再次通读老舍作品全集，并和老舍之子舒乙先生多次交流推敲细节，保证真实反映历史原貌，“让人物有依有据”。

所谓“天潢贵胄”，尊贵的不仅仅是显赫的家世背景与雅致的审美情趣，更是这种追求、保留、传承、发展民族文化与精神的使命感，这在林佩芬与叶广芩两位作家身上可谓是殊途同归的。

① http://szb.dlxww.com/xsb/html/2009-06/06

# 第三章　文人情采与士人德性

德国历史学家雅斯贝尔斯（K.Jaspers）在《历史的起源与目标》中，提出了“轴心时代”这一概念。他认为人类总是在历史新的飞跃期不断回溯轴心时代的思想，在其中寻找创造的精神动力。事实上，西方文学评论界至今都以古希腊史诗和戏剧、莎士比亚作品为代表的“西方经典”作为参照系，从中找到“伟大传统”的延续。在民间，经典文学改编的戏剧常演不衰，学校教育仍旧提倡背诵文学原典，往往会使走出国门的中国留学生和学者感受到西方人对自身文化传统的信仰之深。中国的情况则较为复杂，无论在大陆还是台湾，主流作家和评论家们谈论更多的，也许是巴尔扎克、托尔斯泰、马尔克斯、卡夫卡等等西方文豪，中国古代文学传统的典雅表达，以及写意性和语言风格已经有所改变，表达上的随意和粗粝开始存在。切断了文学传统中的历史感，我们或许会遗失中国文化中最有魅力的那一部分。

这种现象的产生，应该说源自近代以来绝大部分知识分子在思想上选择往而不返的“激进”倾向。从戊戌变法时的维新派，到五四新文化运动大力提倡引进“德”“赛”二先生，再到其后的左翼知识分子，都将中国传统文化视作中国“现代化”的沉重负担。当我们重新回顾百年来中国思想与文学的发展历程时才发现，对传统经典过于主动的放弃，使得中国现代和当代文学越来越少古典文学的美质与文化内核。在叙述方式和语体特色上，所谓高雅的精英文学以取得“域外小说”的一点灵眸为荣，到了当代作家如柳青、王蒙那里，古典文学的思想内容几乎绝迹，余华、莫言等作家更是以语言探索的先锋与前卫著称。这场叙事变革使得很多当代文学作品的可读性较差，孙郁就认为：

我觉得，近九十年间的长篇写作，在文体上出现了问题。除了钱钟书、贾平凹等少数作家注意到了此点外，大家都被一种虚幻的写作理想蒙骗了。用西方的模式展示东方人的生活，有一个转化的问题。

多年前阅读汪曾祺的《大淖记事》、《受戒》时，我曾暗暗地想，如果我们的长篇著述里，也有这类的文本，有一种透明的话语，这话语是一道历史的投影，或一个民族叙述智慧的合力，那该多好！[①]

在如今这个全球化的时代，作家的文学创作能够带有鲜明的民族特点，才是它趋于成熟的标志。作家能够有意识地从传统文化中寻找精神动力，不仅是对传统的简单皈依，更是试图运用传统价值参与当代文化的现实需要，这样才能赋予传统文化新的内质，并力图超越当代文化面临的困惑。中国传统文化最重要的民族特点之一，就是对轴心时代奠定的经典的崇奉。把自己的历史文化看作是神圣的，并将这种神圣感通过士阶层寄托在历史意识与文化体系里，而不是某种宗教意识形态里，是中国人特有的文化心态。《文心雕龙》认为文能综经，体有六义："一则情深而不诡，二则风清而不杂，三则事信而不诞，四则义贞而不回，五则体约而不芜，六则文丽而不淫。"在"六义"中，《诗经》作为中国文学的源头，为后人提供了永恒的精神动力："《诗》总'六义'，风冠其首，斯乃化感之本源，志气之符契也。是以怊怅述情，必始乎风；沉吟铺辞，莫先于骨。……结言端直，则文骨成焉；意气骏爽，则文风清焉。若丰藻克赡，风骨不飞，则振采失鲜，负声无力。是以缀虑裁篇，务盈守气，刚健既实，辉光乃新。其为文用，譬征鸟之使翼也。"[②]"风"是进行感化的本源，是作者情志气质的外在体现。将深思之意铺陈为文辞时要有"骨"，措辞正直有力就会形成文章的骨力。可见"风骨"是中国文学最核心的民族特点与审美品格："指的都是一种由艺术个性所决定又形诸作品整体的风貌，也即广义的风格。"[③]林佩芬与叶广芩之间，两人的创作心态、思想感情在共性中又有所差异。如果说林佩芬创作孜孜以求的是"结言端直，则文骨成焉"，在作品中注重表现一种思想力量，那么叶广芩的作品则给人"意气骏爽，则文风清焉"的感受，拥有独具特质的优美情采。她们在组织参与的文化活动与散文创作中，也表现出这样不同的特色。

---

① 孙郁．文体的隐秘 [J]. 当代作家评论 ,2001(5):11-14

② 陈志平．文心雕龙译注 [M]. 上海：上海三联书店 .2014:164

③ 吴承学．中国古典文学风格学 [M]. 北京：北京大学出版社 .2011:225

## 第一节　林佩芬：结社与宗经

《文心雕龙·宗经》中提道："若夫镕冶经典之范，翔集子史之术；洞晓情变，曲昭文体，然后能莩甲新意，雕画奇辞。"[①] 林佩芬对历史文学持之以恒的研究与创作，可谓"镕冶经典之范，翔集子史之术"。早在 1987 年，她就在台湾的《文艺月刊》上发表了以"敬礼，不朽者！"命名的学人传记系列，通过对钱穆、王梦鸥、苏雪林、台静农等前辈学者和作家的访问与研究，记载了这批文化人士对史学与文学的贡献。作家杨志昌的父亲是前清的举人，但成长于日据时代的杨志昌只能说日语和闽南语，所幸的是他通过自学读过诗经。林佩芬去台南访问他时，没有太多经费聘请翻译，所以最终运用笔谈的方式完成了访问。林佩芬说："他送我几本日文书，我很惭愧看不懂，但我把它们视作别人送我的珍贵礼物，搬了好几次家都还一直放在书架上。台湾文学馆出版的老作家资料汇编也收录了这些文章。"在《鉴往知来的博学鸿儒——贡献于史学的钱穆先生》一文中，林佩芬引用了钱穆先生在《中国历史精神》一书中的话，高度推崇历史精神与民族精神的融合。历史即是我们把握生命、认识生命的学问，也是将民族文化与个人自然融为一体的载体。林佩芬评价道："他（钱穆）由中国古籍中之经部始，而后及史、子；他自十岁稚龄即开始用心思考东西文化之得失优劣，而当新文化运动开展得如火如荼之际，他却独独抱残守缺，而致力于旧文化的研究，苦心孤诣地传下一把永不熄灭的薪火来。"[②] 受钱穆先生影响，林佩芬认为中国人应该走自己的路，从中国固有的旧文化传统中寻出新生，再生长，发生，创造出一片锦天绣地。这种循旧布新而非除旧开新的历史观与文化观深深地影响了她，无论在她的历史小说、当代小说、文化散文还是访谈传记，乃至创办海峡两岸的历史文学学会的过程中，都在孜孜不倦地身体力行着。直到现在，她还在撰写可以作为学校剧本演出与制作成视频短片的"论语课堂"，并计划在互联网上创办国学网站"深柳读书堂"，为传播中华传统文化贡献心力。

1994 年，在角逐台湾的"国家文艺奖"时，因为一位评委坚持"历史小说不算小说"的观点，林佩芬的作品落选了。后来她参与组织了有关历史文学的研讨会，好友龚鹏程时任台湾佛光大学筹备校长，邀请了台湾的明道文艺、青

① 陈志平 . 文心雕龙译注 [M]. 上海：上海三联书店 .2014:157

② 林佩芬 . 鉴往知来的博学鸿儒——贡献于史学的钱穆先生 [J].（台湾）文艺月刊 .1984(5)

年写作协会及文艺协会刊登了这次历史文学研讨会的记录，台湾记者后来报道说林佩芬等人要成立社团来推动历史文学发展。林佩芬在高中与大学时都曾担任校刊的总编辑，在这样的舆论影响下，1996 年林佩芬发起并主持成立了历史文学学会，自任学会秘书长。后来又编撰了历史文学学会的历史学刊，与阎崇年先生做过“煮酒论英雄——历史文学之夜”的对谈。

中国文人自古以来便有着结社的传统，魏晋到隋唐时期，政治上的权贵者往往即是文坛的盟主，唐代中期以后，文人集团由在朝向在野转移，开始结社的活动。至南宋时期，结社遍布江湖，进一步由有名望的官僚组织而向民间转移，到了明代尤其晚明时期，士子们“或寻师觅友，或会集志趣相投者，互相切磋学问，交流心得，形成一个小圈子，少则十几人，多则几十人乃至几百人，称为文社，宗旨是‘以文会友，以友辅仁’”。文人表现出更多的自主意识，复社鼎盛时期拥有三千多成员，遍布全国各地。“崇祯六年（1633）春，复社在苏州虎丘举行大会，盛况空前，陆世仪《复社纪略》写道：‘先期传单四出，至日，山左、江右、晋、楚、闽、浙，以舟车至者，数千余人。大雄宝殿不能容，生公台，千人石，鳞次布席皆满，往来丝织。游于市者，争以复社会命名，刻之碑额。观者甚众，无不诧叹：以为三百年来从未一有此也！’”[①] 这段史事在林佩芬的小说《天问》中也有详细描写。历史文学学会的成立，除了承袭“以文会友”的文人结社传统外，在促进两岸文化交流方面贡献良多。1987 年底，台湾与大陆两岸的隔绝状态被打破，1991 年 12 月 16 日大陆成立了海峡两岸关系协会，而林佩芬则争取到了台湾省政府文化处和“教育部”、“内政部”、“新闻局”、海峡交流基金会、“大陆事务委员会”等的支持，申领到经费请大陆学者去台湾各地参观旅行，召开学术研讨会，与台湾的联合报系出版《历史月刊》等刊物，协助了很多作家往历史文学这方面发展。林佩芬说：“我觉得历史小说只是一个文类，所以在（历史文学学会的）章程里我加了推进两岸文化交流一项。中国人的历史是共通的，当时我和唐浩明、二月河、凌力都是很好的朋友，所以就邀请他们来台湾开会了。上海教育电视台副台长汪天云介绍我认识了当时还在陕西电视台的延艺云先生，后来又促成了在西北大学召开的电影文化研讨会。”按照有关规定，台湾不能在大陆地区单方面举办研讨会，所以后来历史文学学会的活动都是由两岸的学会联合举办，加深了两岸的文化交流。历史文

① 樊树志 . 晚明大变局 [M]. 北京 : 中华书局 .2015:434

学学会曾经承办了“海峡两岸梨园戏学术研讨会”，证实了福建梨园戏与台湾南管戏的历史沿革关系。1996 年 9 月 19 日，北京社会科学院满学研究所与北京满学会联合举办了海峡两岸“满族历史与历史小说”研讨会，林佩芬以台湾历史文学学会秘书长的身份做了题为“历史与小说”的主题演讲。北京满学会副会长、中国社科院历史所研究员周远廉，北京满学会副会长、故宫博物院研究员万依，中国人民大学清史所教授凌力，以及首都师范大学中文系张秉戍教授就历史小说的形式问题展开了一系列研讨。著名作家王蒙，北京社科院副院长陆奇，北京大学历史系主任王天有教授，《北京社会科学》编审王主玉，北京满学会副会长中国第一历史档案馆满文部主任屈六生、《北京青年报》副主编方旭和满族著名人士爱新觉罗·溥任先生也都参加了研讨会，可谓冠盖云集、盛况空前。1997 年 8 月 23 日至 25 日，历史文学学会在河北省承德市举办了海峡两岸首次少数民族文学研讨会，时任北京社会科学院满学研究所所长的阎崇年认为“这是海峡两岸少数民族文学研究史上的里程碑”。参会者有台湾作家、台湾佛光大学校长、辅仁大学外语学院院长、台北故宫博物院研究员、台湾大学中文研究所博士生、大陆中央民族大学教授、辽宁大学中文系主任、中国社会科学院研究员、青海省作家协会副秘书长等近百人，林佩芬后来又从数十篇会议论文中精选了十二篇，结集成书并在台湾刊行。

历史文学学会创办之初就设立了“清史研究委员会”与“文学史研究委员会”两级组织，清史研究委员会邀请曾任台湾大学历史系主任的陈捷先先生担任第一届主任委员，经过近一年时间的筹备工作，于 1997 年 11 月 21 日至 23 日在台湾召开了“海峡两岸清史文学研讨会”。陈捷先先生认为，清朝在边疆开拓、种族融合、文化发扬和历史传承方面，都做过可观的贡献：“若以目前台湾的若干事象来看，清代历史也与我们有很多的关联。”因为清史距离最近，它足以成为当政者的殷鉴。与会诸位学者、作家也发表了高水准的论文：诸如阎崇年先生研究乾隆朝办理抄本《无点圈老档》；龚鹏程对清初诗事的考证；朴月谈到纳兰性德在中国文学史上的地位；王家诚研究了郑板桥的诗歌；唐浩明提出从诗歌创作看张之洞的真性情；林佩芬对王国维、溥心畬诗词中两种遗民心事的感怀；张菊玲探究清末民初满族作家的京话小说；康来新研究的清史疑案与高阳的红学小说；喻蓉蓉对阎崇年《努尔哈赤传》的述评……不但对与会人士的研究与创作有着极大启发，也代表了当时两岸历史文学创作与研究的较高水准，为两岸学者作家相互了解打开了一扇窗口。当时台湾的《联合报》曾经连续三天在文化版报道了这一盛会。到了2000年，陈水扁就任台湾地区领导人后，林佩芬仍然努力争取到有关部门的批准，与中国作协联合办会，邀请了舒乙先生等人去台湾参与学术活动。唐浩明先生在《故梦》一书的序言中曾说："凡大陆文化界有人想去台湾，只要跟她一提起，她就会千方百计地去努力。没有多久，手续繁多的各式表格，就会从台湾寄过来了。她说她做历史文学学会秘书长的目的之一，便是尽可能多地邀请和促成大陆文化人士去台湾。事实上，多年来她也一直在做这件事，不少人就是通过历史文学学会的邀请而去台湾的。""制定计划、跑经费、协调各方、邀请与会者，安排会议期间的食宿以及会后的观光，几乎全靠她一人张罗。"[①] 因为这份付出与认真执着的态度，历史文学学会举行无论四五个人的研讨，还是上百人的大会，都一样秩序井然，大家认真宣读论文和进行评点，这样的氛围是眼下日趋浮躁的学术界所不常见的。

之所以用这种虔敬的态度去组织两岸的文化交流活动，林佩芬抱持着的是历时久远的中国读书人"文以载道"的传统——《隋书·经籍志》将经典的神圣化概括为："夫经籍也者，机神之妙旨，圣哲之能事，所以经天地，纬阴阳，正纪纲，弘道德，显仁足以利物，藏用足以独善。学之者将殖焉，不学者将落焉。大业崇之，则成钦明之德；匹夫克念，则有王公之重。其王者之所以树风声，流显号，美教化，移风俗，何莫由乎斯道。……今之所以知古，后之所以知今，其斯之谓也。"成立"历史文学学会"，最终的目标是"扭转、改变时代的风气，从改变文学风气开始"，"无论在历史研究、哲学思维及文学写作上，建立一个格局庞大、气势磅礴、视野广阔、内容广博深刻，对当代与后世都有影响力的风格。"面对台湾文坛长达十几年因经济发展繁荣而导致的"颓废萎靡"的文学风气，林佩芬除了感到忧虑，从而在自己个人的写作中努力矫正这股流弊之外，也更加努力地进行两岸文学界与学术界的交流，她在接受笔者访问时说："对我们这一代出生在台湾的人来说，对中华文化的向心力和热爱都是非常强烈也不会改变的，对后来两岸解严后回到祖国的感情也很有影响。怎么界定台湾文学？界定也是个粗浅的分类，台湾文学可能更多保留了中华传统文化的影响，比如香港作家、马来西亚的华语作家和在台湾成长的，我们那一代和现在在台湾成长的一代都不相同，在文学史上可以做一个单独的研究。我们前两代的日据时代作家，应该说是历史悲剧造成的，他们的个人努力和我们又

① 林佩芬．故梦(上)[M]．桂林：广西师范大学出版社．2009：2

不一样，有的人到五六十岁才开始学习中文，但是据我和他们交流的经验，人与人之间有诚意就可以交往，没有隔阂。”谈到对大陆文学界的了解时林佩芬说：“少年时代，我在黑市地摊都能买到鲁迅的书。曾经买到过的《骆驼祥子》是一本盗版书，但是我也很感谢这个出版商当时冒着坐牢的危险出版它，否则我就看不到了。当时，只要是留在大陆没有离开的作家的书都不能在台湾出版，鲁迅、巴金、曹禺和钱钟书的书我都是买的盗版的，后来舒乙先生把这些书都放在现代文学馆里，说可以研究一下是从哪个版本盗印的。我偷偷地看完了这些书，否则我们的文学史就是一个断层。每位作者都有不同的个性与理想。我到大陆以后认真读过的是杨绛的书，印象非常好，有些则实在不敢恭维，也仔细读过刘斯奋的《白门柳》。宗璞的书我还在密切期待，她八十多岁眼睛已经不好了，只好请人录音成文，这样写作速度虽然慢，但是持之以恒，还是会完成的。我还送过当时台湾出的老舍先生的书给舒乙先生，推荐过关纪新先生的书《老舍评传》在台湾出版，历史文学学会和中国作协也联合举办了这本书的研讨会，把老舍先生的一生介绍给台湾读者，在两岸关系史、两岸出版史方面都是可以研究的。”作为父母都是大陆去台的“外省人”第二代，林佩芬认为父母“过去在台湾的几十年间，总觉得自己是台湾的客人”，而她对祖国统一与中华文化的发展是有着坚定信念的。在《为中国历史文学做贡献》的报告中她曾说：“从中国历史的分与合来看，我们未来的中国历史上由分裂到统一所产生的璀璨的文化时刻即将到来，中国将有一股更新的力量因融合而产生，文化的建设也将有更辉煌的成果。那么我们处在这个过程中的两岸中国人的努力，也将是中国历史上重要的一页。”① 作为一位作家，这种对中国历史文化的尊重与使命感，是林佩芬跨越有形的海峡两岸和无形的意识形态隔阂，形成自己“有骨力”创作风格的根本原因，也是中国自古以来文学传统中深沉历史感的延续。

在散文创作方面，林佩芬同样表现出强烈的历史感与知识分子肩负文化传播使命的责任感。她的散文往往与小说一样，表现出雄壮浑厚与意境开阔的特质，展现出创作主体对历史的感怀与文化的思考，使读者为之神远。这些散文是在不同的年代，在台湾与大陆的报刊上分别刊载的，却几乎可以概括整理出一条中国大历史的线索：《生死界》从观赏气势磅礴、威武雄壮的秦始皇兵马俑，联想到秦始皇异于常人的身世，进而通过他雄霸一世、气吞万里的外在形貌与

① 林佩芬．为中国历史文学做贡献 [J]. 北京社会科学，1997(1):133

作为，发掘出“他其实是个欠缺安全感，性格不健全的人”；在观赏手法精妙的秦俑的同时，试图还原秦代短促兴亡历史，对秦始皇产生了悲悯的感受。《洛阳故梦》则由想象《洛阳伽蓝记》中辉煌璀璨的永宁寺开始，追忆文采风流的曹丕对洛阳城重新营建，四十六年后洛阳易主，西晋怀帝时期，匈奴之雄刘渊又使洛阳遭逢了浩劫；再到一百八十二年后，仰慕汉文化的北魏孝文帝重建洛阳城，永宁寺在《洛阳伽蓝记》的作者杨衒之笔下，与北魏的历史变迁紧密结合在一起，至被大火付之一炬，都见证着胡汉之间的分裂与融合。直到北魏分裂为东魏与西魏，在两国的拉锯战中，洛阳城又重演了东汉末年董卓之乱的悲剧，被一把火烧去了所有的繁华，而杨衒之则在国家灭亡后展开史笔，以深沉瑰丽的文笔记载下北魏亡国的历史教训，这样的散文隐然呼应着林佩芬创作历史小说所抱持的“深心悲愿”。在《于万里雪凝处成佛》中，林佩芬用形象化的笔墨渲染出文成公主进藏的艰辛曲折，在分析唐朝与吐蕃微妙而复杂的外交关系时，试图从人性角度想象还原文成公主在西藏的真实感受，她渐渐用对处在“严寒、贫困、饥饿”中的吐蕃子民的同情与帮助代替了“来自上国”的优越感，表现出作者对人世的悲悯与对历史的敬重。在唐代多不胜数的历史人物中，林佩芬最欣赏的便是文成公主，作者以人性为本的历史观在此也得以体现。

在作者最为熟悉的明清历史领域，林佩芬创作的历史散文更为注重作品的文化含量，具有鲜明的“文化散文”的特质。“一般说来，‘文化散文’（‘大散文’、‘学者散文’）是指那种在创作中注重作品的文化含量、往往取材于具有一定历史文化内涵的自然事物和人文景观，或通过一些景物人事探究一种历史文化精神的散文。这种散文的作者多为一些学者或具有较深文化修养的学者型作家。因为上述原因，这类散文往往视野开阔、气魄宏大，且具有较强的学术性。”[①] 与余秋雨的《风雨天一阁》将焦点凝聚在范氏家族绵延数百年的文化持守精神不同，林佩芬重点突出了黄宗羲首次作为外客被破例迎接登楼读书的史实，展现了天一阁收藏明代地方志、政书、实录、诗文集的全面与丰富，并通过追忆黄宗羲的生平，刻画出天启年间东林与阉党的激烈冲突。在会同东林被害诸人子弟设祭追悼先人之后，黄宗羲立志修史，却又投入抗清复明的活动多年，终至复国无望。黄宗羲体认到学术文化在改朝换代的变迁中的重要性，先后完成了《行朝录》《弘光实录抄》《海外恸哭记》《思旧录》与《明夷待访录》

① 於可训 . 近十年文化散文创作评述 [J]. 文艺评论 ,2003(2):37

等著作，由研究历代的治乱之故进而探讨明代亡国的原因，论证心中的民主思想，并逐渐通过讲学凝聚成“浙东学派”。从国仇家恨、拔剑起舞的激愤到沉潜后致力于埋首著述，从而对历史文化的延续贡献了知识分子的心志，清康熙帝聘请黄宗羲的儿子与弟子参加纂修《明史》之时，黄宗羲给予了很多协助，而他曾经登临天一阁看书的日子在中国文化史中也显出了特别意义。后来天一阁成为清廷修《四库全书》时建设文渊阁等七座藏书楼时的重要参考样式，也贡献了为数不少的藏书。读者在这篇散文中不仅了解了许多具体史实，也又一次被这种“劫灰中重生”的知识分子的使命感与文化持守精神所打动。在《寒食》这篇散文中，林佩芬同样通过叙述介之推与苏东坡二人颠沛流离的境遇，展现出他们超越困厄追求永恒的胸襟抱负。与创作历史小说类似，在研究历史文献，表达历史本真的同时，林佩芬根据创作主体自我情感抒发的需要，对历史展开了“为我所用”的剪裁与拼接。这样的艺术虚构便于发掘创作主体的情感，也有利于心灵的表达和精神的深化：“亘古以来的读书人的精神领域不都是一致的吗？以天下为己任，而且洁身自好。”这是始终贯穿于林佩芬笔下历史世界时空的自我主体性，无论对历史进行怎样的解读与书写，最终的目的往往并非是简单地将史籍中的记载文学化场景化，而是将中华历史的整体发展及个体人物的人格魅力结合在一起，并上升到历史哲思的高度，使读者与作品人物、创作主体通过心灵相通得到对历史的认知与情感，有所感奋有所体悟。

与创作历史小说时持有对各方人物的客观与悲悯态度一样，林佩芬在散文创作时也关注到容易被“正统”与“宏大”历史叙述遮蔽的人物。在《明末诗史吴梅村》一文中，她将诗人吴伟业的个人生平与时代变迁结合起来，推翻了《清史列传》中将其列入“贰臣传”的历史定位，通过精读吴伟业的诗作，展现出他“令人惊异的道德勇气”，最终认为他“延续着自古以来文学家‘感时忧国’和‘以诗证史’的传统精神”，展现出史的知性与诗的感性交织融合的艺术风格。与之相似的人物对象还有散文《山海关》中的吴三桂，《秦淮河之涟》中陈圆圆、李香君，《惊涛拍岸，卷起千堆雪》中的施琅，都在作者笔下获得了不偏不倚的记述。这种审智的审美风格无形中延续了“以《左传》、《史记》等为代表的时空廓大、气势恢宏，以历史的沧桑感和记人的生动传神、叙事的纵横捭阖为特征的史传散文”的传统，拓展了散文创作的格局与气魄。在《废墟的沉思》一文中，林佩芬由《圆明园四十景图咏》引发的对清朝由盛而衰的省思，在钩沉史事的同时，用诗意的笔墨为读者提供鉴往知来的历史哲学。在描绘《圆明园四十景图咏》的创作过程中，林佩芬这样写道：

画桌上铺列着上百个瓷碟，碟中装着赭石、花青、硃砂、石青、石绿、藤黄、白粉、水墨与调和出来的绛紫、灰紫、桃红、粉红、松绿、葱绿、青碧、苍碧、鹅黄、明黄、靛蓝、水蓝、金橙、淡赭……各色颜彩，自成一个如万花筒般绮丽缤纷的华美灿烂的天地……

大功告成的时候，乾隆天子当然万分高兴；或许，就在荷尽已无擎雨盖，菊残犹有傲霜枝的秋后，他命人将这套作品送到跟前——当时，他或许正在圆明园的深柳读书堂中静坐，心里推敲着字句，要为他所喜爱的郭熙《早春图》题诗；一见到这组作品，他的眼睛登时一亮……①

词采的华美及历史与艺术的学养使得林佩芬的散文具有很强的可读性。在《幻灭》与《诸法空相》等散文中，文本思想被更具有诗性的清逸空灵的笔墨所替代，形成对王国维、苏曼殊、李叔同等近代大家不言自喻的追慕氛围。文本的情调与意境恰如一首清丽的诗歌，也体现着中国文人独特的德性与情采，接续着中国千年不衰的文学气脉。

## 第二节　叶广芩：雅集与优游

练字、习画、吹埙、扮戏、烹饪等诸多才艺爱好集于一身，加上沉静端庄的气质与优雅得体的衣着，作家叶广芩总使人想起“风雅”一词。“风雅”也同样源于礼乐教化的蓝本——《诗经》。《毛诗序》中解释“风”“雅”时说：“风，风也，教也”，“雅者，正也，言正之所由废兴也”。“风雅”本是《诗经》中诗歌的分类，逐渐演化成用礼乐秩序教化四方的中国人特有的文化性格和精神追求，也象征着一种人生态度与处世方式，一种淡泊宁静的审美趣味。无论是寄情于山水、潜心于翰墨，还是“神则放、形则敛”式的放谈释老、纵酒长歌都成了文士风雅的种种缩影。在集会上集合众人之风雅，就是所谓的“雅集”。“文人雅集”最早可以追溯到春秋战国时期，诸侯国的公族子弟会集门生食客在家中宴饮谈笑、品古论今，《诗经》中的“呦呦鹿鸣，食野之苹。我有嘉宾，鼓

① 林佩芬．废墟的沉思 [J].(台湾) 明道文艺，1998(10)

瑟吹笙”就记载了这种欢宴的景象。魏晋时期最著名的文人雅集则当属“一觞一咏，畅叙幽情”的兰亭雅集，因为王羲之留下文理与书法俱美的《兰亭集序》而成为雅集活动的不朽传说，为后世文人追慕和模仿。到了唐代，贵戚王公的庄园山池、在京官员的宅第别业、长安名胜以及酒肆与客邸都成为文人雅集的场所。宋代著名的《西园雅集图》则是对当时文人雅集生活闲逸之趣的集中艺术再现。明清时期，才子袁枚在西湖宝石山庄内湖楼举行诗会雅集。从传诸后世的《后十三女弟子湖楼请业图》中来看，这次雅集之所嘉树扶疏、湖石灵珑、水阔地僻，环境极为幽美。众女弟子有执笔欲书者，有临窗吟哦者，有坐曲廊观景者；而隔岸绿杨堤上，仕女数人则骑马而来。类似的景象在《红楼梦》中也出现过多次，大观园中的女儿们共聚“海棠诗社”，“林潇湘魁夺菊花诗”等等情节，说明“或十日一会，或月一寻盟”的文人雅集现象是中国文化史上独特的景观，也是士阶层在庙堂之外更真实有趣生活的集中体现。登临山水、书画赏鉴、诗酒遣兴带有很强的游艺功能与娱乐性质，这样的文人雅集以娱乐性灵为基本目的，不在乎形式和组织：“实可谓无组织之组织，盖无所谓门户之章程，而以道义相契结。”重在参与者精神的投契与否，叶广芩就深谙此种趣味。无论与大学教授、民间作家还是读者粉丝交往时，她都遵从着坦诚与真实的原则。在《去年天气旧亭台》后记中，叶广芩曾经写到自己与读者多年的互动与默契，与读者成为朋友并举行“雅集”活动，也是一件饶有古风的风雅之事：

在网上有一个群，名字叫“豆汁记”。那里头有一群我的粉丝，是一群很有文化品位的人，他们中不乏博士、硕士，有动、植物学家，也有工人和家庭妇女。我管他们叫“丝丝”，他们管我叫“老大”。老大不是黑社会的“老大”，是“鼠老大”，其实就是一只大耗子，我是属老鼠的。丝丝们自称“吃货”，其原因之一是大家都喜爱美食。

那年中秋节晚上，我和他们在颐和园景福阁赏月，宽展的廊庑下，丝丝们载歌载舞地演了一出昆曲《牡丹亭》，唱了段《法门寺》，歌舞曼妙，美食环绕。因一篇《豆汁记》，因了对传统文化的共鸣，让我和这些读者们相聚在亭台园林之中，这是我的福气，是一个作家和读者难得的交流机会。

当时有人提出不能辜负了北京秋日的朗朗夜空，不能忘却老祖先留下的这些美轮美奂的建筑，建议我写一些亭台楼阁的系列中短篇，把老北京的故事继续讲下去。“豆汁记”群主馒头、窝头甚至给我开出了单子：亭、楼、阁、轩、榭、堂、馆……挨着个儿慢慢写来。当时我手头的长篇小说《状元媒》刚刚脱稿，群友们的动议让我有了新的创作激情。这是作者与读者的互动，是互联网时代的得天独厚。①

文人雅集是汇集了中国文士的文艺情怀和人生情思的一种独特现象，因为其所特有的放达随意与独具风雅的艺术性，使得历代文人在雅集活动中产生了大量传颂至今的艺术佳作。“豆汁记”成员的集会不啻是这种雅集活动的当代再现，不仅激发出叶广芩继续创作的热情，其中不少精研文史的“粉丝”则以叶广芩的文学作品为出发点，继续在诗文、历史、民俗、生态等方面进行着自己的“研究”，并利用互联网时代微信公众号等形式及时推送，形成了一个独特的文学场域。叶广芩也秉持“无所谓门户之章程，而以道义相契结”的传统雅集精神，将“雅集”活动由“文人”拓展至民间百姓，无形中打破了五四以来精英文学与民间趣味的隔膜状态。在纪实散文《老县城》后记《感念这方净土》中，她写到对在山中带领自己行走过唐代古道向导们的感念，周至的文化朋友在民间文化与民俗风情知识方面对自己的帮助。而农民朋友们首次参加自己的作品“研讨会”，展现出叶广芩长久以来类似蒲松龄“闻则命笔，遂以成编。久之，四方同人，又以邮筒相寄，因而物以好聚，所积益夥”的创作状态：

2003 年，春笋初发的时候，这些朋友在自家的竹林里为我的作品开了一个别开生面的研讨会。到会者 30 余人，完全是自发，无论是县委书记还是村长，无论是企业家还是农民，大家一律的小板凳，环绕而坐，谈我的“老县城”，谈我的“傥骆道”和“大宅门”及其他作品。从文以来，我没有参加过自己的任何作品研讨会，这是第一次。农民们为我开的研讨会，我必须参加。也管饭，是主家的捞面，一人一大碗，拌着园里的青菜和油泼辣子，毫不做作，人人吃得热烈而认真。正如谈论我的作品，说的都是实话，那话实在得像手里的油泼面一样经饿。他们是《老县城》这本书的基垫，是我的主心骨，有他们在，我不愁写不出这本书。②

这种自娱以娱人，人娱而自娱的创作精神，已经贴近了文学的本真，文学

① 叶广芩 . 去年天气旧亭台 [M]. 北京：北京十月文艺出版社 .2016:401

② 叶广芩 . 老县城 [M]. 北京：中国工人出版社 .2004:288

不应负载太多的功利性使命，而应该自然流淌出对生活的领悟与总结，在叶广芩的散文创作中，这种特质体现得非常明显。

要概括总结叶广芩散文创作的特点，并不是一件容易的事。古代典籍与时代变迁、山明水秀与世道人心、沉郁深思与幽默诙谐往往和谐地交融在她的散文作品里。中国悠久的散文创作传统中，既有空灵的山水游记、悟道的性灵小品，又有博闻强识的书札笔记，还有辞理兼备的哲理性散文，但所有传颂至今的散文莫不具有一个“真”字，以真情动人，是散文的第一要务。情感深重时，语言便去掉了表面的修饰与经籍的束缚，具有质朴的动人力量。陕西师范大学文学院教授屈雅君在《活出一个真实的自我——有关生活的对话》中，提到阅读《没有日记的罗敷河》时几度落泪。她作为叶广芩的多年好友，在读过这本散文集之前，并不了解幽默爽朗的叶广芩心中埋藏的时代与个人的苦痛。在《没有日记的罗敷河》里面，叶广芩写到十九岁时离家前，母亲被诊出患了红斑狼疮，父亲去世、哥哥们因文革流落四方，自己不知该如何将这个消息告诉母亲时，“我就和母亲在椅子上坐着，坐了足足有一个钟头。母亲静静地攥着我的手，她没有说话，但我能够感觉到，她什么都知道。”离家那天早上：“我来到母亲床前，母亲仍旧躺着，脸朝着墙，一动不动，好像在熟睡。我知道，母亲醒着。”母亲面对生死大事的“平静”与面对爱女离家的不忍，都通过这些看似平淡的文字显出了刻骨铭心的感伤。而到车站送别自己的妹妹，执意用“我早晨给她的车费钱”去给我买两个烧饼：“这时，车开动了。妹妹抬起头，先是惊愕地朝着移动的车窗观望，继而大叫一声举着烧饼向我这边狂奔。”[①]这样的文字是作者心血的流露，是不忍卒读多遍的，而整整一代人的命运辗转也透过这些个体化的记录记载下来。“我谁也不敢相信，谁也不敢倚靠，往往前来关心你的人，就是第二天在批斗会上最能拿出新鲜货色，最能博得喝彩的人。那时候常常让我想及的是荀子的《性恶》：‘人之性恶’，其善者伪也。”在因为无意间念的一首诗而被同学打报告，成为“反革命”下放到华阴农场劳动时，面对又清又亮的罗敷河：“我把她看成了一条女性化了的河流。……总之，罗敷河让人想到了罗敷女，罗敷女使人想到了不畏权贵的铮铮铁骨，想到了恬静与美好。我把罗敷河当做了我的朋友，当做了我精神的依托。”叶广芩的散文，往往善于从个体的生命体验，延展到古老的中国文化，获得一种悠远的历史意味。

① 叶广芩 . 琢玉记 [M]. 北京：北京十月文艺出版社 .2015:51

在《没有日记的罗敷河》中，使人印象深刻的，莫过于“投毒”风波时，在收割机后集草时，“我”转动着不露声色自杀的念头，以不连累家人。我构思的“方案”，是在草车和卡车转弯成直角时，“轻轻往下一跳，进入卡车的后轮子是顺理成章的事。”

车声辚辚。

是催促，也是召唤。

我想，转到北边我再跳，那样正好对着家的方向。

车转到北边。

我想，转到南边再跳，再好好看一眼华山。

车转到南边。

我想，转到东边再跳，那里有罗敷河。

车到东边。

我想，要不就到西边……

一圈又一圈，我的灵魂已经出窍，我已经不属于我，我其实已经死了。①

在这段叙述中，无一字雕饰的文字，静极而动，无味而至味，将非同寻常的人生体验直接诉诸读者眼前。李白在《古风》三十五中曾说：“一曲斐然子，雕虫丧天真。棘刺造沐猴，三年费精神。功成无所用，楚楚且华身。《大雅》思文王，颂声久崩沦。安得郢中质，一挥成风斤。”中国古代文人欣赏的“天真”概念来自《庄子》：“真者，所以受于天也，自然不可易也。”在创作中，李白推崇摒弃人为雕琢，达到自然天成境地的风格，王昌龄也有过类似意见：“自古文章，起于无作，兴于自然，感激而成，都无饰练，发言以当，应物便是。”主张文章要朴素真挚。②在《没有日记的罗敷河》中，叶广芩常常表现出这种经历伤痛之后的豁达天真，笔墨也显得格外从容，甚至在苦涩中时有幽默的自嘲。“追求平静和安宁的路在当时却只有一条，那就是改变自己的心情。”同屋的女拖拉机手李艳芳逐渐感受到她的善良，而消除了起初“阶级对立”的警惕，想为她介绍对象之后：“农场里不下四五个来说媒的，那情景真有‘扒堆贱卖，存货不多，欲购从速’的劲头。”后来分配她去放猪，她用“梁鸿‘牧豕于上林苑’；

① 叶广芩 . 琢玉记 [M]. 北京：北京十月文艺出版社 .2015:85

② 吴承学 . 中国古典文学风格学 [M]. 北京：北京大学出版社 .2011:234

孙期‘牧豕于大泽中’”来证明“放猪一职业古已有之”，将史书记载与现实景况融于一体，获得了幽默的反讽意味。在村中偶遇大荔中学毕业的喜茂，“要不是‘文化大革命’，他会考到陕西师大去，他的志愿是当一名几何教师”。于是“我看到瓜棚的草铺上还扔着几何书，扔着喜茂的理想”。沉重的理想在这里显得轻飘，则更暗示出时代的荒诞。

与林佩芬“宗经”式散文有所不同，叶广芩的散文除了援用书本典籍中的典故以拓展历史感之外，更表现出对民间文化的深沉博大的敏感体认，并善于将两者巧妙勾连，显示出中国文化雅俗中的共通性。初到农场场部，她发现“我们所住的房子都是用土坯垒起来的屋，这种土坯陕西人把它呼之为‘胡基’，名字十分古朴文雅。不是用泥，而是用干土，将土搁在一个固定的木框里，用石锤砸，用脚在上面跺，脱出一块块宽一尺、长一尺半的土坯，待它干透，就可以盖房了。”这些描述非常富于地域民俗学的文化价值。为喜茂的爷爷送殡时，我对被称为“女鬼子”非常不解：“若干年后，调到了报社文艺部，到陕西旬邑去采访唢呐民间艺术，才知道陕西老百姓将吹鼓手俗称为‘龟子’。‘龟子’即‘龟兹’也，……唐代元稹的《连昌宫词》中便有‘逡巡大遍凉州彻，色色龟兹轰录续’的词句。当地老百姓将我呼为‘女龟兹’，追溯历史，这词真是雅得不能再雅了。”虽然吹奏的是当时流行的革命歌曲，但是叶广芩将民间艺人的敏锐乐感写得流光溢彩：

唢呐声起了，声音拉得长长的，在节拍上完全是即兴发挥，彻底脱出了我提供的曲子。“天上布满星”的第一个音“天”，最多一拍，但至少让这位老爷子延长了三十倍。

一声长长的“天——”凄厉地划破了沉闷，直冲云霄。

绝了！

老汉在不少地方还加入了哭腔颤音，比如“生产队里开大会”这句，“生产队”三个字被老汉的唢呐字字斩断，一字一顿，像是人在悲痛欲绝中上气不接下气地诉说。后头“开大会”，是悲声大放的恸哭，老汉的吹奏中突出了生命的精髓，突出了生的坚毅，死的重托。我却还要为他弄什么谱子，实在是不自量力地寒碜自己。

……

曾听说，笙与琴都是充满阴气的奇妙之物，有“深松窃听来妖精”的说法。

尤其是笙，更可感召鬼物，本不属于这个世界的物件，却阴差阳错地来了。古人说它能吐凤音、作凤鸣，“能令楚妃叹，复使荆王吟”；今人赞它柔润清丽，比二胡亮，较笛子甜，在管弦乐中，能起着管乐和簧乐的两重性质，使活跃的声部结合起来更能达到完美的和声效果。正因为如此，在长水老汉的葬礼上，它与唢呐的密切配合烘托出了一种情绪、一种氛围，也烘托出了死者人生终点的最后一片灿烂与辉煌。

我吹了一个晚上，忘却了身形，忘却了荣辱，一身精力化作了逶迤情丝，与西天的晚霞融为一体，飘荡而去。①

这段文字有着李贺《李凭箜篌引》中石破天惊的意境，前述因家庭出身所受的种种冤屈至此有了一种吐纳升华的机遇，个人的荣辱委屈在这淋漓尽致地吹奏中得到了释放：“更要命的是喜茂的爹领着全体孝子齐齐地给我跪下了，认认真真地给我磕了头。从跪在地上那一张张悲痛已极、疲倦已极的脸上，我看到了感激、看到了真诚、看到了关中父老乡亲的淳朴厚道及数千年中华文化在他们心底的沉积。”这种仁义崇礼的文化不会轻易因政治的变化而失去，叶广芩也多次在散文中书写陕西厚重的人本之气与百姓的诚挚善良，这是中国民族血脉中蕴藏的东西，是农耕文化的基因，也因此而能得到读者深刻的认同。

自从20世纪90年代以余秋雨为代表的文化大散文兴起后，文化人登临山水、幽思怀古、一遣胸怀已成了这类散文创作的标准模式。限于知识结构与语言水平，散文的自由精神往往受到这种“文化关怀”的限制，个体生命的真实表述被挤压遗失。所幸在叶广芩的散文创作中，无论游目驰怀的“文化大散文”还是书写真我的“个人传记史”，都较好地克服了这种“宏大叙事”的问题，这大概与作者作为小说家的身份有关，她的作品明显更注重经验的收集与表达：“这种散文的崛起，使散文在事实和经验层面上的面貌发生了改变，凌空蹈虚的东西少了，细节、人物和事实的力量得到了加强，作家开始面对自己的卑微而真实的经验，以及自己在生活中的艰难痕迹。‘我’开始走向真实。”②

如果说《没有日记的罗敷河》是以内心活动与历史记载的真实而动人，那么《琢玉记》则更是这种“生活实录”的典型代表。这本令人忍俊不禁的小书在读者中长久的反响与深刻的印象，都说明了其风格的独特。一开篇，作者就

① 叶广芩 . 琢玉记 [M]. 北京：北京十月文艺出版社 .2015:126

② 谢有顺 . 散文的后面站着一个人 [J]. 当代作家评论 ,2006(3):27

坦诚相告："这本小书说的是怎么'修理'我女儿顾大玉。……毕竟作家也有词穷的时候。谈家事，往往舌头发短，容易偏颇，容易感情用事，容易当局者迷。希望读者能理解，能原谅。……我想从您那儿得到安慰，得到批评，得到指点和帮助。"这些话语消除了作家面对读者的先天优越性，更容易引起读者的代入感和共鸣，整部作品的笔调也是相当真实松弛的，感人的力量来自作者的真实"困境"：一位人丁兴旺的大家庭出身的母亲，面对独生子女的一代，种种在教育上的努力与"失败"。叶广芩一贯的幽默自嘲笔调在这部作品中可谓俯首皆是，在追忆自己小时候为引起大人的注意，而在夏天大家午睡的时候唱戏时："我那一副带雨梨花，风欺杨柳的娇柔之状引得大家惶惶相视"，惹得母亲拿着鸡毛掸子在后面追。顾大玉随父母到了日本以后，因为日本学校要把女孩培养成贤妻良母的教育风格，"顾大玉可谓修炼成功，内里像火山一样沸涌奔腾，外表像小鸟一样文静依人。"母女两人小时候类似的表现相映成趣。

在抚今追昔、忧伤怀古的"文化大散文"中，文化关怀与悲悯之情往往已经成为例行公事的"套路"，真正具有独创气息的，是那些琐碎而实在的"物质性"元素。作家从理想王国的神坛上走下来，在大量暗含内心发现与精神省查的经验细节之中，建立起心灵震动的真实图像，使那些临风感叹，对月伤心，或陷入抽象说理而拒人千里的散文显得空洞苍白。在《琢玉记》中，家中九十多岁的顾老爷子就像《四世同堂》中的祁老人积煤攒粮防兵乱一样，进入老境后最大的乐趣也是"积攒"。叶广芩不厌其烦地描写了种种"物质性"的冲突，从中反映出饱经忧患的中国老人与新时代青年的"代沟"现状：

我和顾大玉一起做过一次扫仓挖潜活动。翻检旧粮，找出了五年前存放的一缸大米，七年前存放的黄豆和结成络可以用手提起的棒子面。粮袋上都用纸条写了年月日、粮食种类，档案般地细细收藏着。至于阳台上那数百块蜂窝煤，是老爷子以五十块两毛的价格，雇顾大玉搬上楼的。现在，做饭有天然气，取暖有暖气，蜂窝煤已属多余，但老爷子对煤仍有偏爱，仍不停地买，仿佛这样他的心里才踏实。①

中国老人经历的社会动荡、战乱流离太多，影响到日常的生活及消费习惯，

① 叶广芩．琢玉记 [M]. 北京：北京十月文艺出版社 .2015:274

与物质丰富后的“新人类”格格不入，恐怕是连续几代人都深有感触的社会现象。这种“物质性”的细节看似家长里短琐碎不堪，却反映了真实并且富于历史阶段性质的社会生活，从中也折射出社会转型时期“君臣父子”价值观念的迅速变异与衰落。叶家“慈爱不姑息，严格不伤恩”的思想，“刚猛相继，治家之道”的理论总结，与现实中自我意识完全觉醒甚至极端强调个性的女儿顾大玉之间的矛盾，也是整个时代的矛盾体现。事实、经验和细节之上，贯彻着作家的精神发现和心灵看法：“历史上，都说慈禧对待她的儿子同治、光绪是多么的严厉，多么的冷酷，多么的不近人情。今天，我也有了孩子，我才深深体会到了那位老太太的心，体会到了她的难处。”从自身的感受发现历史的缝隙，在事实经验与历史真相中自由切换，这也是叶广芩散文独具特色的地方。

严羽《沧浪诗话》谓诗之品有九：高、古、深、远、长、雄浑、飘逸、悲壮、凄婉。“其大概有二：曰优游不迫，曰沉着痛快。”[①]叶广芩将自己颇具古人“优游不迫”之风的创作状态以一种雅噱的方式形容为：“你说的‘读万卷书，行万里路’，到了我这儿多少有些发展，那就是：‘躺着读万卷书，瞎读；掏钱行万里路，野逛’。文人无形，不光指行动更指的是心态。”坐着公共交通工具，穿着令人身心舒展的衣裳，抛开由人接待带来的文债负担，在散文创作中，叶广芩笔下的自然山水总是蕴含着历史文化的沉淀，寄托着自己的文化关怀。《没有日记的罗敷河》中，农场的巨大旋风与距此不远的潼关古战场，曹操与马超的遭遇，李自成率义军毁灭性的突围，使得“我”不由产生了“生也何恩，杀之何咎？其存其没，家莫闻之”的感慨，与自身苍凉的身世之感缠绕一起，使个人的悲欢进入历史的阔大境界。两位农场的诗人“战友”偷跑去爬华山，动员“我”时说：“郑板桥老人家苦闷极了的时候就把夭桃砍断，就焚琴裂画；就把鹦哥煮熟，佐我杯羹；就烧尽文章毁尽名。我们上一趟华山算什么？”“那种两脚踏翻尘世路的决绝”，与华山彼时古旧、沉寂的残缺之美，都使人印象极为深刻，虽然援引了古人言辞，但因为那些来自生命深处的痛彻体验，并不显得“为赋新词强说愁”。与贾平凹注重对乡村变化深度考察式的游记散文相比，叶广芩的“优游”则注重对一城一地的文化内涵的考察，将民间习俗、个人体验、史籍记载、文物常识等有机地融为一体，追索此地的文化生成，并表现出对此地文化人命运的深切关注。《自驾札记——春节广西行》中，“信马由缰”的旅

① 转引自吴承学 . 中国古典文学风格学 [M]. 北京 : 北京大学出版社 .2011:205

行，其实仍有内在的线索。在蓝田服务区休息时，她想起不远处的蓝关及韩愈的“夕贬潮州路八千”，“欲为圣明除弊事”，认为韩愈“即便是落入人生低谷，仍旧不改初衷，体现了一个中国知识分子的风骨。”之后由韩愈的《论佛骨表》自然过渡到法门寺的秘色瓷器，又穿插着大年初一早晨对北京过年民俗的追忆。之后在湖南永州拜谒柳宗元祠堂，在“迷路”中误入理学家周敦颐的故乡道县，道州老城寇公街的石头城墙与自由市场上的鲜鱼水菜也进入作者的视野。在清廉镇楼田村周敦颐故里，叶广芩发现周家后人仍在祭拜祖先，感恩敬畏之情延续至今。“村南有清泉，泉水汩汩冒出，左边池子是食用，右边池子是洗涤，几个妇女蹲在池边洗衣裳，有来担水的，先把桶在右边池子里洗了，再到左边池子打水，严谨得一丝不苟，自律自觉。好风气是一代一代传下来的。”与这种清澈恬静的氛围相悖的，是作者以沉痛的语气提到的“文革道县杀人案”，具有历史反思的意味，也显示出作者特别注重在游历过程中得到的文化启示和文化感悟。在藤县，因为不吃野生动物遭到店家恶劣态度时，作者对我国传统文化言行不一、表里不一的虚伪性与残酷性也进行了反思，与对太平天国四王的感慨交织在一起。李秀成被俘后写了长篇自述《李秀成传》，但在被害后曾国藩将其删改刻印，变成了《李秀成供》，更加显示出历史的扑朔迷离。而在藤县城里寻找袁崇焕故里祠堂之类建筑不得，发现当地人对自己的人文历史不太关注，其实这又岂是藤县一地的问题？容县的杨贵妃故里、博白县的绿珠祠与王力先生故居，直到中越口岸东兴市，友谊关的清代中法战争万人坟、匠止镇 1979 年抗击越南自卫反击战的烈士陵园……读者跟着作者大饱眼福的同时，又获得了很多历史文化知识，有一种摇曳生姿的自然美感。苏轼在《与谢民师推官书》中说：“所示书教及诗赋杂文，观之熟矣。大略如行云流水，初无定质，但常行于所当行，常止于所不可不止，文理自然，姿态横生。”又在《自评文》中说：“吾文如万斛泉源，不择地皆可出，在平地，滔滔汩汩，虽一日千里无难。及其与山石曲折，随物赋形，而不可知也。所可知者，常行于所当行，常止于不可不止，如是而已矣。”叶广芩的写作往往也是这样任情率真，无意为文，胸中郁勃便信口而出，打破了“文学创作”程式化的束缚。

在《去年天气旧亭台》的后记中，叶广芩说：“我写文章，下笔之前从不知自己要写的是短篇中篇还是长篇。就好像面对一条被雪覆盖着的胡同，我拿着笤帚要把通往各家的路扫出来，从哪儿下笤帚全凭感觉。也许歪七扭八地扫出些没用，人家的街门锁着；也许扫到路边险些掉进沟里；也许扫到半截，门后头露出小四儿的半张脸或是听到狸‘七七八八’的歌声……但是我知道，我终究会把这些门后头的美丽景致和街坊一个一个呼唤出来，让今天的人来欣赏他们，感受他们。这是我写作的自信,是我面对空白的电脑首先产生的意念。”① 在中国文学的传统文体中，“小说”与“散文”的界限并不是壁垒分明的。“记游者注定应该是一个观察者。倘若他观察的不是山水而是人世，记录的不是真实的游历而是拟想中的游历，那就可以写成一篇游记体的小说了。陶渊明的《桃花源记》不就是这么一篇‘短篇小说’吗？”② 叶广芩“全凭感觉”的写法,类似于古人作画时的“成竹在胸”“收尽奇峰打草稿”，无意中跨越了“小说”与“散文”的分界，而更有传统文体的气韵。钱穆在论及诗经中“昔我往矣”的名句时曾说:“中国诗人之意，若把人生从其四维环境中，孤挖出来单独叙述，终嫌枯燥迫狭。把人生情况投入大自然中，融为一体，不仅见其时间距离，而活泼具体，有景有情，更易深入征人之心坎。”③ 城市化进程的快速发展，使得中国文学与自然之趣越来越背离，在这层意义上属于“天地人和生态散文书系”的《老县城》则可谓一部《桃花源记》式的有景有情的佳作。

自 1985 年至今，叶广芩先是以《工人日报》的记者身份深入秦岭这座中华文明的“父亲山”多次进行采访，后又以周至县委副书记的身份在当地挂职九年，与当地的百姓、官员生活在一起，对秦岭主要区域的考察与了解绝非泛泛的“作家采风”。她自己多次主动创造走出书斋、感知生活的机遇，但是在写作前并不会背上“努力创作”的思想包袱。当一个作家阅历成熟时，写出的东西也会鲜活自然，具有深度和哲理。在笔者调查访问时，周至老县城自然保护区环境解说员李育鹏也提到叶广芩这种“优游不迫”的创作方式:“她 2001 年到 2002 年住在保护站，当时人们都不知道副书记是个多大的官，叶广芩也没有一点架子，还主动问老乡干活要不要帮忙，帮群众割麦子掰苞谷，所以后来家家中午做了洋芋糍粑或炖了肉，都会招呼叶书记来吃。老县城代理教师的小男孩在我们这里读书，叶广芩每次来都要去看望，建希望小学时也多次呼吁。她第一年只是记日记，到第三年才整理成书。”老县城是西安唯一一个隶属于南部汉水（长江水系）的自然村，叶广芩在这里几乎与外界断绝了一切来往，在没有电和手机信号的环境中如鱼得水，远离闹市、杜门谢客，平心静气地营造着笔

① 叶广芩 . 去年天气旧亭台 [M]. 北京：北京十月文艺出版社 .2016:400

② 陈平原 . 中国小说叙事模式的演变 [M]. 北京：北京大学出版社 .2010:175

③ 钱穆 . 中国学术通义 [M]. 北京：九州出版社 .2012:171

下的意义世界。在《老县城》中，叶广芩由古道傥骆道出发，一路行过“刘秀斩蟒”处、褒姒故里、元白互为题壁诗处……看到了汉代水利工程、宋金古战场、华阳古镇；追忆了从华阳古道上惶恐奔走的唐德宗李适与唐僖宗李儇，与传说中从傥骆道达汉中，又从扬州东渡日本的杨贵妃。这条隐藏了众多历史人物又景致奇美的古道不容易深入，更添了悠远缥缈的思古幽情。在第二章“老县城”中，叶广芩将这个通讯真空地带视作驰骋生命自由意志的净土，在详细考察老县城的建筑形胜与历史沿革中，表现出对这片如今已经破败的历史沧桑之地的持久迷恋之情，也同样激发着读者对这片“桃源净土”的神往。在“土匪们”一章中，叶广芩将大王彭源洲、魔王王三春与亦匪亦绅的魏辅唐的“成匪”史进行了客观还原，写出了深山中凶残土匪与富裕乡绅能够瞬间转换的历史模糊性，从中已经可以窥出日后小说《青木川》的历史观念。

在《老县城》的自序《舀取秦岭水一瓢》中叶广芩说：“生活本身就是这样，没有规律，摸不着头绪，变换的迅捷犹如一个个闪念，抓不住，怎么也抓不住。于是只好依着性情，信马由缰地写来，不论章法，不讲形式。现今世界，‘模糊’词汇十分流行，有‘模糊概念’、‘模糊数学’，也应该有‘模糊写作’吧。模模糊糊我将那片藏于深闺的山水原汁原味地托出，像是一瓢水，一瓢从秦岭山里舀来的水，清而又清，淡而又淡，对于干渴灼热的我们，或可化燥清淤。”① “模糊写作”来自生活本身的复杂性与客观纪实的写作态度。从《老县城》第四章开始，“老百姓”“大熊猫”“华南虎”“众生灵”“山与水”与秦岭的“保护神”——保护站的巡护员们共同构成了秦岭的地域特色，而叶广芩笔下的“乡土”具有一定的反浪漫性，不再是古代山水诗人与现代文学京派作家想象性的家园——对山中居民真切而深情的关注，持久深入的访问，使得她能够与时俱进地写出对改变山村封闭落后，使山民摆脱贫穷的迫切心情，在描绘美丽的山水与充满灵性的生灵时使人思索他们的出路与环境保护的平衡问题。她毫不客气地指出：“山茱萸肉的价格又升了上去，砍树的现栽树却是来不及了，就埋怨自己倒霉，埋怨命不好。都说性格决定命运，什么决定性格呢，你的见识水平就决定性格。”她对农民的思维定势及保守带来的落后“怒其不争”，又敬重他们对传统有所尊重、对环境和人情有所珍惜的品德。周至县城西边哑柏镇的董志清老汉，以 88 岁高龄在小院里养了牛、羊、狼、熊、狐狸和上百只鸽子，

① 叶广芩 . 老县城 [M]. 北京 : 中国工人出版社 .2004:8

叶广芩称其为“具有所罗门王指环的人”，对这种能够得到动物的依赖和信任，在自己的天地里活得舒展自在的人表示出了深深的理解与赞赏，这与走马观花，靠着一点道听途说与网络检索就“创作”出“生态文学”的很多作家，在文学品性与哲学思考上拉开了很大距离。她以诗化的语言写出了“庄周梦蝶”般的美好意境：“在周至，无论山区还是平原，果树上的果子从来不全部摘完，总要剩三五个挂在树上，为的是给鸟兽留些吃的。大自然是广袤的，人与动物同时置身其中，彼此息息相生。大自然是鲜活的，跳跃着永久生命的脉搏，唱着永久生命的赞歌。……夏天的一个下午，我坐在保护站的走廊下看书，院子里一个人也没有，周围静得没有一点声音。北面的山，有一股水汽在向上蒸腾，它或者会生成一片云，飞出岭外，或者会挥散开来，化为山中一阵湿润的风……它是什么，不重要；我是什么，同样也不重要。在这一瞬，我们同在老县城的空间里存在着，共同构成了历史在此刻的内容，这是很重要的。”①

除了在自然的怀抱中体认个体生命的历史意义，拓展生命情怀之外，叶广芩对秦岭的兴衰枯荣、发展变异的记载也是发人深省的。在《老县城》的后记《感念这方净土》中，她回忆1998年自己向省作家协会提出到秦岭山地深入生活的申请时，只是期望能够探索未知领域，却未能料到在秦岭久居后会产生思想振动与变革。在老县城居住三年后，叶广芩认为作家不过是一种职业：“与自然的博大精深相比，如同沧海一粟。我们能知道的，能做到的实在太少。”关于秦岭北坡的植被为何差于南坡的现象，叶广芩用“这些森林离帝王太近了，它们被灼热的王气烤焦了”来概括。在“山与水”这章的开始，她梳理了历史上自周代以后陕西森林状况的急转直下：商鞅主张“废井田，开阡陌”，“作夫百万”，在垦辟森林、草原与扩大耕地的同时毁坏了森林植被；诸葛亮实行屯田政策时移民、军屯都要砍林种田；到了唐代兴建宫室，竭尽繁华，使得秦岭的森林已经退到了高山峻岭，宋代苏轼在凤翔府任签署判官时曾说：“况当岐山下，风物尤可惭。有山秃如赭，有水浊如泔。”明清时期是陕西垦荒屯田的盛期：“伐木焚林数十年，山川顿失真面目”，用黑河水流运送木材的厢运业繁荣了整整两百多年。这种从自然生态出发的历史观与中国人喜好的建功立业的英雄史观拉开了距离，显示出别样的观察视角。而1958年的“大跃进”砍林炼钢，“文化大革命”中“造反派在县上夺权，干部在家避嫌，群众上山砍椽”，20世纪70

① 叶广芩．老县城[M]. 北京：中国工人出版社 .2004:215

年代末80年代初“体制一变动，先送树的命”带来的木材倒卖生意，是新中国成立后秦岭森林经历的三次浩劫。对这些刚刚过去的“时代精神”的反思，使人看到秉持“道法自然”传统的作者，对通过文学传播抵御人的精神异化问题的努力。在自汉代就成为西安市市树的槐树被砍掉，代之以宽阔草坪与法国梧桐的时候，她又以敏锐的观察力提出这样做对长安“青槐夹古道，宫馆何玲珑”的城市特色的破坏。并在散文里多次写到身着高档装备的“探险者”对老县城生态环境的污染现状，表现出中国传统知识分子的使命感与忧患意识。

在多个场合，叶广芩都通过“作家”与“县委领导”的双重身份，呼吁人们重视对秦岭生态的保护，也运用她的影响力，使更多具有科普内涵与文学美境的作品得到传播。她曾经将五百本《老县城》赠送给周至老县城自然保护区和文物管理所，期待购书的游客能从中得到启发，而《老县城》的再版与长销不衰也说明了读者对这类作品的关注。《秦岭无闲草》《秦岭有生灵》是叶广芩与熊猫专家梁启慧、植物专家党高第这两位相交三十年的老友共同完成的作品，资料翔实，语言生动，已经打开了文学与科普、纪实与散文的界限。同样描述辛夷，党高弟的表述为：“它们在海拔1500米以下的沟谷河边生长，冬春季节，满树枝顶直立着毛茸茸的花蕾，十分可爱。花蕾入药就叫辛夷。这是木兰科植物武昌玉兰、望春玉兰的统称。辛夷含有挥发油，其性味功能是辛、苦、温、散寒解表，以通鼻窍。木材是做家具的好材料，美观轻巧，更主要的是能对衣物防虫、防腐、还具香味。”实用理性兼有秦岭山地的草木之气，而叶广芩则写道：“辛夷又叫玉兰，文学上有时叫望春花、二月花，因为花蕾像倒置的毛笔，又叫木笔。……我见过的最壮观的玉兰树有两棵，一棵在颐和园的玉澜堂院内，一棵在秦岭厚畛子镇的殷家坪。跟玉澜堂的玉兰不同，殷家坪的玉兰树是自由生长的，树枝恣意发展，无遮无拦，别有一番风度。……树前有一二层楼高的平展巨石，乃一块天然石碑也，想在上面题词、刻字者大有人在。……‘苍龙曰暮还行雨，老树春深更着花’，前日，细雨霏霏，满树花蕾含苞待放，我将厚畛子镇镇长和几个周至官员叫到玉兰树下，巨石之前，郑重交代，让他们看护好玉兰树，看护好这块天然石碑，还自然一个自然。”[①] 诗文典故信手拈来，十分感性而饶有趣味。这两部作品运用能够相互映衬激发的平行结构，既使读者获得了“多识于鸟兽草木之名”的丰富知识，又具有感事抒怀的文学特质，这

① 叶广芩.秦岭无闲草[M].吉林：长春出版社.2011:145

种写法是古典文学中笔记体与对话体的延续，也对散文创作如何提高文学品性与社会意义提供了很好的启示。

# 第四章　历史小说的淑世致用

在如今这个物质生活高度发达的时代，忽视心灵人生而专注物质空间开拓，使人们对过去的历史往往失去了敬意，自身也会迷失在缺乏历史烛照的现实虚空之中，带来更多的心灵问题。因此，在历史长河中回顾过去，知道我之由来；想望将来，知道我所当去，是中国文化独有的安顿身心、超越现世的不二法门。钱穆在《中国文化传统中之史学》一文中认为："在中国人观念中，人生不仅生在当时此一社会之内，同时亦是生在上下古今那一历史绵延之内。中国人父子祖孙世世相传的家族观，亦即是一种历史观。中国人此项历史观，即是中国人之人生观，亦即是中国传统文化主要精神命脉之所在。"[①] 在他看来，历史是对人生的记录，而文化则是历史与人生的反映，在了解一国文化的真面目时，历史是不可或缺的。中国传统文化中有关个体生命在历史中得以不朽的观念，与西方宗教将人生归宿到灵魂与天堂的超人生观念大为不同。世界上其他国家与民族，未曾像中国人这样无一代没有史官。在几千年的文化历程中，中国人将文学与历史始终互相联系在一起，也是儒家文治教化体系的独特表现。中国自古以来强调史官的神圣独立、正直不屈，史官不受君王操纵，而需要秉笔直书当代发生的历史事件，使得历史对人的影响得以强化。在"通古今之变，成一家之言"的史家思想影响下，林佩芬与叶广芩都在文学创作中强化了士君子"尽其在我"的淑世精神，总结历史的经验教训，使读者能够获得对历史及未来的深切认识。

① 钱穆．中国学术通义 [M]. 北京：九州出版社 .2012:123

## 第一节　士君子及其文化精神

1971 年高一的暑假，林佩芬在高雄的莲花池畔，将书本上的现代史知识加上从小听来的远亲近邻的家族故事结合在一起，在数学作业本的背后写下了自己计划日后写作一部长篇小说的大纲，从此确立了自己一生行走的道路和方向："得重新缔造整整一个世界——一种道德、一种美学、一种信仰——这便是我们过去的历史。" 1981 年父亲的去世，使她下定决心写一部纪念父亲的书。因努尔哈赤"临大敌不惧，受重创不馁，推动了女真社会的发展和满族共同体的形成"，林佩芬选择写作祖先开创历史的故事。此后，她用了整整二十年时间搜集资料，在当时台湾没有一本关于努尔哈赤专著的情况下，每日读书八到十小时，将明史、清史、萧公权所著的《中国政治思想史》《明儒学案》等史论专书读遍，到北京求教清史大家阎崇年，去台大拜访历史系主任陈捷先，并在台湾满族协会的协助下，自学满文两年以便直接阅读满文文献，最后写出了一百二十万字的小说《努尔哈赤》。

在完成《努尔哈赤》之前，林佩芬还写出了《两朝天子——南宫复辟》与《天问——明末春秋》两部广受好评的长篇历史小说。与一般通俗历史小说作品喜好选择治世能臣或异闻秘史不同，1435 年明英宗朱祁镇继承皇位之时，明朝已经开国 67 年，国势强盛，前有太祖朱元璋和成祖朱棣的赫赫武功，又有宣宗朱瞻基的宣宗之治，林佩芬却选择在土木堡兵败被俘，因此做了"两朝天子"的明英宗作为小说主人公。在接受中央电视台"读书时间"节目访问时，谈到为何选择这段历史，林佩芬说："从宏观的角度来看长城南北两个民族之间的关系，在我们历史上就会形成一个有趣的现象，彼此从敌对到了解、到融合，它们之间争斗与和平常常是不停地循环前进。从微观的角度去看呢，他们两个人（明英宗与也先）恰好有人性上的雷同之处，比如说这两个人都是孤儿，内心都是非常孤独的。" 这是作家试图从人性的角度分析、还原历史人物内心世界的写作出发点。

台湾远流出版社曾经出过一大套大众心理学的书，分类很细，甚至有一册"枭雄心理学"；台湾新朝出版社则翻译了很多外国心理学的书，这些都对林佩芬在历史小说创作中，尝试用现代心理学与精神病学来探究历史人物的内心世界提供了一种新的视角，从而写出了人性的复杂和深度，并能够和历史考据上的求实精神结合在一起。譬如明英宗对掌司礼监太监王振的信服纵容，是酿成土木堡之变的主要原因，林佩芬用一种女作家特有的细腻笔法，将明英宗视作一个普通的“人”，使读者更好地理解明英宗的内心深处：

漫长的童年里，王振是他最亲最近的人，几乎没有片刻分离过。

他最喜欢闻着王振身上所发出的特别的气息，那是一种非脂非粉非花非药，但却香得扑鼻的气息——王振好洁，不但勤于沐浴，消除了一般太监身上所隐约透出的尿骚味，还在随身佩戴的荷包中装满了上好的茶叶，随时用手指捏出一小撮来放进嘴里咀嚼，让自己的身体和口腔不时地散发出清雅的茶香来；有时，王振咀嚼茶叶的时候，他也吵着要；于是，王振便从荷包里捏出一小撮茶叶来，放进他张得大大的小嘴中；常常，他顽皮得故意连王振的手指一起轻嚼一下，假装自己是小狗咬人，然后抱着王振的腰嘻哈笑；有时，他也坐在王振的怀里，把王振的手指含在嘴里吸吮，说是小狗吃奶……

王振的手指长得一如其人，洁白、修长、有力，掌心则是湿热的；有好些年的时间，他沐浴更衣、净脸梳发、进食便溺、提携抱持、哄拍入睡，全由王振亲手；而后，王振为他启蒙识字，握着他的手执笔临帖写字，一笔一划地在纸上勾勒，一面用带着茶香的口舌耐心地为他解说。①

马塞尔·普鲁斯特在《追忆似水年华》中也多次运用嗅觉记忆来融合今昔，他认为除了文字的记录，我们的过去往往也存活在滋味、气息等嗅觉记忆之中，通过当前的一种感觉与一项记忆之间的偶合作用，在不经意之间使现在被过去唤醒。一杯茶、散步时树木散发的气味，马德莱娜甜饼这种饼干的味道都会使人打开记忆的闸门，重温旧事。当前的感觉与涌现的记忆叠加在了一起，生成了一种复杂的感受。在这一瞬间，时间被找回来了，同时它也被战胜了，因为属于过去的整整一块时间已变成属于现在的了。因此艺术家在这种时刻感到自己征服了永恒，这也是所有不朽的文学作品的秘密。

试验心理学证实了嗅觉确实能够激起记忆，但是这些记忆却不一定是最准确的，因为大脑通路经过了处理感情的杏仁核，感情唤起的记忆会让人感觉这段记忆十分生动，让人误以为这段记忆十分准确。“唯一真实的乐园是人们失去的乐园。”普鲁斯特用各种精细的写法企图重新唤回记忆、创造幸福，从不知生

① 林佩芬. 两朝天子 [M]. 北京：中国友谊出版公司 .1998:52

身母亲是谁，父亲宣宗又在他九岁时就去世的明英宗朱祁镇又何尝不是如此。

宣宗皇帝是个多才多艺的人，书画音律无不精通，可是，受限于“日理万机”的忙碌和去世得早，宣宗皇帝始终无暇为他示范、教导这些才艺，反而是王振得便，花些时间，细细临摹出一幅幅的《三阳开泰》、《花下狸奴》……

王振临画的时候，他常常自动放弃身份的尊贵，让王振坐着画而自己站在一边观看；当墨痕与颜彩在纸上逐渐堆叠成形的时候，他心中往往洋溢着一股幸福的满足感，也同时升起一股幻觉，仿佛那执笔作画的人是自己的父皇——尤其是从九岁那年，宣宗皇帝崩逝以后，他心中的濡慕之情更只有王振可以寄托了。①

所以小说中，当祖母张太皇太后裁抑宦官，以“侍奉天子不守规矩，逾越祖宗礼法”为由要处死王振时，朱祁镇跪求祖母时突然意识到：“身为皇帝，实质上却是个孤儿，他不能没有王振……他哭的是自己私心深处真正的悲哀和荒凉。”后来王振贪财弄权激怒也先，又鼓动皇帝御驾亲征以致酿成土木之祸，但英宗一如既往地宠信王振，因为有了这些心理上面的铺垫而显得合乎人性规律。在被也先俘虏的时候，“蒙古奶茶尽管带着朱祁镇所不习惯的浓郁的奶腥味，但也依稀透着几许茶味——他所熟悉的那股王振身上的茶香味又回到了他的心中，他对于王振的思念也再一次被勾了起来。”气味在这里又一次扮演了唤醒英宗的记忆与自我意识的角色，对“自我”的维护也铸成了他因独宠王振而误国的史实。“大事都误在王振啊！偏偏，万岁爷就是只听王振的话！”满朝的文武百官加起来也抵不过王振一个人，“幼主权阉”的历史教训，暴露出来的是中国文官政治与君权至高无上的角力与复杂演变，而对明英宗心理的深入剖析则隐隐含着对权力高度集中的皇帝“孤家寡人”的悲悯。

《广阳杂记》中记载：“顺治间，吴梅村被召。三吴士大夫皆集虎丘会饯，忽有少年投一函，启之，得绝句云：‘千人石上坐千人，一半清朝一半明。寄语娄东吴学士，两朝天子一朝臣。’举座为之默然。”对于《两朝天子》中着力刻画的以于谦为首的士大夫群体，虽然尚未经历朝代更迭，然而在“两朝天子”与“亡国亡天下”的夹缝中起落沉浮，也使后世读者不由掩卷沉思。于谦在小

① 林佩芬．两朝天子 [M]. 北京：中国友谊出版公司 .1998:53

说中的第一次亮相，是土木之变后，当时还是受命监国的郕王朱祁钰面对翰林院侍讲徐埕引发的“南迁纾难”的建议手足无措，这时于谦以一句掷地有声的“臣以为，言南迁者应立刻问斩”，呼应了礼部尚书胡濙提出的“天子蒙尘，为人臣者应誓死迎回圣驾，以安万民，怎可率尔南迁”的讲论。于谦任职兵部的实权和说话时的威严使群臣纷乱的场面得以平定，而他提出“京师乃天下根本，一旦动摇，全国人心惶惶，将更难以收拾；而且，南迁之后，即使有长江天险，可以苟安，北地一失，再难收复——宋室南渡即是殷鉴！”则使熟知史实的士大夫们放弃再提“南迁”之议，从中体现出士大夫阶层通约的价值观念。

中国自古以来在贵族、平民两阶层间，又有一中间阶层，即当时之所谓“士”。“士”阶层在中国社会历史中的作用与影响力，是西方社会演变中无法对应的。钱穆先生认为中国社会自春秋战国以下，一直在士、农、工、商的“四民社会”体系中演进，士阶层始终在四民社会中处于中心位置，这也是中国数千年历史蔓延不绝的原因：“士之一阶层，起于何时，暂不详论。然如管仲、鲍叔牙在齐桓公时，其出身显非贵族而当系一士。在此以前，亦尚有士。以后更层出不穷，至孔子而士之地位始确立。后人又称之曰儒。《说文》：‘儒，术士之称。’可见儒即士。术士犹云艺士。礼、乐、射、御、书、数为当时之六艺，能通一艺以上，即可上通贵族阶层，以供任用，甚至可当国政，为卿相。一部《春秋左氏传》中，自管仲至孔子，其他尚多其例，兹不列举。”①士阶层的兴起伴随着贵族阶层渐趋没落，秦的贵族阶层自商鞅变法后已然失去了政治影响力，秦能够统一天下，其主要动力亦在六国赴秦的游士。汉武帝时建立了太学，将才华优异者擢升为王宫侍卫，较为普通的则分配至地方从政，如有成绩则亦有机会重新进身进京，之后再获分发出任朝廷官职。自此以后，汉代政府逐渐转化为“士人政府”。即使曾担任朝廷官职的士人转回乡野，在当地则依然“敬宗恤族，以养以教”，成为地方社会文化的灵魂人物。由此可见，士阶层的兴起，不但向上承担了政府职责，也向下组织了乡间宗族，造成了中国社会文化传统的稳定性。魏晋南北朝乱世时，士阶层在两汉经学以外的文学、史学方面也维系了中国传统文化，养护了民族历史的文化生命。经历晚唐和五代的混乱波动，到了宋代，朝廷以养士尊士为务，士阶层进一步复兴，政府以考试取士：“朝为田舍郎，暮登天子堂”，国家的治理人员大都出身布衣。元代士阶层纷纷退守治

① 钱穆．国史新论 [M]. 北京：生活·读书·新知三联书店 .2001:39

学，明代开国时礼聘刘基、宋濂等人，辅佐朱元璋平定天下，“政治大变于上，社会固未随之大变于下。学术文化传统依然如旧。”刘基本人就是在元至顺年间考取的进士。后来明代规定《四书大全》《五经大全》作为科举考试标准，也承袭于元代。直到清末，“两千四百年，士之一阶层，进于上，则干济政治。退于下，则主持教育，鼓舞风气。在上为士大夫，在下为士君子，于人伦修养中产出学术，再由学术领导政治。广土众民，永保其绵延广大统一之景运，而亦永不走上帝国主义资本主义之道路，始终有一种传统的文化精神为之主宰。此非深明于中国所特有的四民社会之组织与其运用，则甚难明白其所以然。”[①] 士阶层与中国历史文化独特性的关系，由此可见一斑。

秦汉以来的中国政府，既不像西方社会中古以后由神权向君权与民权演进，又不是君权唯一的专制政府。以宋代为例，君主对于士大夫们以政治主体自居所发出的种种声音，都表现出了容忍的雅量。如刘黻所言：“天下事当与天下共之，非人主所可得而私也。”方庭实也称大胆宣称：“天下者，中国之天下，祖宗之天下，群臣、万姓、三军之天下，非陛下之天下！”所以宋仁宗会说：“措置天下事，正不欲专从朕出……不若付之公议，令宰相行之。行之而天下不以为便，则台谏公言其失，改之为易……”这种思想和政治基础演变到明代，在《两朝天子》中表现为，君主固然拥有至高无上的权位，但百官在政府中分掌各自职责，相互也形成了一定的制衡关系。林佩芬通过形象细腻地刻画多个场景，表现出士阶层在明代中国社会政治与文化运行中的作用。土木之变后，王振虽然已被护卫将军樊忠击杀，但大臣们仍然不断上奏疏请朱祁钰判处王振“族诛”，极个别王振之前的党羽垂死反扑，在朝堂上争吵厮打起来，这时于谦奋力穿过人群，请已经浑身瘫软的郕王朱祁钰立刻宣谕，拥护王振的马顺有罪，制止了锦衣卫酿成喋血事件，维持了朝廷的继续正常运行。明廷给也先送去了金银珠宝后，也先仍然没有放回英宗，孙太后为了慎重起见，特意派自己的心腹太监去询问重臣们的意见，胡濙、陈循、王直、于谦等人的意见都相似，促使孙太后下定决心发布了“命郕王为辅，代总国政，辅安万姓”的诏书，从中可以看出士人在中国官僚政府中扮演的角色。君位虽然是世袭的，然而储君的教育是在群臣中选择学问才德优胜的人授业解惑，储君与士人受的是同样教育，所以君主也属于士阶层的文化体系，遵从共同的价值观念，这与西方的君主制很不

① 钱穆．国史新论 [M]．北京：生活·读书·新知三联书店 .2001:45

相同。在总结土木堡一役的详细经过后，于谦接下了兵部尚书的印信，也接下了家国天下的重责大任，吏部尚书王直像他的长官、父兄、师尊一样拉着他的手，勉励他承担起国家的责任和使命。也先带着英宗在大同和宣府逼关索银，一旦开城，整个国家都将陷入亡国危机，于谦为确保社稷不失，说服了孙太后摒弃私心，临危册立郕王朱祁钰登基为帝，使也先挟持英宗朱祁镇的要挟未能得逞。接下来于谦不眠不休调兵遣将，拟定战略，打败了也先的二次进攻，赢得了北京保卫战的胜利，使得文官集团一时间在朝中的地位迅速上升，改变了明初以后有内阁而无宰相的政治格局。

顾炎武在《日知录》中有亡国亡天下之辨:“异姓改号谓之亡国。仁义充塞，而至于率兽食人，人将相食，谓之亡天下。”面对着朱祁钰不愿称帝的泪水，于谦勉强自己收敛情绪，“一边连连甩头，强迫自己甩去老是浮上心头的种种，无论是朱祁钰的泪水，还是孙太后、钱皇后……甚至于朱祁镇的面容。”用“大明的社稷为重——顾不得个人了！”鼓舞自己去说服了朱祁钰，也充分说明在正直的士阶层心中，“异姓改号”的“亡国”与“人将相食”的“亡天下”相比，“天下”长治久安的分量远超过了对一朝一姓的忠诚。于谦用“大战在即，国家兴亡关头，岂是个人忧谗畏讥的时刻”勉励自己，断然拒绝也先要求明方割地送金以换回朱祁镇的议和条件，激励士卒背水一战，西直门保卫战一役在书中显得浓墨重彩，异常动人，士阶层在国家危亡时力挽狂澜的作用也发挥到了极致。

《两朝天子》的下半部《南宫复辟》，则深刻揭示了君权与士阶层的矛盾对立。外部矛盾暂时缓解后，围绕着废朱祁镇之子见睿，改立朱祁钰之子见济为东宫太子的争议，朝中大臣分成了几派争议不休。而一心改立太子的景泰帝朱祁钰则甚至公然贿赂大臣以求支持，整个吏治风气随之败坏，尝到权力滋味的景泰帝宁可荒废国政，也不让别人“侵夺”君权，而身在南宫形同软禁的朱祁镇在一连串的打压之下，恢复权力的欲望则特别高涨。朝廷内暗潮汹涌，虽然正直的士大夫认为“本朝士风越来越不像话”，可是收受贿赂、营走门路之类寡廉鲜耻的事层出不穷，景泰三年皇太子朱见济突然去世，在景泰帝没有其他儿子的情况下，立储风波则愈演愈烈，直至景泰帝重病时，石亨和徐有贞等人为了自己“拥立”的功劳，制造了“南宫复辟”，英宗朱祁镇重新登极，虽然“心中并不糊涂”，内心深知“于谦实在有功于我大明社稷”，但因于谦是以拥立景泰而建功的，“如不杀于谦，‘夺门’的事就师出无名了！”为了自己重新获得的帝位，明英宗下令杀死了于谦。书中的政治斗争惊心动魄，也显示出历朝历代类似的悲剧：“虽以法治国，却无法治君”，遇到明君贤臣，则出现兴盛的治世，而遇到昏暴的君主，则士阶层虽仍有治国平天下的抱负，却缺乏施展的舞台。“士大夫”的身份可以被剥夺，“士君子”的精神则通过史册诗文的记载代代传承，如书中追忆到以反对“叔侄夺位”而被明成祖凌迟处死的方孝孺一般，忠言直谏，成为天下读书人敬重的榜样，在其后的时代中又将前赴后继地涌现出来。所以说在中国的文化史中，最稳定不变和具有民族特色的就是士阶层这种“士不可以不弘毅，任重而道远”的精神。在塑造文化认同与民族重铸的过程中，钱穆认为需要在士阶层精神的基础上建立一种新的民族想象共同体，这种思路当然也影响到了林佩芬去建设她心目中的“中华民族之文化精神”：“近百年来，中国备受西方帝国主义资本主义之欺凌压迫，思欲一变传统，以效法乎彼。于是社会剧变，历两三千年来为社会领导中心之士阶层，亦日趋没落。至于最近，几失存在。往日之士精神，已渺不复见。而工商企业之资本家，则尚未成熟，未能确然负起领导社会之责任。于是整个社会乃真如一盘散沙，……抑且西方近代资本社会与其民主政府，亦经长时期之禅递推进而有今日。其所成就，何可一蹴即几。今日中国社会传统架构已被毁。而其基础，则两三千年来，深埋厚筑，急切犹难挖掘净尽。此下之中国社会，将成何态，非有高见卓识深谋远虑之士，难窥其仿佛。盲人骑瞎马，夜半临深池，洵堪为今日之中国社会咏矣。”①

在以钱穆为代表的现代新儒家看来，西方的知识分子与中国的士阶层不可混为一谈。西方的民主政治，也是依据社会中某一时段多数人的意见来确定方向，并没有超越现实社会的规矩道义可言。在西方社会中获得乃至掌握政权，是由中产阶级以上人士，根据纳税人的纳税资格而获得选举权与被选举权的，所以近代以来西方的民主政府必须采取社会中产阶层的意见，社会也迅速成为资本主义的社会。这样的社会在发展自然科学与物质文明方面固然有其效率的最大化，但社会中人人都以改进物质人生为目标，物质日进反可使人日益退化与异化。反观西方近代以来的社会演进与社会问题，不得不承认钱穆的这种判断有相当的合理性。在中国传统社会加速“俗世化”的今天，中国士阶层“为天地立心，为生民立命，为往圣继绝学，为万世开太平”的自我期许和努

① 钱穆 . 国史新论 [M]. 北京 : 生活 · 读书 · 新知三联书店 .2001:48

力，在林佩芬这里落实为历史小说的创作："写作是一种信仰，一个理想，一种使命"，研读史书与了解历史都是为了建立正确的史观并起到"淑世致用"的作用。不论以史实印证史学理论，还是在文学创作中用人性实证史实，《两朝天子》都不仅是"文史偏师或一方文献的总集"，应该说在史学的博大与文学的生动之外还包含着哲学的深思——中国士阶层数千年的道德信仰在当今社会，是否仍旧有它的价值？

## 第二节　大历史观视野中的民族文化与融合

1981 年父亲去世后，林佩芬决定挑选清朝开国最重要的人物"努尔哈赤"作为写作目标，整整十八年"欲渡黄河冰塞川，将登太行雪满山"，在史册中爬梳不倦，远赴沈阳努尔哈赤纪念馆研究资料，同时参加当地的研讨会，陆续发表一些历史小说如《帝女幽魂》《辽宫春秋》等积累经验，为这部小说的创作进行了充分的准备。这部小说的问世也经历了一波三折，原定发表的报纸副刊和出版公司因人事变动而停止出版《努尔哈赤》的计划，林佩芬就像她笔下的人物一样意志顽强地面对这些挑战，甚至变卖了唯一的房产继续从事写作，终于在作家林文义的协助下，在台湾《自立晚报》副刊连载发表了《努尔哈赤》，1999 年台湾的远流出版社、2000 年大陆的作家出版社也都出版了单行本。

选择努尔哈赤作为"英雄与英雄的时代"的书写对象，在严守"华夷之辨"的民族主义者心目中，不符合"崖山之后无中国"这种先验的历史观点。文化上落后于被征服民族的游牧民族，征服了明王朝的汉民族主体，使得明清易代与宋元鼎革一样，被认为是中华文化停滞发展的重要原因，然而若跳出狭隘的民族主义立场，站在"大历史"的角度，则中华民族共同体在明末清初的形成与发展，实在有研究和书写的必要。

在笔者对林佩芬女士进行访问的时候，她明确表示自己的创作受黄仁宇的"大历史观"影响很大，强调经过较长的时段来观察历史，注重历史的结构性变动和长期发展趋势，这使得她的《努尔哈赤》在两岸当代历史小说的创作中都具有一种开拓性的意义，与恢宏的历史视野。黄仁宇认为："因我之所谓'大历史（macro-history）'观，必须有国际性。我很希望以四海为家的精神，增进东方与西方的了解，化除成见。这不是一件简单的事，即使在海外，也仍是一个容易惹起是非的题目。”[①] 作为一个已经具备完成形态的王朝，拥有“康雍乾”盛世的清代还有一个先行的未完成的阶段：“林佩芬的《努尔哈赤》，是她以一位文学家的目力和品味，孜孜以求地咀嚼、揣摩、归纳和抽象历史的心血结晶。”[②] 小说选取了明代后期万历十一年到天启六年这四十三年的历史，详细刻画了努尔哈赤及其率领的后金政权崛起于白山黑水之间的过程，用雄浑阔大的笔触描绘出当时的历史形势，错综复杂的民族与社会矛盾。1571 年，蒙古的俺答汗接受明朝册封为“顺义王”，女真兴起后，大力交好蒙古诸部，蒙古的科尔沁等五部先后成为女真盟邦，并相助女真伐明，唯有察哈尔部在林丹汗的带领下与明朝交好，与女真为敌；明太祖洪武二十五年，朝鲜的李成桂建国，到了明末已有两百年历史，朝鲜国“府库充足、朝臣内斗”的局面则激起了邻国日本的征伐之心：出任“关白”、集军政大权于一身的丰臣秀吉，萌生了通过征服朝鲜后入主中原之志；万历二十年，明朝派出大将李如松率军救援朝鲜，三国间的战事胶着了七年，直到丰臣秀吉病逝才结束，明朝因此国库空虚并且威望全失。在这微妙复杂的关系之中，原本实力薄弱的辽东女真趁机兴起，这段历史最终与隋唐帝国的形成过程非常类似：“隋唐帝国的形成过程其实就是一个政治上的统一过程。……内乱既是北魏式统一政治出现破绽，产生分裂的结果，同时也是历史归结于隋唐这样一个大一统时期的出发点。”[③]

《努尔哈赤》分为《上天的儿子》《不死的战神》《苍鹰之翔》《巍峨家邦》《天命皇帝》《气吞万里》六卷，在这一百二十万字的煌煌巨著中，林佩芬写出了蒸蒸日上的女真与日益衰败的明朝此消彼长的历史与社会演变过程。小说以明朝辽东名将李成梁采用“以夷制夷”的手法大力压制女真各部，使女真诸部始终无法统一开篇。在建州左卫都指挥使觉昌安、塔克世父子被“误杀”后，努尔哈赤从李成梁的宁远伯府雪夜出奔，以祖、父遗留的十三副铠甲和愿意追随他的百名部属复仇起兵，在追杀表面的仇家尼堪外兰之时，交好蒙古、暗通朝鲜，不动声色地以明朝敕封的“建州左卫都督”加“龙虎将军”的名衔暗暗扩增实力，以通婚和征讨的双重方式吞并、统一女真各部；在朝鲜遭逢日本侵略时，他悉心观察，仔细了解自己所要用兵的对象，展现出了卓越的政治运筹

① 黄仁宇 . 万历十五年 [M]. 北京 : 中华书局 .2006:225

② 关纪新 . 兴替由来岂瞬间——评台湾女作家林佩芬的长篇小说《努尔哈赤》[J]. 满族研究 ,2001(4):65-73

③ ［日］谷川道雄著 李济沧译 . 隋唐帝国形成史论 [M]. 上海 : 上海古籍出版社 .2011:4

与军事指挥天赋：小说中描写到他对一切可以通过感化为己所用的人才，包括蒙古科尔沁和喀尔喀两部，以及曾经射伤过自己的俘虏或暗杀过自己的刺客，都能从容原谅，主动与之通好，充分显示出虽然没有"天受"的政治遗产可以继承，他却努力通过创造"民受"的条件，来实现自己的政治抱负及使命。在大小战役中，他都运用了自己所学到的汉人的兵法战略，并创造性地加以发挥，超越了女真部属们有勇无谋的盲动方式，使得从根本上扭转全局的"萨尔浒大战"成为以少胜多的著名战役；1599 年，他命臣子们制定了满文，并创建了兵民一体的"八旗制度"，构建了超越"建州等处地方国王"的大国格局，使得清帝国与元帝国的开端颇为不同，而更近似于隋唐帝国的形成：

此时的部族制度并非有如塞外部落联盟国家那样纯粹的形态，而是以国家军队的形式出现在统一了中原的国家形态之下。由皇帝与诸王分掌军队的制度是一种分权制，我将其称作宗室的军事封建制，其形式体现了对日常战斗共同体的塞外部落联盟国家的继承。……部族制所体现的血缘结合直接就是国家形成的原理。①

1616 年，努尔哈赤正式建国称帝，这时后金国在整个东亚的政治体系中已经成为举足轻重的力量，1618 年他以"七大恨"告天，誓师伐明，虽然小说以其英雄迟暮到底壮志未酬、抱憾辞世收尾，但书中也多次展现了努尔哈赤对他的子孙开创清帝国的奠基作用：在几位皇子年幼时就带领他们参与自己的建国事业，与皇太极在战场上讲论《辽史》中的军事案例，对数十年跟随自己南征北战的费英东等五大臣视为肱骨手足，对臣下的忠谏从善如流，都展现出一种榜样的力量，使读者对努尔哈赤这位产生了划时代影响的历史人物有了具体的感受与认知。1644 年，努尔哈赤的孙子，清顺治帝福临入主北京，历经几百年动乱、分裂、退化的女真人最终顺应时势建立了清帝国的骨骼，并为后来清代的康雍乾盛世奠定了基础。虽然从汉族士大夫的立场来说，满族政权毕竟是异民族政权，很难真正说是自己的国家，汉族士大夫无论怎样受到君主的宠遇，种族的障碍仍旧无法完全克服，直到民国成立，"驱逐鞑虏，恢复中华"还是一种一呼百应的政治口号，但是如果历史上的隋唐帝国足以成为后世中国人追慕中国历史的隆盛时代，清帝国的诞生也最终促成了更大的中华民族文化共同体的形成："东、西两魏可以说是胡汉两股势力的合作政权。……此后，胡汉双方

① ［日］谷川道雄著 李济沧译 . 隋唐帝国形成史论 [M]. 上海：上海古籍出版社 .2011:6

政治融合的趋势日益明显，到隋唐时代，种族区别已经不再成为政治问题。唐朝还把胡汉一体化的原则推及至塞外，建立了充分反映出唐朝所具有的世界帝国性质的羁縻体制。”[①] 经过两百多年的发展融合，满族已经属于中华民族的一部分，而中华民族的历史文明也显然不能剔除清代的影响，从大历史观的角度出发，对历史的考究和结论也会出现新的发展变化，这对我们思索当今的国际问题也会具有新的启示 .

历史研究永远没有完全能够确定的结论，随着时代变迁、社会思想的发展演化及个人识见的丰富开阔，人们对历史的看法也不会拘泥于“夷夏之辨”的固有成见。林佩芬在访谈中提到深受黄仁宇“大历史观”的影响，黄仁宇认为自己经历了从大陆去台，又去美国的各种遭际后，“才越来越把眼光放大，才知道个人能力有限，生命的真意义，要在历史上获得，而历史的规律性，有时在短时间尚不能看清，而须要在长时间内大开眼界，才看得出来。……将历史的基点推后三五百年才能摄入大历史的轮廓。”所以距离三百多年后再去研究清代开国的历史，也许会获得相对更加客观的认识，“大历史观”也会使人跳出所在时代的局限，思索民族更长远的未来。

纵观中华民族的形成史可以看到：“一个文化与另一个文化相接触，先是冲突，继而交流，继而融合，最后整合为一个范围更大、内容更复杂的文化。这一文化又会与邻近文化接触，以至再次进行同样的过程：接触→冲突→交流→融合→整合。如此不断地扩大与复杂化，终于古代文化逐渐融合为几个大文化体。这些大文化体，在历史时期，成为以中原为核心的中国文化集团，最后则成为所谓的中国文化，但仍无碍于各地有其浓淡不一的地区性特色。[②]

同样出身台湾的历史学家许倬云也认为，中国自古以来“天下国家”的观念，与西方社会近几百年发展出的“民族国家”有很大差异。自新石器时代开始，中国历史上“中原”文化与周边民族间的文化融合就是源源不断的。唐太宗李世民被尊为“天可汗”，标明他中国皇帝与周边国家政治领袖的双重身份。但是自宋代以来，中国慢慢成为东亚多国多文化体制中的一员。同时，中国原本以儒家为主的文化体系，也在佛教进入中国后逐渐多元化了。“作为整体的人

① ［日］谷川道雄著 李济沧译 . 隋唐帝国形成史论 [M]. 上海 : 上海古籍出版社 .2011:11

② 许倬云 . 历史分光镜 [M]. 北京 : 中华书局 .2015:11

群，却往往以为只是活在今天，何必知道过去？历史的知识，即是治疗集体健忘症的药方。……炎黄后裔的说法，即属自设太狭窄的限制了。又如，如果大家记得，历史上汉族曾经不断移民来台，则将‘台湾人’的定义由 1949 年为划分的界限，也未必有可信的理由。”[①] 显然代表了台湾地区学者中坚持统一这派人士的观点。

也许正因为在台湾的环境中成长，并在研读历史中拥有了“大历史观”的宏阔视野，林佩芬对海峡两岸的关系持非常坚定的统一态度，这也是她最终选择定居北京的深层原因。在接受笔者的访问时她说：“手足阋墙在《两朝天子》中或历史上有很多，但是从中看不到整个时代的趋势和一个宏大的视野。学者写小说和作家写小说不一样，考证严谨和传说式的小说写法也不一样。台湾国史馆修清史的小组在陈水扁上台后被全部解散，我前面两代的老学者二十年的心血都完全泡汤，修史之志志成灰，我觉得这简直是没有办法讨论的。2002 年时台北故宫举办了一个台湾早期历史展览，游锡堃致辞时说台湾没有人写历史小说，其实台湾是没有‘大历史’小说，写大历史往往会遭到独派的人攻击。在台湾越来越独化的情况下，我自己孤城无力可回天，‘打’不过人家但是也没有必要把自己埋葬在那里。在我决定到北京时才觉得很高兴或者说心平气和，人家看我的小说最多说好不好，没人说我是外国人，也没人说应该写郑成功而不应该写努尔哈赤。对我们这一代出生在台湾的人来说，对中华文化的向心力和热爱的程度都是非常强烈也不会改变的，对后来两岸解严后回到祖国的感情也很有影响，所以，我来了北京。”在台湾作家中，她的创作趋向与生活选择是高度一致的，这也使得她的作品能够超越一时一地的局限，而接续了中国历史文学的传统，反映出民族与文化融合的根本趋势。

在具有区域性、阶级性、时代性等差异性的异质文化中，较能产生多彩多姿的活力激荡，它比缺乏这种差异性的同质文化，会具有更强大的活力，文学创作也是如此。在参加中央电视台“读书时间”节目时林佩芬说：“整个中国的历史可能就在分裂、融合、统一的过程中循环前进，你看明代长城南北的问题，其实到清朝就完全融合了，清朝是没有长城存在的。”考察中国历史发展的轨迹可以看出，中原文化不断与周边文化交流融合，再扩大为东亚文化中的一部分，在与四邻交往的过程中，中国曾经成为亚洲的文化中心，展现出海纳百川的大

① 许倬云 . 历史分光镜 [M]. 北京：中华书局 .2015:3

国胸襟与气象。虽然中国的大陆性气候与地理环境造就的农业文明与西方的海洋商业文明有诸多差异，但在全球各国往来更频繁，文化交流更多样化的今天，中国终须是世界多国多文化社会中的参与分子。《中庸》有云：“凡为天下国家有九经，曰：修身也，尊贤也，亲亲也，敬大臣也，体群臣也，子庶民也，来百工也，柔远人也，怀诸侯也。”严守封闭的“夷夏之辨”只是民族中心主义者在民族自尊与盲目优越感下产生的的一种思维定式与偏见。无论对不同文化群体成员的漠不关心或麻木不仁，缺乏敏感性；还是有意识地回避或限制与不同文化群体成员的交往，乃至当不同文化群体发生灾难或遭受损失时，产生一种幸灾乐祸的心理，都不应该是今日中国所持有的立场。阅读视野宏阔的历史文学作品则会起到消除成见、拓展眼界的作用。无独有偶，金庸在自己的作品集总序中，曾专门谈到这种“历史观”的进步问题：

我初期所写的小说，汉人皇朝的正统观念很强。到了后期，中华民族各族一视同仁的观念成为基调，那是我的历史观比较有了些进步之故。这在《天龙八部》、《白马啸西风》、《鹿鼎记》中特别明显。韦小宝的父亲可能是汉、满、蒙、回、藏任何一族之人。即使在第一部小说《书剑恩仇录》中，主角陈家洛后来也皈依于回教。……

历史上的事件和人物，要放在当时的历史环境中去看。宋辽之际、元明之际，明清之际，汉族和契丹、蒙古、满族等民族有激烈斗争；蒙古、满人利用宗教作为政治工具。小说所想描述的，是当时人的观念和心态，不能用后世或现代人的观念去衡量。我写小说，旨在刻画个性，抒写人性中的喜愁悲欢。小说并不影射什么，如果有所斥责，那是人性中卑污阴暗的品质。政治观点、社会上的流行理念时时变迁，人性却变动极少。①

尽管林佩芬笑称自己有历史考据僻，所以对金庸小说有时出现的“关公战秦琼”的“艺术处理”接受不了。但实际上在从人性的角度抒写人物的历史功过，与“中华民族各族一视同仁”的历史观这方面，两位作家又有很多相通之处。在《努尔哈赤》众多历史人物之中，“天受”君权的万历皇帝与“民受”众望的努尔哈赤形成了鲜明的对比。在塑造满族英雄努尔哈赤坚忍与顽强性格的

① 金庸 . 笑傲江湖 [M]. 北京：生活·读书·新知三联书店 .1994:4

同时，林佩芬对日益衰亡的明王朝也投注了足够的悲悯，力图用精神分析的方法将万历皇帝还原为一个有血有肉的人。譬如构想出郑贵妃要独占爱情，所以怂恿万历抽鸦片的情节，深刻揭示出中国历朝历代为何会产生“兴起—发展—坠落”的抛物线式发展脉络的原因，给予读者诸多启示。

与努尔哈赤处于开国之主的历史位置不同，万历皇帝冲龄继位，是在臣僚教育下长大的。《明史》中对万历皇帝评价为：“因循牵制，晏处深宫，纲纪废弛，君臣否隔……溃败决裂，不可振救。故论者谓明之亡，实亡于神宗！”在明朝开国已经两百年，文官政治高度成熟的时候，他的职责范围已经不是处置国事，而是作为礼仪与伦理的权威象征。张居正和皇太后在世之日，对万历的德行要求到达了一种极端的程度，他的全部言行都要符合道德规范，心理的压抑为他后来的怠政埋下了伏笔。小说中写到，在生母慈圣皇太后逝世后，万历皇帝在梦境中感受到母亲的慈爱，却在醒来后回忆起从自己登基后，“母亲变成了一个任务的执行者。天不亮就把他从温暖的被窝中拉起来，逼他去上早朝；然后，逼他念书……那一年，年轻的自己，不过因为偶尔贪玩，一夜嬉游，母亲就大发雷霆，让他跪倒在冰冷的地面上接受责罚”。从温暖到寒冷，全是因为“做皇帝”导致的，以致万历“打心底处发出一声‘我不要做皇帝啊——’的怪吼”，失去了对自己的信任与面对自己的勇气，而在大臣们心中，他因此病倒却是“孝心可感”的天下表率。尽管史籍中未必找得到万历不愿做皇帝的“怪吼”，但是这一片段却因为刻画出皇权与人性的冲突而显得合情合理。从一个缺乏个性与抱负的普通人的角度去看，万历皇帝的怠政也是人性的一种表现，作为守成之主，任何个性的暴露都可能被指责为逾越道德规范，使守成之主的个性极度压抑，继而产生了变态的心理和行为。小说也详细写出万历在皇太子问题上以个人情感为出发点，打算弃长立幼时，遭遇坚持传统纲常伦理的臣僚们一致反对，而万历并没有明成祖甚至宣德、景泰、成化、嘉靖四朝废后立储的气魄，在不断与臣僚拖延的过程中，立储问题使文官集团的隔阂和对立更加明显。万历无力改造制度以避免冲突的发生，则干脆怠政不上朝，和宦官、郑贵妃在皇宫中掷银为戏，看似荒诞不经，却显示出一个从小生长于深宫，没有体会过自由的意义，也不能向臣下提出明确政治主张的孤独皇帝内心的空洞与荒凉。作为一个胸襟并不开阔的君王，万历皇帝一再向臣下区服，自尊受损的同时只好采用消极怠政的方法发泄与报复，在麻木的放纵生活中愈加失去了对边陲战事和民间疾苦的关注，对努尔哈赤在辽东夺取多个胜利的“边夷小事”也毫不放在心上，唯一有兴趣的就是自己陵寝的兴建与宫殿的改建，而修建陵寝产生的巨额花费又转嫁为了百姓在田税商税之外缴纳的矿税，多次激起民间哗变，更迫使户部官员不堪其苦纷纷辞官，朝堂上正直的大臣越来越少，埋下了明王朝衰落的根本原因。万历皇帝的心理畸变还可以通过一个情节来证明：在西南杨应龙兵乱被官军费尽力气评定后，万历突然想要亲自在京师午门“受俘”，而南方的战俘在隆冬季节因水土及天气寒冷的原因，还没走远便死亡过半，官军为避免因此定罪被杀，只好一路向所经过的州县讨要死囚，终于使万历皇帝演出了数百名“俘虏”求他赦免的闹剧，虚荣心得到了极大满足。种种政治上的乱象，显示出明王朝不可抑制的衰败原因，而万历的消极作为还直接祸及了因他迟迟不能做出立储决定而耽误了进学修德的泰昌、天启两代皇帝，一个因红丸一命呜呼，一个将国政大权都交给太监魏忠贤，自己将所有精力用来做木工，使得明王朝更加摇摇欲坠。

这一切历史上多次重演的王朝末期衰落图景说明，在一个国家政权确立了以后，底层民众所制造的乡论逐渐丧失了其固有的功能，当权者因其政治身份的固定而与民众的距离越发疏远，并因为权力的高度集中而产生腐化，开始松懈在与民众的关系中打造自己的人格以及道德的努力。而士阶层精神的道德约束作用实际上对君主的制衡也是有限的。“猜忌之主喜用柔媚之臣”，原本可以对君权起到一定制衡作用的朝臣，也因为君主上行下效的影响力，将“善体帝心”视作比忠言直谏更为重要的政治诀窍，这就是历朝历代历史抛物线产生的真实原因。相形之下，小说中作为创业之主的努尔哈赤，却是将汉民族君主理想的为治之道，归纳为登基大典时的一段话并身体力行着：“朕闻上古至治之世，君明臣良，同心共济。果秉志公诚，励精图治，天心必加眷佑，地灵亦为协应。为人君者，不可不秉志公诚而去其私也。……为治之道，唯在君心之一而已！”[①]

至此，努尔哈赤的识见作为，与创立国家的漫长努力已经淋漓尽致地展现于读者眼前，在小说中努尔哈赤作为一个正面人物形象也得以塑造完成。面对当代普遍精神矮化的世风与充满“贪婪、淫靡、颓废”的人心，在“淑世致用”的创作出发点之下，林佩芬试图用努尔哈赤勇敢顽强的一生奋斗来启示世人力图振作，用壮美的叙事风格降低作品的传奇性。诸如郑贵妃是否掩袖工谗，她到底是否国家妖孽，魏忠贤与天启帝乳母客青凤之间畸形的关系，都写得非常

① 林佩芬．努尔哈赤（下）[M]. 北京：作家出版社 .2000:39

节制，“这种有意远离庶民欣赏趣味，而刻意追求历史哲理发掘的选择，使《努尔哈赤》成为了别样的历史小说，它更适合有一定文化铺垫和思想积累的高层面读者的阅读需要”。在小说的最后两卷，作家也写到了明代晚期的东林党争问题，顾宪成、高攀龙、杨涟、左光斗诸人尽管仍旧拥有士阶层的高尚情操，却因其习惯将所有具体事务仍归结到道德层面，缺乏实际能力以应付环境变化，在出任要职后施政乏术，因对圣贤之道的不同理解而党争不休，也体现出儒家文化在重视伦理道德与经世致用之间的矛盾性，对读者深入地理解中国历史并鉴往知来，提供了有益的启示。

## 第三节　典型性格与主观概括

1644 年在中国历史上是一个转折点，这一年从明崇祯十七年，到李自成的大顺永昌元年，再到清顺治元年，年号的更迭不仅意味着政权的更替，也给后人汲取历史经验留下了广阔的阐释空间。自 1944 年郭沫若写出《甲申三百年祭》开始，明末清初这一段纷繁纷纭的历史更成为借古喻今的题材，在现代历史中持续发挥着影响力。郭沫若在文章中借古讽今，批判了明末的昏君佞臣与消极的“投降派”将军；将日本侵华比拟为“满清入关”，又将李自成领导的“农民起义”定位为“规模宏大经历长久”的“革命”，具有鲜明的政治指向性。毛泽东因为此文的历史殷鉴作用，特别指示将《甲申三百年祭》翻印，作为党内整风学习的文件。

在当时这种思想背景下，作家姚雪垠自 40 年代抗日战争时期开始酝酿创作小说《李自成》，为此研究了浩如烟海的明末史料，并在 1957 年的“反右”风潮中正式动笔。这部作品被当时的读者期许为“中国的《战争与和平》”。1982 年，《李自成》与古华的《芙蓉镇》、李国文的《冬天里的春天》等五部作品同时获得首届“茅盾文学奖”。这部鸿篇巨制的历史小说因其长达四十二年的创作时间，总共五卷共计 330 余万字的宏伟规模，以及“十七年”时期长篇历史小说这一文类极为匮乏的历史背景，加上毛泽东、邓小平两位领导人的关注与指示，成为不可忽视的研究对象，也使我们将其与林佩芬的《天问》进行比较阅读时获得更多关于历史文学创作的思考。

姚雪垠的《李自成》第一卷以“潼关南原大战”作为主题，开篇时已经是崇祯十一年，李自成也已起兵十年。在林佩芬四卷本的《天问》中，相同的历史时段位于小说的最后一册，之前的三册中则依次叙述了李自成起兵及发展的过程。对于李自成和张献忠等人起兵的原因，姚雪垠的《李自成》中通过追忆的方式，写到李自成的父亲李守忠因忍受饥饿，腿脚无力，在离家几里远的山坡上跌倒死去。而李自成在动员张献忠继续“起义”时，提到张献忠父子“有一天把毛驴拴在一家绅粮（地主）大门外，绅粮出来看见地上的驴屎蛋儿，逼着叫老伯捧起来吃下肚去。老伯跪下去磕头求情，情愿把地上打扫干净。可是那个恶霸绅粮不答应，硬逼着老伯吃下去几个驴屎蛋儿。从此老伯得了病，从四川回来不久就死了。”林佩芬在《天问》中也运用了这段素材在“次要人物”张献忠身上，略有不同的是“驴子便溺了起来，把石坊的柱子弄脏了。乡绅大怒，竟命仆人把他父亲痛打了一顿，并且命他用手把驴粪捡开……”虽然“用手捡开”和“吃下肚去”有着程度的不同，但因出身贫穷，饱受欺凌而埋下怨恨与报复心理的张献忠因之起义，与姚雪垠的《李自成》中李自成的原因是几乎一致的，“阶级矛盾”显得非常尖锐。

与《李自成》不同的是，《天问》中的李自成出身“饶有积蓄”的富裕农户之家，父亲还有余力供他上了几年学，并因老来得子而对他较少约束，养成了他自由奔放的性格。后来父亲去世，李自成既不事生产也不善理财，败光家业后只好去银川当驿卒，因朝廷连年征战军费不足，崇祯帝同意裁撤“驿站”，李自成“失业”后没办法偿还之前欠下的高利贷，而被债主暴晒吊打，使得同龄的侄儿李过和十几个苦力兄弟解救了他逃走。虽然自幼熟读《水浒》，李自成却不愿学梁山好汉“做贼”，又一次从军入伍，立下了不少捕盗的功劳，并升至管理五十名士卒的“把总”位置。在皇太极兵分三路进攻京师，李自成跟随甘肃巡抚梅之焕进京“勤王”的时候，他甚至还不知道“勤王”是什么意思，一路上和老兵聊天之后，才慢慢建立起“战争”的观念。在朝廷粮饷发不下来，手下弟兄因饥饿杀了朝廷命官，走投无路的情况下，李自成仍然不赞成只做单纯的抢劫，而效仿《水浒》去“投靠大户”，这才慢慢走上“盗贼”之路。带着弟兄们投奔王左挂山寨时，他深为平生第一次有人这样“义气”对待他而感动，从小成长的背景也使他“轻财好义”，和弟兄们亲如家人，但是在是否“投靠官军”这些决策性的问题上，他显得非常善于察言观色，猜测王左挂的意见，“没有确定之前便不肯多话”。在王左挂心存降意时“也没有全力迎战”，带领兄弟们转投不沾泥去了。这些情节勾勒出一个乱世人物的“成长”与蜕变，显示出现实对李自成无情的教育，感激效忠的思想慢慢被“预先的盘算”替代。在决定转投闯王高迎祥时，他已经开始“设想所有可能发生的状况”与应付的方法，心中有了权谋之术。到了第三册在高迎祥麾下与张献忠争夺地位时，他的心理活动更加丰富，行事作风也更加狠辣。相比之下，姚雪垠在《李自成》中，只是在李自成“劝说”张献忠时泛泛提到“这两三年咱俩又起了生涩，撕破过面子”，对于这两大“农民起义领袖”的相争过程并没有正面描写，李自成出身农家，“幼年时替地主放过羊，也读过私塾”（未解释何以有财力读私塾），“因上官克扣军饷，士兵大哗，他率领一股军队起义，杀了带队的将官和当地县令，投奔舅舅高迎祥，在高闯王的手下带领第八队，号称闯将”，从一开始就表现出彻底坚决的“革命性”，并且在出场时就已经是一个相当成熟和高瞻远瞩的政治领袖了。对于两位作家围绕“李自成”这一历史人物的不同处理方式，我们不妨从他们各自的史学观与文学观来加以分析。

姚雪垠本人既受到了清代朴学家们严谨治学的精神影响，同时更将运用马克思主义唯物史观的“新史学派”的方法奉为圭臬。他试图跨越“历史学家”与“小说家”的界限，将历史研究与小说创作结合起来，并发挥历史小说的社会影响。他认为这种结合的关键是“深入历史，跳出历史”。“不深入历史就不能达到历史科学，不跳出历史就完不成艺术使命。在深入和跳出的关系上，深入是前提，是基础。不能做到深入历史，就谈不上跳出历史。不能透过历史事件的现象认识它的本质，不能相当准确地认识历史运动的规律，历史事变和当时生活的各个方面，就不可能进行艺术构思，再现历史生活，反映历史运动的基本规律和重大问题的真正意义，也不能对不同的历史人物表现出他们的典型环境中的典型性格。”[①] 虽然姚雪垠为坚持“深入历史”不但熟读《明史》，而且阅读了明末清初的许多野史笔记，还读了大量地方志，光是卡片所记的史料就有一两百万字，但是叙事主体与叙事基调的固化，使得这部作品缺乏世情美学与知识分子独立的价值立场。

严家炎认为“小说中的李自成是个悲剧人物，是个大悲剧中的英雄”，“作者无意于把李自成单纯作为英雄人物来歌颂”[②]，但实际上因为创作时间长达四十二年，时代背景有了很大变化，小说中的人物出现了矛盾与断裂的情况。在《李自成》第一卷中，为了“透过历史事件的现象认识它的本质”，“相当准确地

① 姚雪垠 .《李自成》第一卷前言 [A]，见：本社编 . 关于长篇历史小说《李自成》[C] 上海：上海文艺出版社，1979: 268.

② 严家炎 . 二十世纪中国文学史 ( 下 )[M]. 北京：高等教育出版社 ,2010:93

认识历史运动的规律”，小说出现了两幅笔墨。在写到“卢象升千里勤王”“崇祯帝忧国成病”时都相当圆熟考究。卢象升在朋友杨廷麟面前不愿意多批评朝政，固然是担心东厂的暗中监视，也是出自“做一个忠臣宁可自己饮恨而死，也不应该在别人面前张扬‘君父’的不是”的士大夫思想，显示出心理活动的相对复杂性。但是在刻画李自成及其部下时，作者用了大量细节，要努力表现出“他们在典型环境中的典型性格”。李自成展现出抓紧一切时间读兵书史书的“儒将”之风，认为“要得天下就要解民倒悬”，“要做到使老百姓欢迎，真不容易”。在经常联络、发动百姓的过程中，不由感慨“穷人总是同咱们心连心”，而百姓也在为义军通风报信时说“你是咱老百姓的救星，为百姓打富济贫，剿兵安民”，并在李自成赠送御寒棉袍后感动至极，更多穷人纷纷加入“造反”的队伍。兵败退守商洛山中时，李自成常到老百姓中间访疾问苦，拨出军队的余粮赈济饥民，种种情节，充分显示出此书的创作是落实了毛泽东《在延安文艺座谈会上的讲话》所强调的“站在无产阶级的和人民大众的立场”上的。在面对明将祖大弼、孙显祖的进攻时，李自成“声音是那样平静、那样轻微，那样随便”，“但是就这么十分简单和声调轻微的一句话，在张鼎和将士们的心上却发生了巨大的作用”，“更增了他们会立刻杀败敌人的信心”；这种精神力量还体现在后来“重伤的弟兄听到他的声音，连呻吟也没有了”；李自成会在战败后好不容易找到一壶水时，自己忍着口渴把水分给伤员，也会因为“注意在弟兄们中的影响”而处处收敛，几乎不再饮酒，更会在部下没有把自己的坐骑留给挂彩的伤员时少见地动怒……在面对截取自己从地主山寨“要来”的粮食和钱款的当地土匪黑虎星时，李自成命令李过去做黑虎星的思想工作，声明“只要他们讲交情，别说咱们不会吃他们，他们有困难咱们还要助他们一臂之力”的“统战”原则；这种性格与政治上的“完美”在“义送”准备偷偷哗变的郝摇旗离队时达到高潮，李自成不但没有“处决”叛变的郝摇旗，反而赠送给他银两，并嘱咐“一路打尖吃饭一定要给老百姓钱”。至此，李自成的慷慨豪迈、知人善任的品性才能与人格魅力已经刻画到巅峰状态。

在败退商洛山中后，李自成规定士兵们“白天练武，晚上读书，每天还要写一张仿”，很注意培养部下的文化素质；而他高瞻远瞩的战略眼光则在冒险游说已经投靠官军的张献忠时又一次达到高潮：他教育部下“从大处和远处着眼，不说出激愤的话”，认为如果能劝说张献忠在谷城重新起义，“半个中国的局面就可以立刻改观”。在“统战思想”的影响下，李自成耐心教育部下对张献忠“既要看到他的种种短处，还要看到他有许多长处”。而张献忠在小说中则被明确指出“思想比较模糊，也缺乏夺取政权的明确道路，没有完全摆脱流氓无产阶级的思想烙印”。至此，作品“反映历史运动的基本规律和重大问题的真正意义”已经明确化，李自成因为代表了广大无产阶级的根本利益，才能够使义军“成为仁义之师”，甚至是“百战百胜之师”，取得“推翻明王朝的历史性胜利”也就具有了先决性的历史必然性。至于能够“把四五千没王蜂似的饥民编成队伍，由义军统一安排百姓抢运”地主土匪的粮食，“将来统一发放”，则都是技术性的胜利原因了。相形之下，在“卢象升之死”一章中，作者安排了百姓姚东照在卢象升打算以死报国时，喊出“不要以为老百姓是无知愚民”的声音，并能在十日内号召数万三府子弟来助卢象升一臂之力的情节，却因为卢象升认为“抗击异族入侵只能是朝廷和文臣、武将的事”，担心“有无赖之徒乘机作乱，何以上对朝廷”而谢绝。作者对此忍不住评价道“一个封建士大夫出身的总督，不明白如何将老百姓的力量因势利导，充分使用”，认为这才是卢象升及其代表的“士大夫阶级”失败的根本原因。总体来说，在《李自成》第一卷中，充分体现了毛泽东《在延安文艺座谈会上的讲话》的主要观点：“革命的文艺，应当根据实际生活创造出各种各样的人物来，帮助群众推动历史的前进。例如一方面是人们受饿、受冻、受压迫，一方面是人剥削人、人压迫人，这个事实到处存在着，人们也看得很平淡；文艺就把这种日常的现象集中起来，把其中的矛盾和斗争典型化，造成文学作品或艺术作品，就能使人民群众惊醒起来，感奋起来，推动人民群众走向团结和斗争，实行改造自己的环境。”“文革”后邓小平也曾经对《李自成》第一卷做出“十分精彩、无暇可击”的评价，显然除了语言与情节艺术的魅力，第一卷也是五卷作品中最充分“反映历史运动的基本规律和重大问题的真正意义”的。

关于文学作品的写作对象问题，毛泽东在延安文艺座谈会上的讲话指出：“我们知识分子出身的文艺工作者，要使自己的作品为群众所欢迎，就得把自己的思想感情来一个变化，来一番改造。”姚雪垠在后几卷作品中设计李岩这个人物时，就发表过经过“思想改造”后的典型观点：“假若李信实有其人，他投入李自成军中，可以在某个方面起一定的推动作用，但是绝不成为决定性作用。只有参加农民革命的人民群众创造农民革命战争的历史，决定历史运动的进程。”①1964年，在中共八届十中全会提出“千万不要忘记阶级斗争”的口号后不久，姚雪垠在给《羊城晚报》编辑的信中，针对郭沫若在《甲申三百年祭》中对李岩的评价，对李岩的出身做出了带有鲜明时代印记的界定——大地主大官僚家庭出身的知识分子。到了“文革”中，为了配合时代语境的发展，姚雪垠干脆对起义军将领群体进行了如下区分：“牛金星和李岩在闯王军中都属于右翼，而代表左翼力量的是刘宗敏、高一功和李过等重要将领。”而之所以将牛金星和李岩归入“右翼”,则是因为他们都是“士大夫知识分子”②。在姚雪垠看来，封建时代出身于“大地主大官僚”家庭的“士大夫知识分子”，有可能会出于种种原因参加农民起义，并在起义过程中起到一定的作用：“团结了更多的知识分子和士大夫，把赈济饥民和宣传号召的工作做得更好，另外随时提出些有益的意见。”但是，由于阶级出身不同这一根本性原因，他们永远都不会与农民阶级出身的起义军将士同心同德：“只是被迫背叛了朱明政权而丝毫没有背叛他们自己的阶级。”所以姚雪垠在李岩的姓名上也进行了暗示性的设计：李岩原名“李信”，加入起义军后才改为“李岩”，因为他想学习古人所谓“岩穴之士”，准备在起义成功后“功成身退”。姚雪垠想借此细节反映出李岩“革命”的不彻底性，借以代表知识分子参加革命的不彻底性，因此他们才需要在革命进程中不断接受“再教育”。禁锢着的中国社会思想意识随着十年浩劫结束而有所松动。同样的“松动”也反映在《李自成》第三卷中，李自成对“革命成果”的骄傲自负，义军久攻开封不下，对队伍中的投机分子袁时中认识不清等等。与之相应的，是李岩在小说中发挥的作用越来越大，逐渐完成了从次要人物向主要人物的转变。到了80年代中期，随着知识分子地位的提高，以及“启蒙”思想在新时期文学中越来越浓郁，姚雪垠在小说第四、五卷中，不由自主地使李岩这一知识分子形象塑造开始偏离最初阶级论的设计。面对李自成的种种决策，李岩一直劝谏李自成慎入京、缓称帝、厚前臣、惕东虏、以及勿悬兵东征吴三桂等等。在这部分作品中，李岩俨然跃居于李自成之上，成为领导层中持不同政见者，并暗暗透露出李自成起义最终失败的最重要原因之一就是没有采纳李岩的战略建议。三十余年的历史与社会环境的流变，造成《李自成》这部作品

① 姚雪垠.《李自成》第一卷前言[A]，见：本社编.关于长篇历史小说《李自成》[C]上海：上海文艺出版社，1979: 283-284

② 姚雪垠.给江晓天同志[A],见：本社编.关于长篇历史小说《李自成》[C].上海：上海文艺出版社，1979: 103

的历史逻辑的前后不统一，无形中反映了大陆文学界创作历史语境不同阶段的变化。

在林佩芬的《天问》中，李自成的形象前后变化，有其自身的逻辑，并不像姚雪垠《李自成》前几卷中那样“高大完美”。在手下高杰和自己的“妻室”美娘私通，还卷走了大部分财物去投靠了官军后，李自成的反应是“每日不停地喝酒、杀人”。为了替李自成出高杰的背叛之气，手下顾君恩又想出几条进攻官军的大计，而李自成在这些残酷的战场杀戮中心理活动越来越复杂。“闯王”高迎祥被明将孙传庭抓捕后，侄儿李过主张立刻发动弟兄去劫下高迎祥的囚车，而李自成“面无表情地睁着一双铜铃大眼看他”，“看得立在一旁察言观色的顾君恩心里千头万绪一块起伏”，最后在李自成沐浴单独召唤他时，用给弟兄们讲水浒故事来试探李自成的心意：“这两日正说到晁盖打曾头市，明后日便要接到晁盖归天后，宋江代他主梁山泊了！”而李自成“却没有说话，只有背上的肌肉一鼓一涨地耸动着”。第二天，他下令“营救”高迎祥后，对自己的作法感到非常满意：“李过是憨厚的，他会全力地为顾君恩殿后、迎战官军，但不会去抢顾君恩的任务；而顾君恩是聪明的，他知道他真正的任务是什么，他一定会大张旗鼓地去劫囚车，而后失败了回来，声泪俱下地来向他请罪。”① 在这样的安排下，在顾君恩的谋划下，李自成追尊高迎祥为“天王”，自己继任“闯王”名号，完成了一个心地单纯的人向一个政治欲望越来越强、对待自己和政敌都越来越残忍的人物的蜕变。休息了几个月之后，李自成又开始“打天下”，一向跟他“不对眼”的张献忠则通过在西北和东南地区攻城略地和李自成“别苗头”，书中评价为“地方和百姓当然遭殃了”。随着实力的增强，《水浒传》中的谋略已经不堪敷用，李自成也逐渐认识到“梁山泊不过是个小局面”，“打进北京城”“坐上金銮殿”成为他新的目标和追求。小说到了和姚雪垠《李自成》第一卷时间大致重叠的第四册，则没有描述李自成方面“可歌可泣”的英勇奋战，而是将李自成的战败归因于洪承畴的心理战术——洪承畴派高杰去米脂毁了李自成的祖坟，并在闯军中大肆宣扬，使得迷信的士兵逃走了绝大部分。躲进山区重新招揽了一些人马后，李自成“顺路”去谷城“看望”了张献忠，此处没有姚雪垠笔下二人推心置腹的交心畅谈，没有“总比大敌当前，自己家里互相残杀强得多”的正义凛然；没有日后若两雄相争，“愿解甲归田，做尧舜之民，

① 林佩芬．天问 [M]．北京：中国友谊出版公司．1999:324

决不会有非分之想”的义气保证。李自成“客气话说上了一大堆，却决口不提自己的处境，也丝毫没有提到半句来投靠或是求援的话”。几天后，这场看似毫无目的的拜访却在谷城的士绅们中间引起议论纷纷，并最终导致主张招抚张献忠的熊文璨对张献忠的怀疑，李自成以“不战而屈人之兵”的计谋逼得张献忠重新投入了“造反”队伍并与自己会合。

两部作品中这些不同的情节设计，根本差异还是来自作家对所塑造人物的分析与定位。在林佩芬笔下，不带有“阶级出身”的先验性的束缚，反而写出李自成在面对初次见面的李岩追问“闯王是打算带着弟兄们求个温饱呢，还是让全天下的百姓都得温饱”时，心中暗自嘀咕：“我从来没想过这个，该怎么回答他？”埋下了两人思想境界有着巨大差异的伏笔。李岩在攻打洛阳前为闯营的将士们“普及”解说福王朱常洵在当地的恶劣作为时，说到“闯王志在解民倒悬，河南的百姓哪有不额手称庆、列队欢迎的呢”，并没有注意到李自成及其部下对“解民倒悬”这样的字眼的陌生。顺利拿下洛阳后，李自成开始“志在称帝”，帝王梦越做越强烈，在新娶粗粗笨笨的高阿彩的当夜醉酒，并嘟囔了整夜“皇帝、皇后”等情节，都显示出其思想境界的狭隘。在李岩精心的战略战术设计及用“闯王来了不纳粮”等歌谣吸引民心之后，投靠闯营的人马越来越多，李自成的权利欲望与野心企图也越来越大，在与明帝约定三月十日“决战于北京城”，却久攻开封不下时，竟不惜派刘宗敏决了黄河河堤，水淹开封城，五十万生灵就这样一命呜呼，这时李岩内心的矛盾与痛苦也到达了顶点，甚至得出“闯营的人只是乌合之众”的结论。出于读书人的“不忍”之心，李岩还是去苦劝李自成，却在对方说出“我不灌人，人便先灌我了！”时哑口无言。在具有“顺我者昌，逆我者亡”含义的“大顺国”成立后，李自成认为官兵已不足惧，要开始向“自己人”动手，以使领袖地位更加巩固，而另一位“军师”牛金星因嫉贤妒能，开始暗暗对李岩掣肘，也已经与明朝朝臣的明争暗斗毫无分别……李自成就这样逐渐由一个心地单纯的农民成长为高处不胜寒的孤家寡人，反映出权力对人的异化。没有脱离时代局限刻意美化拔高的处理，反而使他后来的失败更加合于情理，也使李自成这一书中的人物形象与很多历史中的真实人物有着相似的蜕变过程，具有高度的历史概括性。

在“权力使人异化”这一命题上，林佩芬对书中的“兴起”一方也兼顾展开，皇太极即使战略完美，礼贤下士，采用了姚雪垠《李自成》中被安排给闯军实行的“战、屯双行制”，带领整个后金国慢慢完成了游牧国向农业国的转化，内心也仍然具有孤独的黑洞。林佩芬用一处起初看似浪漫温馨的闲笔来凸显皇太极“高处不胜寒”的孤独：在庄妃与他讲论《辽史》，并显示出对辽圣宗萧太后的景仰之情后，皇太极心中突然升起一股复杂的不安感，并开始回忆自己逼死读书不多的乌拉大妃，从多尔衮兄弟那里得到了权位的往事，对庄妃具有“女中英主”的潜质则暗暗担心、神色大变，使得庄妃心中“他到底在想些什么”的呐喊声越来越强烈，两人都不快乐……至于崇祯帝因年少时长期的不安全感而导致多疑的毛病，则更是通过多个具有精神分析学意味的场景加以描述，而崇祯这种反复无常，生怕人瞧不起的心结，也使得在他在面对内忧外患时屡屡责难正直有为的臣子，造成了国事的愈加崩坏。林佩芬同样用“闲笔”写到了崇祯对自己子女的疼爱，使得这一人物立体性更强，在权力与人性的角力中使人物的人性特质愈加丰富。三方最高领袖的人格特质，造成了历史的最终走向。

书中真正的正面人物，应该是以袁崇焕为代表的精英“士大夫知识分子”群体。在早年接受台湾媒体的访问时林佩芬就认为：“他是我众多作品中笔下最深刻的人物，也是一个高难度的挑战。他是唯一打败过努尔哈赤的军事奇才，个性复杂，作风刚愎自用、疾恶如仇，在官场上很难共事。但他是代表中国知识分子的完整典型：忠诚、高洁、耿介，坚持自己的理想与信念，不向污浊的环境妥协。我特意将他与屈原，也可以说与中国所有的仁人志士做一个串联，为他们一贯坚持的精神加以诠释。”① 书中这一序列的人物，袁崇焕、孙承宗、曹文诏、卢象升，乃至上溯至汉时的李广、李陵，魏晋时的谢安……都具有“虽九死其尤未悔”的精神，在苍茫大地宇宙洪荒中向着莫测的上天大声疾呼，读之令人心血澎湃。在笔者的访问中，提到后世对袁崇焕其人有着截然不同的评价，林佩芬说：“袁崇焕一定是有私心杂念，因为他其实是一个相当主观的人，不止诛杀毛文龙，包括他对崇祯说五年可以做到（打败皇太极），但其实他也是随口说说。崇祯二年他就犯了战略上的错误，他没有在距离北京很近的比如说通县这个地方布阵，因为他只有两万人马，那么就会给别人中伤他通敌叛国的把柄。所谓皇太极反间计的真相到乾隆年间才公布，明史中的‘天下冤之’，我觉得应该是后来写史的人加上去的。袁崇焕的弟子为他买福寿膏以缓解凌迟之痛也是我虚构的，是想说明读书人要清醒地死。我写的历史中包含‘知其不可

① 勾勒充满人性的历史时空林佩芬追求文史哲合一的境界 [J].（台湾）大同杂志 ,1995(5):56

为而为之’的读书人的内心情怀，应该说超过了历史的真实，或者说我并没有篡改历史，而是表达了我对人性尊严的一种尊敬。”文学创作毕竟与历史研究不同，作家虚构与创作最终还是为了表达自己的一种立场与情怀，除了以历史为借镜以起到“淑世致用”的目标，林佩芬在创作时一直渴望通过刻画近乎道德完美的英雄人物，给犬儒主义盛行的当代人心注入一股奋发敢为的力量。黄仁宇在《万历十五年》中指出：“道德非万能，不能代替技术，尤不可代替法律，但是从来没有说道德可以全部不要，只是道德的观点应当远大。凡能先用法律及技术解决的问题，不要先就扯上了一个道德问题。道德是一切意义的根源，不能分割，也不便妥协。”[①] 林佩芬将袁崇焕和他的追随者放在中国大历史的背景中，写出了一股“大丈夫”凛然不可侵犯的浩然之气，也是全书中最使人感动与奋发的部分。书中用袁崇焕《率性堂诗集》中“心苦后人知”一句，揭示出袁崇焕处在长期扭曲的黑暗政治、被佞臣和太监包围的皇帝、为私欲而争权夺利的朝臣与凋敝的民生、强大的外患中的痛苦，但是自年少时“竹叶喜添豪士志”的为国为民的情怀则不曾磨灭。为此袁崇焕冒着“枉顾圣意”的风险，越权诛杀了“拥岛自重”的毛文龙，原因是“不杀毛文龙，何以整饬军纪？”“不先斩后奏，以毛文龙的广结、重贿朝臣，又怎么杀得了他？”虽然取得了自己想要的效果，但也在崇祯心中埋下了“瞧不起我”的阴影，并隐隐和一众受贿的朝臣为敌，为其后失去帝心终遭凌迟处死的悲剧埋下了种子。在君臣二人见面时，崇祯对袁崇焕“肤色黝黑、身材精瘦”的平庸相貌很不满意，更对他说话时咄咄逼人、目光如电带来的强大压迫感极之厌恶。与“未语先笑”“言必中人意”的周廷儒等大臣相比，袁崇焕因心中为公而理直气壮，和生性多疑又极度好面子的崇祯之间，因个性不同导致了越来越激烈的冲突。尤其在与皇太极“议和”的问题上，为节省军费、缓解民生凋敝，袁崇焕在面圣时就提出“守为正着，战为奇着，和为旁着”的奏疏，可崇祯帝当时并未决断。袁崇焕为了避免朝中不懂边事的大臣扯皮不休，打算私下与皇太极谈判，未有结果时皇太极已经率大军攻入北京。袁崇焕及赵率教等将领采用马息人不息的方式赶到北京，拼死打了胜仗，崇祯却因为疑心，不许大队人马进入城墙内休息，并在周围一片“天子圣明”的赞颂声中更加自我膨胀，竟枉顾兵力不足的现实，责问袁崇焕为何不乘胜追击。在皇太极施行“反间计”后，崇祯采用梁廷栋的建议，命

① 黄仁宇 . 万历十五年 [M]. 北京：中华书局 .2006:233

令袁崇焕挥军进攻，以试探他的心意，袁崇焕却因不齿“巧言令色，鲜矣仁”的梁廷栋等人而间接与崇祯爆发了更激烈的冲突，被锦衣卫当庭拿下。

部将祖大寿愤而出奔，想起前任上级熊廷弼，同样是忠诚爱国、正直耿介、能力卓越，也同样遭遇小人们的攻击乃至西市凌迟、传首九边……六十五岁的孙承宗奉诏起复去解京师之围，回忆起袁崇焕之前因为不肯阿附魏忠贤而被罢官还乡的时候，用《诗经·柏舟》中“我心匪石，不可转也”来抒发自己所坚持的气节；程本直对即将出奔的祖大寿说：“古人说：‘不有去者，无以图将来；不有留者，无以报故主’。督师被下了狱，里外都须人打点，我是个读书人，不谙武艺，却能打点文书。各位远赴关外也有好处，朝中忌惮各位这一支人马，或许不致处死督师。我们便各司其职，各尽其心吧！”①这些人物与袁崇焕共同凝结成一种不死的精神，在无可挽救的颓势中仍旧以天下为己任，也是中华文化中最璀璨生光的部分之一。孟子认为人应该通过学习和修养，“尽心知性知天”，修身以待，培养“大丈夫”气概，发挥出自己本有的天性，达到“万物皆备于我，反身而诚，乐莫大焉”的理想境界，“尽其道而死”，实现自己的使命和作为人的价值。身在囹圄中的袁崇焕，终究抛开了私人的不平意气，以国家兴亡为重，给祖大寿写信召他回来守护京师。祖大寿接信后“须发皆张，双目尽赤”，伏地痛哭，在督师的“爱国之心”“克己之心”的感召下，回去力挽狂澜。通过这些或侧面烘托，或正面铺陈的片段，袁崇焕及其追随者的心志追求已经展现得淋漓尽致，却没有改变被崇祯下令凌迟处决的结局。临刑前的一晚，袁崇焕在狱中听着远方传来更鼓声，渗透了历史的苍茫无稽，万卷青史所书所记的自屈原开始的“天问”，正人君子见妒于小人、不容于当道，遭受的种种构陷，自屈原至岳飞、文天祥诸人，最终也只得一个“庶几无愧”的心安理得。作为正面英雄人物，袁崇焕在书中的一生充满了崇高的悲剧之美，《天问》也将文学的审美功能与历史的认识功能有机地结合了起来。

小说以“天问”为主题，不同身份、立场、下场的主要人物都有自己“问天”的情景，卢象升千里勤王，“总督天下之兵”却只得到两万人马去对抗皇太极的悲凉，与姚雪垠的《李自成》中颇为相似。所不同的是林佩芬虽也写到巨鹿当地的父老给卢象升的军队送来粮食，却没有能力“十日组织起数万子弟”，而是发出了“富户早已南迁一空，我们寻常百姓，哪有余力迁居”的乱世斗升

① 林佩芬．天问（一）[M]. 北京：中国友谊出版公司．1999:220

小民的哀叹。她更以沉痛的笔墨，写出了“老百姓”人性中的黑暗：在袁崇焕下狱期间，各种不利于他的谣言已经被老百姓深深采信，并衍生成人人都对其恨之入骨的公愤，对天天去探监的程本直总是辱骂以致饱以老拳……在行刑那天，袁崇焕曾经舍生忘死赶来保护的北京城中百姓，竟以一钱银子买一片他的肉吃：“人人争先恐后地一面推挤别人，一面涌向前去，又一面高声叫骂，弄得整个场面有如一场暴动。”当五花大绑的袁崇焕被押送出来时，“人群中有尖叫声传了出来，叫声中掺杂着和兴奋的成分……”程本直只觉得“满城的人都疯了”。古斯塔夫·勒庞在社会心理学的经典著作《乌合之众》中曾经指出：“昨天受群众拥戴的英雄一旦失败，今天就会受到侮辱。当然名望越高，反应就会越强烈。在这种情况下，群众就会把末路英雄视为自己的同类，为自己曾向一个已不复存在的权威低头哈腰而进行报复。”在这里，北京依旧是一座狂人城，盲目而冲动的“老百姓”是愚昧而自私残忍的，这种精英知识分子启蒙主义的立场，应该说是继承了五四新文学传统的。

在皇太极再次攻陷济南，威胁京师时，卢象升为国捐躯，群众虽也悲愤哀伤，可是很快就在“救星”洪承畴入京时满怀希望……鲁迅在《纪念刘和珍君》中曾说：“时间永是流驶，街市依旧太平，有限的几个生命，在中国是不算什么的，至多，不过供无恶意的闲人以饭后的谈资，或者给有恶意的闲人作‘流言’的种子。”缺乏识见的群体往往冲动易变，轻信与易受暗示，是因为个人在群体的掩饰下可以不承担行为责任，而轻易放大自己的偏执与狂热。群体是用形象来思维的，对于他们来说，偶像崇拜也不会消亡：“群众没有真正渴求过真理，面对那些不合口味的证据，他们会充耳不闻……凡是能向他们提供幻觉的，都可以很容易地成为他们的主人；凡是让他们幻灭的，都会成为他们的牺牲品。”在林佩芬看来，崇祯皇帝的自卑专权，群众的不假思索，共同构成了绞杀袁崇焕的原因，也使人想到鲁迅在《暴君的臣民》中的著名论断：“暴君治下的臣民，大抵比暴君更暴；暴君的暴政，时常还不能餍足暴君治下的臣民的欲望。”这种五四以来精英知识阶层启蒙主义的写作立场，与40年代在延安兴起并曾经占据大陆文坛主流的“文艺家要向工农兵取材，要和工农兵做朋友”，“要脱胎换骨，以工农的思想为思想，以工农的习惯为习惯”的写作思想，形成了鲜明的对照。[①] 为了表明农民起义的政治正确性，姚雪垠在《李自成》中用“有人为

① 毛泽东：文艺工作者要同工农兵结合，毛泽东文集（第二卷）[M]. 北京：人民出版社 .1996:430

起义亲手杀死了自己的老婆儿女”来批判“投降派”，政治阶级论已经凌驾在了人道主义之上，而《天问》中对盲动群众的刻画，则更富于历史的省思与借鉴意义。

《天问》这部作品的全局性与综合性还体现在书中对民间和士林两方面的刻画上，前者以柳如是为代表，后者则通过以张溥为核心的复社来反映。尽管林佩芬说：“柳如是的片段不能当做史实，你看到的资料如笔记小说里的素材可以用来渲染，用于烘托她的个性，但是写论文就不能这样附会，她的言行就算当时有人记载下来了，也不一定是真实的。”反映出她严谨的写作作风，但是小说中对“泥倩刚莲”的柳如是那种特异独行的才情与个性进行了淋漓尽致的书写，使得这一出身青楼的女子形象光彩夺目。少女时代的柳如是因身份原因，与倾心爱侣陈子龙被迫黯然分手。小说中以她多次不由自主地以桂花替陈子龙问卜，吟诵着“早知如此绊人心，何如当初莫相识”，写出她的惊才绝艳与一腔深情。而其后她仰慕钱谦益的才华，通过这段“红颜白发”婚姻将明末东林、阉党之争的余波曲折反映出来，将个人命运遭际与“大历史”的阐述有机结合在了一起。柳如是影响了钱谦益从任职清朝到投入抗清的义行，虽然终至失败，但她的义烈与果敢也在明清之际的兴亡史上留下了璀璨光华的一页。小说中对于这样一个非主要人物，同样采用了铺展心理成长史的写作手法，也体现出女性作家对女性心理成长的深切关注。相形之下，姚雪垠《李自成》中的高夫人“虽然是农民家庭出身的姑娘，小时没读过书，但是近几年来由于肩上的担子越来越重，工作需要她必须认识几个字，更好地帮助丈夫，她在马上和宿营后抽空学习，已经粗通文墨”。这种平白如话的语言和文中写到“反面人物”时那种典雅的语言相当不统一，流露出浓郁的延安时代文艺色彩。高夫人“要不是走投无路，只好跟着男人造反，还不是一辈子围着锅台、磨台转”的“思想觉悟”，更是超越了明清之际的时代意识，而隐然具有延安时期妇女解放运动的政治高度。《李自成》第三卷第一单元的题目是“高夫人东征小记”，虚构了高夫人及其健妇营的训练、战斗情况。郝摇旗用“叫鸣的总是公鸡，下蛋是母鸡本行”来轻视女兵，招致了高夫人及众女将的不满。于是高夫人同郝摇旗约定半个月后一起检阅健妇营：“叫你不能不伸出大拇指头说好”。这种类似于李準的小说《李双双》中妇女争取自己“劳动权益”和“身份地位”的语气给人一种印象，似乎艺术创作中人物性格是可以脱离具体的历史语境而成立的。随后从两个新加入健妇营的女兵此前的悲惨经历，如从小被卖给人家“冲喜”、被公婆欺负、丈夫死后被逼守节等等，都是为了集中“反映”妇女在封建社会中，在父权、夫权压迫下的悲惨命运。高夫人及其女将所代表的“妇女问题”，显示出作者试图从一开始便将“反封建”的必要性、迫切性明确地摆在读者的面前。但是历史史实告知我们李自成所领导的义军没有、也不可能建立起超越时代的“民主”政权。因此,《李自成》在主题先行的思想下形成的文本断裂也就更加明显，阶级论与线性的进化论史观贯穿整部作品，暴露出的是特定时代作家匮乏创作精神“主体性”的表现。

自梁启超提倡“新民”需先改良小说开始，中国现代文学一直背负着构建国民新思想与改造国民性的宏大使命，左翼文学理论更是认为只有符合先进阶级历史观的“历史”才是真实的。因此在典型环境中塑造典型性格，成为了历史文学作者们追求的创作方法。然而，怎样的环境可称典型，何种性格又能够代表中国历史的发展规律，则是需要作者进行主观概括的。通过文本对读及分析可以看出，姚雪垠的《李自成》尽管有很多优点，可是将李自成方面无限拔高，是出于为无产阶级革命和新兴的无产阶级政权创作一部“前史”的政治需要，先验性的写作立场消解了小说的文学价值。随着时间的推移，这种历史小说的写法暴露出越来越多的弊端。林佩芬的《天问》则是在“大历史观”的指导下，全方位多角度从正面描绘历史演变过程的作品。在总结明清兴亡的历史原因时，通过书中朝堂、后宫、前线、义军、士林、青楼等多个场景的描绘及人物刻画，显示出当时的政经制度、社会体制、价值观念、权力关系的变化，特别是侧重深入剖析明朝覆亡的多种原因，也可以视作出身台湾的作家对国民党政权乃至整个中国政治特点的一种总结。作品运用了感性与生动的语言，使读者在相当具体的感性场景中，咀嚼出对历史理性的感悟。当然，林佩芬的明清历史小说，同样存在以儒家文化为集中命意的历史“大”叙述，在日常生活形态方面的刻画似有不足。这方面的人性还原，则在叶广芩的明清历史叙述中得到了补充。

## 第四节 民族记忆与创作启示

“长久以来，历史小说便一直是中西小说中的重要副文类之一，而它之所以广受欢迎有可能是出于本身兼具历史与小说双重的‘弹性’导向。”① 在中国文学的发展过程中，“历史”与“小说”的结合更为紧密，无论唐代的“变文”、宋代的“说话”与“评话”还是明清时的“演义”，历史成为中国小说最热衷的题材来源，甚至从唐传奇中的“传”，明清小说中的“志”与“记”等命名方式，都可以看出小说中具有的史传话语的影响。然而历史小说的创作又是难度颇高的，《三国演义》曾遭遇过很多批评，是因为站在文学创作的立场来看，觉得它太受史实拘束，而从历史研究角度来看，又觉得它“状诸葛之智而近妖”，与史实不合。二十世纪新文学诞生后，关于历史小说创作的问题，胡适强调“凡做‘历史小说’，不可全用历史上的事实，却又不可违背历史上的事实。全用历史的事实便成‘演义体’。“最好是能在历史事实之外，造成一些‘似历史又非历史’的事实，写到结果却又不违背历史的事实。”② 鲁迅则对“历史小说”非常重视，他评价芥川龙之介“多用旧材料，有时近于故事的翻译。但他的复述古事并不专是好奇，还有他的更深的根据：他想从含在这些材料里的古人的生活当中，寻出与自己的心情能够贴切的触著的事物，因此那些古代的故事经他改作之后，都注进新的生命去，便与现代人生出干系来了”。③ 在这种思想影响下，鲁迅创作出了超凡而奇特的《故事新编》，自称它们为“神话、传说及史实的演义”，将现代生活与古人故事有机结合起来，展现出作者的生存体验与人格心态，具有强烈的表现主义风格。郁达夫则专门撰有《历史小说论》，提出了“历史小说是指由我们一般所承认的历史中取出题材来，以历史上著名的事件和人物为骨架，而配以历史的背景的一类小说而言”这一著名定义。④

“历史小说”的概念看似简单，长久以来文学研究界却不容易界定它的范围与内涵。在出身古典文学或史学研究领域的学者看来，如果大的历史背景是真实的，但主要人物和事件情节都是虚构的作品，很难将它们归入历史小说的范围。林佩芬就认为诸如《明朝那些事儿》之类在网络上广受好评的“历史文学作品”只是“供人娱乐用，不值得推崇”。在自己的作品中，林佩芬不仅将饱读史书的考据结果纳入小说的整体构架，而且创造性地在每一章节的文后都列出重大事件或史学名词的注释，拓展了小说给读者带来的信服感和知识含量。姚

① 王德威 . 想象中国的方法 历史·小说·叙事 [M]. 北京 : 生活·读书·新知三联书店 .2003:297

② 胡适 . 论短篇小说 . 新青年（第四卷第五号）[M]. 北京：中国书店 .2011：305

③ 鲁迅 . 鲁迅全集 ( 第 10 卷 )[M]. 北京 : 人民文学出版社 .2005: 243

④ 郁达夫 . 历史小说论 [A]，见 : 郁达夫 . 郁达夫文集 ( 第 5 卷 )[M]. 广州 : 花城出版社 . 香港 : 生活·读书·新知三联书店香港分店，1982: 238

雪垠也提出历史小说的虚构必须符合历史知识，起到向读者传授历史知识的作用。实际上在创作之前，姚雪垠对《李自成》第一卷中轰轰烈烈的潼关南原大战进行了详细的史料考证，得出的结论却是“根本没有发生过这次战争”，但他“从完成小说的艺术使命着眼，采用了这个传说，以便使李自成和他周围的英雄人物在小说中一出场就处于武装斗争的狂风暴雨、惊涛骇浪之中，通过一次全军覆没的严酷考验刻画他们的英雄形象”。姚雪垠虚构这些情节的主要目的是：“第一，这样的情节在历史上虽非实有，却是可能的，而且通过传说和虚构的情节能够更集中、概括和生动地反映历史的真实形势；第二，在艺术处理方面必须严格遵守革命现实主义与革命浪漫主义相结合的创作方法。总之，现实主义艺术从来不排斥虚构和传说,而只不允许使用歪曲历史的虚构和传说。”①因为要“帮助读者从各方面认识历史，包括历史运动的某些重要规律，同时给读者以艺术享受和历史教育”。②姚雪垠在历史小说创作时关于“史实”与“虚构”的处理方式，让我们认识到在“达成意识形态”与“原型政治功用”的效果方面，如何较为客观地处理古代历史题材，在 1949 年后的中国大陆是一件较为困难的事。古代历史题材由于与时代主流话语之间存在巨大差距，在各种思想禁锢的束缚下，作家们不仅回避了历史的真实性，更无法书写作家自身独特的思想感情。尤其五十年代初期电影《武训传》遭遇了全国范围的批判后，整个“十七年”时期古代及近代历史题材的作品几近绝迹。陈翔鹤在 60 年代初连续发表了《陶渊明写〈挽歌〉》及《广陵散》两篇历史小说，显示出与时代共名保持距离，与在一个颠倒混乱的时代持独立精神的知识分子的精神情怀，则很快便成为文艺界批判的对象。直到 80、90 年代，历史小说的创作才重新进入高潮，凌力、二月河、唐浩明、刘斯奋等作家不时有佳作推出。

1982 年，叶广芩在《延河》杂志上发表了散文《溥仪先生晚年轶事》，根据对溥仪夫人李淑贤的访问而成。虽然是散文，文笔却相当生动，凸显了溥仪成为一个自食其力的劳动者后感受到的家庭之乐。其中正月里逛厂甸的老北京民俗、老字号的吃食，溥仪“御驾亲征”烙饼等细节都写得活色生香，李淑贤眼中溥仪“天真的像孩子一样看待周围事物的眼光”也让人印象深刻。溥仪不

① 姚雪垠 .《李自成》第一卷前言 [A]，见 : 本社编 . 关于长篇历史小说《李自成》[C]. 上海 : 上海文艺出版社，1979: 269-270.

② 姚雪垠 . 关于《李自成》的探索和追求——致胡德培同志 [A], 见 : 中国当代文学研究资料 · 姚雪垠研究专集 [C]. 郑州 : 黄河文艺出版社，1985: 姚北桦编 . 343-344.

再是一个一言不合就翻脸无情的暴君，而是“温顺体贴”的丈夫，一个具体可感的人物。叶广芩创作的第一部长篇小说就是古代历史题材，是她与兄长叶广宏在1986年联合出版的《乾清门内》，由近似于历史演义的两篇独立故事——《慈禧与惇王奕誴》和《隆裕太后》构成，写出了晚清历史的曲折演变。写作的缘起是整修房子时从抽屉夹缝中翻出的一本“父亲的笔记”，上面记载了皇宫里的逸闻趣事，其中奕誴光着膀子在中南海跟慈禧对阵，则显示出民间传奇的趣味性。在写作中，叶广芩感受到创作历史小说“并非把一些散乱的情节串联起来”，“尚面临着历史知识、古文基础、构思能力、文笔文风、心理描写、景物与人物行为的表现力、语言的凝练、生动”等等一系列问题，她参考了许多当时历史人物的回忆录等资料才动笔写作，先天的熏陶濡养加上后天的体察求知，使得这部小说即使今天来看仍然圆熟老辣。不同于《李自成》等历史小说主题先行的写法，《乾清门内》最大的特色，就是对历史人物心理活动的刻画尽量摆脱了过于强烈的阶级先验性与作者的主观设定，使读者能够从真实生活的角度去理解历史的复杂性。统治两百年的清王朝与末期的明王朝一样，在气数将尽时朝中大臣颟顸无能，昔日八旗子弟的骁勇善战早已成为历史陈迹。作为最高实际执政者，隆裕太后的喜怒哀乐紧紧与社稷命运联系在一起，而野心家袁世凯则工于心计，挟制王权，整个社会正在酝酿翻天覆地的大变局。“在这个与自己的家族命运有着千丝万缕联系的历史大变革之中，作者在情感的深处或许有对人物命运的种种叹息，但是这叹息最终让位给理性的烛照，让位给历史的剖析，让位给人物命运的社会性探索，让位给风雨飘摇中皇宫生活与诸色人等的复杂人性与行为方式的个性化展示。这样《乾清门内》就已经走出宫闱秘闻小说的俗套，而成为以真实和形象为特色，以历史启示为内涵的本色意义上的历史小说。”① 与汉族历史小说作家相比，叶广芩对这段“家史”的熟悉使这部作品中满族族裔与中华民族之间充满着文化的张力，汉人画家仇英的《观音渡海图》与唐人岑参的诗歌、宋明理学都成为清朝王爷品论的对象。举凡皇亲国戚的言谈举止、器用服饰与历史掌故的描写都显得细腻贴切，高高在上的皇族也在宫闱深处展现出凡人的喜怒哀乐。与同时期的改革文学、寻根文学与先锋实验等文学主潮相比，《乾清门内》在文学创作的创新探索上不算深入，但是它运用民族化的表现手法，企图回溯传统文学本身并寻求某种叙事突破的尝试，却

① 谷仓.寻觅精神家园——叶广芩小说漫议[J].小说评论,1994,(2):62-66

为叶广芩后来个人风格的成熟，奠定了基础，也可以视作对80、90年代历史小说创作高潮的一次响应。

80、90年代的历史小说创作经过了文化的断裂期，又开始接续五四、近代乃至古代小说创作的传统，实际上已经成为知识分子修复民族记忆、传达个人情怀与文化追求的重要而独特的手段。读者的投入与关注，与历史小说创作水平的稳步上升，使历史小说在图书市场上也一度非常畅销。然而考察两岸文学史著作对于历史小说创作情况的记录，我们可以发现一个共同的吊诡现象：台湾学界将历史小说视为较不纯粹的小说或通俗小说，文学史中南宫博、高阳等历史小说写作者并没有一席之地。在孟瑶的《中国小说史》中，认为元代刊行的《三国志平话》"在文学上的成就几乎谈不上"，这样的风气也造成了1994年台湾评选"国家文艺奖"时，评委之一的一位老作家以"历史小说不是小说"投了反对票，而导致林佩芬落选。在大陆，尽管80、90年代历史小说在社会上引起了强烈反响，在《文学评论》与《文艺报》等较高级别的学术性刊物上也时常能见到对历史小说新作的评论；《李自成》（第二部）、《少年天子》、《金瓯缺》、《白门柳》等作品还获得了茅盾文学奖，《曾国藩》及二月河的清帝系列小说长销不衰，引起过全民追捧的热潮，文学史家却对它们采取了较为漠视的态度。在王庆生主编的《中国当代文学史》中，对于80年代初的历史小说，仅仅提及了姚雪垠和凌力的创作情况；而朱栋霖等编著的《中国现代文学史（1917—2012）》中，涉及《李自成》的篇幅只有几十个字，也没有提及包括获得茅盾文学奖的其他历史小说。由严家炎主编的《二十世纪中国文学史》在下册中关注到了战后三十年的台湾、香港文学，但仍将高阳与金庸视作台港地区"通俗文学"的代表作家。读者与评论家们的"热情"，与文学史家的"冷漠"形成了鲜明的对比。究其原因，恐怕在于如若运用五四以来"现实主义""现代主义"等"现代化"的理论工具去定义"历史小说"，总有隔靴搔痒的错位之感。同时，评论家不仅需要阅读动辄百万字的小说原作，还需要了解那段历史，比评论一般作品付出更多心力，这恐怕也是评论界与文学史界对历史小说评论隔膜及滞后的原因之一。

但在世界文学的范围内，除了数千年的中国文学传统，我们几乎找不到如此恒久地采用历史写作的叙述模式及理念。在大多数的中国古典叙事小说中，文与史的结合是如此牢固而长久，历史背景往往被用来作为引发小说似真感的最有效的方法，以至于我们几乎可以说，整个中国古典小说都可以组成一部

“历史”，“这部‘历史’的格式及类型学均归功于官方及半官方史学写作，而同时本身又立下了一个新的传统。”[①] 在当下的历史阶段，历史小说对历史的重建也是在修复整个民族的记忆与审美传统，在1984年5月21日台湾出版的《台湾日报》中，公孙嬿用《林佩芬有语“问天”》这篇书评，强调历史小说的重要意义：

林佩芬所问的是崇祯末代君臣，蹇丧结束有明一代的因果。她是在“问天”，是无奈而悲愤的“无语问苍天”，是凄怆的“搔首呼天欲问天，问天天道可能远。”目前学界的趋势，是对外来文化不论好坏，一律照单全收，尤其是各报刊广为倡导。那种没有内容，缺少主题、文字恶劣不知所云的作品，充斥着市面已教坏了下一代，使之忘却固有文化。这种崇洋心态，导致人格与学格都偏重“价格观”，忽略了永恒与启发性的“价值观”，更缺乏对人、事、地、物种种广大民族的包容性，科学不能带动文化，只能带动文明。文明是某一时代物质生活的表现，文化才是历史的渊源。[②]

聚拢一个种族或群体的，是一种支撑种族精神的理想。“它紧紧地限制着一个民族波动的幅度，并规避着风险。”历史小说无疑是这样的种族理想的载体。

在如今的历史转型时期，历史小说应该说拥有了更好的创作空间与传播条件，郭明福在1984年6月14日台湾出版的《新生报》中也写到了《天问》在台湾畅销的根本原因是“代表了一种社会的需求”：

以文学来对抗忧伤，对抗时光，追寻某种精神生命的不朽，恐是林佩芬最大的企图。因而《天问》要探究的层面太广，要铺陈的事件太多，要勾描的人物太重，自然非赖庞大的架构支撑不可；于是创作时，考验作者才情，完竣，成书八册，则又测试读者耐性。

像《天问》这样大部头的小说问世，给文艺书籍市场带来新的变化……可是却有动辄逾万的读者，兴致勃勃购买百万字的小说套书，这意味着读者阅读习性的改变，也象征了新的读书人口被发现，尤其重要的，这更代表了一种社会的需求。林佩芬的作品，适时满足了大家的历史情怀，也提供大家一个对照

① 王德威 . 想象中国的方法 [M]. 北京 : 生活 · 读书 · 新知三联书店 .2003:304

② 公孙嬿 . 林佩芬有语“问天”[N]. 台湾日报 .1984-5-21

今昔的机会。……二十世纪末当然不等于明末，中国人不必再做噩梦，怕被精神状态不稳、缺少安全感与自信，如崇祯般的皇帝统治，但目今生活在台湾的人，仍有该担忧之处——搞政治的人私心太重；为了微名小利，一般人可斗得你死我活，大家的共同特征是气量小，眼光窄，却又不知团结！……明代的君主臣民，其未从以前历史吸取教训，寻求使国家长治久安之计，所付代价巨大若此。《天问》呈现的历史情境，无疑可警示我们：莫当重演悲情历史的愚人！"[①]

在历史的重现中，中国的民族文化理想使海峡两岸的中国人可以从共同的中华文化而不是从引进的西方观念中寻求思想的契合之处，在一种共同的文化背景上进行对话。在台湾版的《天问——明末春秋》卷首语结束时，林佩芬写道："而所传述的既是伟大的中国历史，得以展现在十一亿的中国人面前，这一次的隔海出版，也就更具意义。毕竟，中国的历史小说是属于全中国读者的。"当读者读到《天问》中曹文诏"文昭从军多年，征战无数，其实所杀的十之八九都是自己的同胞！"那一声长叹，会不由联想到现代历史的相似之处。而对过去的历史展开深入与较为全面的剖析，并通过描摹在具体的历史情境中的人物如何视听言动，则是历史小说交融文史、使读者能够抚今追昔，获得对历史及未来的深切认识的使命，也使得中华文化复兴拥有了具体的文学载体。文化复兴首先应该包括对中华文化的重新认同，以及重新伸张那些传统的价值观，历史小说在这方面具有的优势应该说远超其它"现代主义"的小说，王德威认为："中国传统历史著作中的另一种吊诡的现象则是，时间的流逝通常并不是最显要的因素。最令史家关心的反而是'空间化'的作用——将道德或政治卓著的事件或人物空间化以引为纪念。……大家认为历史叙述最主要的功能是作为借镜，提醒读者其中道德运作的意义，而此一意义实是超乎时空限制的。这也正聚照出中国传统史学的基本前提之一。"[②]在对中华历史与文化进行重新审视的过程中，历史小说正是要发挥文学感性的长处，从而传播中国历史精神，发掘民族之魂，塑造国民灵魂。林佩芬小说中于谦、袁崇焕、李岩等人"尽其在我"、"知其不可为而为之"的力挽狂澜，努尔哈赤、皇太极等人的锐意进取、坚韧不拔的运筹开新，无不给当今的读者以感召与启迪。

---

① 郭明福 . 悲怆若此，天道宁论——我读《天问》[N]. 台湾新生报 1984-6-14

② 王德威 . 想象中国的方法 [M] 北京：生活·读书·新知三联书店 .2003:303

虽然严谨的历史小说强调其书写的大事件及框架在史学上均是信而有征的，但是小说毕竟不能完全等同于历史。作家如何处理虚实之间的关系，关乎历史小说创作的成败。林佩芬谈到有的读者批评她的历史小说“京味儿不足”时说：“作品毕竟是写给现代人看的，努尔哈赤不会说汉语，李成梁是朝鲜人，如果真的用满语写作，读者就会很少。也先是蒙古人，于谦是浙江人，所以不能都写成京味儿。当时这些人物交流的真实场景恐怕是需要通过译官翻译的，步辇图里和清朝皇帝的画像都有译官。”于是她采用了较为现代的语言来模拟人物之间的对话，但是对具体情节的考证则力求严谨。定居大陆后，林佩芬参观了北京和南京的明清故地，走访了东北努尔哈赤和皇太极活动的地方，还访问了许多清朝的遗老和后裔，发现了在台湾因资料不足而给作品留下的一些硬伤，譬如南京秦淮河流经的是城内还是城外，李成梁府是在沈阳还是广宁等。为此她不惜反复改写作品，这与大陆 80、90 年代大多数历史小说家在语言上精心雕琢，避免现代语言对历史氛围的破坏，却在情节上大量虚构又形成了不同的创作路向，较少“传奇性”色彩。与凌力在《少年天子》中详细刻画福临对董鄂妃的痴情相比，林佩芬认为：“人生不完全是爱情，一个有理想和有事业的人花在爱情上的时间可能不多，包括陈子龙后来（悍妻逐走柳如是后）也是毅然决然地走自己的路。我准备写南明那段历史时，会写到陈子龙起兵抗清自杀，柳如是在江边祭悼他，初次写作考据时因为资料太少，没有注意到其实陈子龙的原配不是那么凶悍善妒的。因为我看到的资料为了丑化清朝，就写清兵通缉陈子龙后，把陈子龙妾室生的孩子杀掉了。事实上并不是这样，而且这个夫人非常伟大，将这个妾室的孩子抚养长大，视如己出，甚至在危难之时自己毁容，将孩子背出去逃走，她还知道去找谁帮忙，保住了陈子龙的儿子。这个孩子成婚后不久去世，夫人又和儿媳妇一起含辛茹苦地将孙子养大。所以她不允许陈子龙娶柳如是，未必是出于嫉妒，可能还有别的原因，这一点在修订时恐怕还要改写的。”从中我们可以读出林佩芬一以贯之地对“士阶层”成仁取义精神的推崇，即使对女性人物也不例外。

而在虚构一些情节时，林佩芬又非常注意写出人性的深度。为写出崇祯皇帝的精神孤独，姚雪垠与林佩芬都虚构了能够展现人性最基本的“食色”层面的一些情节：《李自成》中，“每顿饭都在他（崇祯）的面前摆满了几十样荤素珍馐，除非他传旨召皇后或某一妃子来乾清宫陪伴他，总是他独自寂寞地吃着，……对这种刻板的生活方式，他感不到一点乐趣，但是又不能不这样生活，因为不如此便不是皇帝派头，便不合一代代传下来的宫中礼法。”[①] 还是聚焦在“皇帝”的“阶级出身”带给他的无情无趣的生活之上。而林佩芬则通过描写崇祯夜寝时因怀疑袁崇焕谋反从噩梦中惊醒，侍寝的田贵妃却一直在旁边装睡，自她入宫后便秉持“不该说的话决不能多说一句，不该知道的事，即使知道了，也要装作不知道”的处世原则，使得崇祯皇帝的心灵更加处在孤寂的荒原之上，“他最心爱的宠妃在精神上和他是两个陌生的人”，对皇帝“孤家寡人”的精神处境则揭示地更为深刻，也为崇祯对他人极度猜忌和容易精神紧张的性格特质给出了令人信服的心理分析。崇祯因心情紧张而小便失禁，被小太监发现后因强烈的耻辱感而怒杀小太监；袁崇焕不愿服食程本直为他减轻痛苦而买来的福寿膏，宁愿作为一个读书人“清醒地死”，虽然在史籍中并无记载，却充分发挥了历史小说“虚实结合”的传统，使得这两个人物的性格特质体现得更加充分，也能够表达出作者的哲思。历史写作的力量也许不一定完全出自历史发生过的实际事件，而是出自其叙述形式引发的功能与思索。正如林佩芬所言，“历史诠释的本身就是艺术，就是创造”。曾永义也在《深心悲愿——林佩芬的长篇历史小说〈天问〉》这篇序言中点出：“今日之历史戏曲、小说，当善用虚实之道。大抵说来，用实之方，固然无须斤斤拘泥，但总以不违背搅乱事实为前提；用虚之法，则当以循其实而予以剪裁、点染、夸张、强化为是。其成就高下的关键，就是在于能否善用虚实。”史为筋骨，文为血肉，哲为灵魂，应该说林佩芬的作品在长篇历史小说创作方面，为今后的小说家提供了很好的借镜。

① 姚雪垠．李自成（一）[M]. 北京：人民文学出版社 :1997:403

# 第五章　情义中国的诗性言说

新文化运动肇始之初，中国知识分子中的一部分认为传统文化是导致国家落后的根源，譬如陈独秀在《复辟与尊孔》这篇文章中说："今之妄人强欲以不适今世之孔道，支配今世之社会国家，将为文明进化之大阻力也。"[①] 胡适在《新思潮的意义》中则进一步申明制度风俗、圣贤教训都需要"重新估定一切价值"，既需要"整理国故"，也要"反对盲从"与"反对调和"。与在《甲寅》月刊上系统提出了"调和立国论"，既批判了袁世凯的复辟运动，也批评了激进主义，而主张建立以"调和""有容"为基础的多元社会运行机制的"守旧派"人物章士钊相比，胡适对传统文化的态度已显激进，但仍在更激进的人士中引起了不小的争论。郭沫若就认为"整理的事业，充其量只是一种报告，是一种旧价值的重新评估，并不是一种新价值的重新创造，它在一个时代的文化的进展上，所效的贡献殊属微末"。[②]1949 年后，胡适的思想一直受到批判，"当年中国的前景已不是知识分子的个性解放和个人独立，而是农民群众的武器批判"。[③] 经过了全盘否定本国历史文化的"文化大革命"，到了思想解冻的 80 年代，才又重新出现"谁代表中国二十世纪精神高度"的胡鲁之争，胡适"整理国故""再造文明"的思想被再次发现。在历史复杂的演化过程中，那些"不合时宜"的思想既会因为特殊时代的降临而被遮蔽，也会在新时代来临时重新显扬，在文学中也概莫能外。与主动出击、改变历史的人相比，那些因其出身来历而显得较为保守的人自新文化运动以来，就无法在文学史中占据一个主流的位置。然而时至今日，正如李泽厚所说："从文艺史看，则经常有这样一种现象：一些作品是以其艺术性审美性，装修着人类心灵千百年；另一些则以其思想性鼓动性，

---

① 陈独秀 李大钊 瞿秋白主撰 . 新青年 ( 第三卷 )[M]. 北京 : 中国书店 2011: 394

② 郭沫若 . 整理国故的评价 [J]. 创造周报 .1924:36

③ 李泽厚 . 中国现代思想史论 [M]. 北京 : 生活 · 读书 · 新知三联书店 .2008:254

在当代及后世起重要的社会作用。那么，怎么办？追求审美流传因而追求创作永垂不朽的‘小’作品呢？还是面对现实写些尽管粗拙却当下能震撼人心的现实作品呢？……选择审美并不劣于或低于选择其他，‘为艺术而艺术’不劣于或低于‘为人生而艺术’”。[①] 重估传统文化价值需要丰富多样的文学形象，知识带给知识阶层的“高贵气派”“多愁善感”“纤细复杂”与“优雅恬静”需要有一种文本来承载，世界与人生、价值与文艺的取向本就应该多元发展，从这个意义上来看林佩芬与叶广芩关于民国时期的小说创作，也就具有特别的价值。

20 世纪 90 年代，塞缪尔·亨廷顿在著作中强调文化在塑造全球政治中的主要作用，被翻译成 22 种文字并广泛传播。他将中华文明视为世界主要文明中的一员，并认为“文化认同”是民族认同、国家认同最深层的基础，是在一个民族共同体中长期共同生活所形成的对本民族最有意义的事物的肯定性体认。清代满族在“中国认同”过程中，将儒家思想作为贯穿始终的思想基盘。因此，传统儒家文化精神，在林佩芬与叶广芩的创作中都有强烈的体现。满族文学自诞生伊始便具有雅俗共赏的艺术诉求，与带有“严肃文学”性质的新文学作品相比，更具古典主义的传统文学模式，在家国至上、热爱自然、侠义性情、刚强豁达、重视女性方面都具有自身鲜明的特色。同时，满族酷爱文化教育、嗜好文学艺术的风尚，使得满族在与汉族交流的过程中，将汉族核心的文化价值保存在其文学艺术作品之中，这是其他少数民族文学尚未具备的特点。在书写中华民族近现代历史的时候，林佩芬与叶广芩都突出了满族历史的族裔性，将本族历史被消隐的困境，转化为自己的发言场域，构建出属于满族和中华民族集体的历史回忆。满族“重女孩儿”的文化传统，使得她们在作为历史阐述主体的时候，超越了一般汉族女性作家的边缘心态，在题材的开拓与历史叙述的深度方面，都绝非对既定男性话语的拾遗和补充，而是带有来自汉族中心主义之外的审视眼光，又具有对男性性别特权的反思超越。同时，八旗世家优越的传统文化素养使得她们在创作时又不由自主地以中华民族的文化代言人自居。在对中国文化传统重做诠释及拥护的相似立场上，林佩芬侧重于推广关怀，叶广芩则偏重慨叹深省。以“大历史观”烛照家族记忆，林佩芬继续采用了将个人命运与时代风云交织在一起的史诗性写法，突出了“旧时王谢”如何在时代

① 李泽厚 . 中国现代思想史论 [M]. 北京 : 生活 · 读书 · 新知三联书店 .2008:279

造成的困境中依然坚守士君子的风骨情怀，即使转变为自食其力的普通劳动者也矢志不渝；叶广芩则努力提炼旗人文化中内蕴的中国传统贵族精神，在生动的细节描绘中感物抒情、以人带史，凸显出中国人文化基因中温情仁义、崇礼恭顺的民族特质，同时又表现出对中国礼制文化高度发展到一定程度后纷繁驳杂、瑕瑜互见的反思。

## 第一节　时代困境的精神突围

林佩芬之前的历史小说作品如《两朝天子》《努尔哈赤》《天问——小说明末》等，都是“全方位、大画面地从正面描绘历史演变的全貌”，以袁崇焕、皇太极、努尔哈赤、于谦等彪炳史册的“英雄人物”作为主要的正面人物，写出他们在历史中的奋力搏击。而《故梦》则首次以陆天恩这一“被迫被历史改变的人”的经历为主线，从侧面展示出百年历史发展演变的轨迹。从之前的若干长篇明清历史小说出发，《故梦》终于贴近了作家一开始的创作动机：“为我的父亲写一部传记”，这部小说因此富有别具一格的诗性抒情特质，因为林佩芬在完成多年来的一个心愿：作为皇族后裔，以自己的家世为原型，写一部中华民族百年变迁的苦难史。可以说，在抒发家族情怀的同时还将笔触触碰了历史边缘的真实，在还原历史真相中又有艺术想象的补充。

《故梦》中的故事从1921年发展至1987年，在漫长的纵向时间跨度中，涉及中国20世纪的许多历史风云人物，而主线则对准了陆氏家族，将对不同历史阶段的横向表现和剖析交由陆氏家族来完成，对陆氏家族的定位因整个20世纪历史的纷繁演变而显得更为复杂。

陆氏家族首先的特别之处在于他们属于清室八旗贵族、“名门显宦”：陆天恩的祖母陆老太太的父亲是世袭亲王，十五岁时被指婚给慈安皇太后的侄儿，并被慈安皇太后加封了“和硕格格”的封号，可谓是真正的皇亲国戚。陆天恩的母亲则同为前清蒙古王公之女，和清朝皇室有着密不可分的姻亲关系。所以陆家从老太太直到陆正波、陆天恩三代人，对以溥仪为首的宣统小朝廷都有一种发自肺腑休戚与共的亲近之感。小说一开始就写到陆老太太与鼎革后深处半个故宫的太妃们来往密切，时常看望走动，并且在回家的马车上对积雪覆盖的皇宫“依旧投以深情的回顾”；而陆天恩在这样的家庭中成长，也因为这样的家世背景与时代的主流方向产生了“脱节”——陆老太太不敢让他上新式学校的原因在于:“庚子年所遭逢的是侵略，辛亥年所遭逢的是灭亡。遭逢外敌侵略时，心理上还有朝廷存在，能得到保护;朝廷灭亡则是天崩地裂，万劫不复。”① 在“亡国贵族”的身份基础上,陆家也代表了辛亥鼎革后传统的士阶层群体。小说中关于陆家到底是什么贵族爵位语焉不详，只提到陆家为官“清廉正直”。与书中因溥仪大婚而老泪纵横的遗老们，与率领多位蒙古亲王进京参加逊帝婚礼的诚亲王等人相比，陆家的所有人物似乎离身处政治漩涡中心叱咤风云的“贵族”远一些，而离“行己有耻、不辱君命”的士大夫更近一些。所以虽同样自居为“臣”，溥心畬可在《臣篇》中怒斥溥仪后来的投日行为，而陆正波乃至陆天恩却“无论如何不愿伤及皇上”，这种心境是陆正波在世时迟迟难于开笔撰写史事评论的原因，因为陆氏作为非权力中心的“皇亲国戚”，实际上已经不属于真正的皇族体系，更接近为皇族出仕为官的士大夫阶层，也可以看作中国古代精英知识分子的一种缩影。

对清朝的亡国之痛是笼罩在《故梦》上卷的主要色彩，原因在于中国历史上王权的突出功能已经将社会政治秩序与文化思想秩序高度整合。在儒学成为国家之学后，中国社会的文化精英已经与统治者合流，表现在社会组织结构长久笼罩在父系家长制之下。父为家君，君是国父，家国一体的宗法关系渗透到社会生活的最深处。“忠君”与“孝亲”思想互为表里，是士大夫数千年来安身立命的所在，是三纲五常的首要之义。因此对于中国来说，王权的崩溃必然引发与其高度整合的上述秩序的解体，辛亥鼎革对国人产生的冲击，远远超过西方历史上王权崩溃在文化思想领域引发的震荡。对于陆氏家族而言，因为本身承载着中国传统文化中的这种核心价值，所以辛亥鼎革对于他们来说，绝不仅是一个政权的改朝换代，而是他们所背负的三千年中国政治文明史与文化血脉的断裂。陆正波这一形象则体现出这一代知识分子在传统的“忠君”与现实的“爱国”间撕裂的苦痛——他参与过戊戌政变，新政失败后意识到自己的治国平天下之志将成为一个圆不了的梦想，于是闭门不出。辛亥革命后，尽管岳父与妻兄十分支持溥仪复辟，陆正波却认为保皇党、宗社党、复辟派都是在为自己的私利而运作，与军阀割据的民国政局一样混乱，所以严令陆天恩不可追随外祖父与舅父甚至溥仪，用闭门谢客独善其身的方式维持志节，并在陆老太太去世后携全家由北京避居至上海；溥仪亲日后九一八事变爆发，陆正波痛心疾首

① 林佩芬 . 故梦 ( 上 )[M]. 桂林 : 广西师范大学出版社 .2009:10

地对陆天恩说："我为人臣，从来不敢料想，皇上会成为千古罪人。"七七事变后，陆少波依然"悬念皇上"，却不料溥仪选择"赴东北复位"，担任伪满洲国执政，实则成为日本侵略中国计划中的一环。陆正波思想大受震动，终于下定决心整理自己仕宦光绪与宣统两朝的日记，并撰写当年的史事与自己的省思所得。"他怀抱着深心悲愿，以记述一个沧海横流的时代，作为后世的殷鉴，完成自己生命的意义……"[①]还未及动笔，就被已经在汪精卫伪政权做了汉奸的程士行找上门来，利用"满洲国康德皇帝"溥仪陛下的旗号胁迫他出任"日华亲善协会"会长，陆正波"断不能为日本做灭中国国族的事"，用跳楼自尽的方式维护了自己的志节原则。事后，陆天恩的好友，同为八旗子弟的荣安打算为陆正波写一篇长传，剖陈其心志操守，陆天恩却认为"事涉皇上，还是不方便，我明白他的心，无论如何，他都不愿伤及皇上"。这种对清廷复杂纠结的情感，填补了读者在"明君名臣""革命志士"的历史认知之外的空白。在笔者的访问中谈及这一人物，林佩芬说陆正波在她的家族史中确有一位原型人物，也是采用自杀的方式维护了自己的人生原则。虚构的陆正波与真实历史上投水自尽的王国维差可比拟，从而成为《故梦》实质上的灵魂人物。他的死因与王国维遗书上的"五十之年，只欠一死，经此世变，义无再辱"十分类似，正如陈寅恪在《王观堂先生挽词并序》中总结的一样："凡一种文化值衰落之时，为此文化所化之人必感苦痛，其表现此文化之程量愈宏，则其所受之苦痛亦愈甚；迨既达极深之度，殆非出于自杀无以求一已之心安而义尽也。"

面对时代的滚滚车轮，和一般平民百姓或知识分子不同的是，陆家因为身份原因承受了更多文化的震荡，无法迅速用"唯物史观"或文化进化论的思想武装自己，在传统文化体系内对溥仪的心态，就像屈原对楚怀王的无可奈何，因此溥仪的投日，对陆家的打击是沉重的。但是他们宁可用"陆老爷因意外原因仙逝"来解释陆正波的去世，也不愿意在举国报章声讨溥仪的檄文中再添加一笔，除了姻亲关系带来的情感因素，也是因为与溥仪的"末代皇帝"相应的"最后一代士大夫"的文化立场，即陆正波对陆天恩言及的"我是读书人，是先皇之臣，君君臣臣父父子子之道，是不会磨灭的……"，至此我们已经可以看出，对于陆家这"最后一代士大夫"来说，既然传统文化已然断裂，而又决心祭奠这种传统文化，只有选择"凭栏一片风云气，来作神州袖手人"，做个士大

① 林佩芬 . 故梦 ( 下 )[M]. 桂林 : 广西师范大学出版社 .2009:172

夫中的支流——“隐士”。

传统社会中士大夫一般肩负两大社会功能：一是出仕为官，二是传承文化。与郑孝胥、罗振玉乃至陈宝琛继续在溥仪身边“为官”相比，陆正波为自己和子孙后代选定的路，是“伯夷叔齐”的“隐士”之路，不仅在陆天恩年少时就要求他背诵，还通过陆夫人在病中仍说道“你是伯夷叔齐，民国的官儿都不做，怎么会去做日本人的官儿”以证明这一志向已深入家族每个成员内心。

陆天恩作为贯穿全书的主人公，则真正体现了“旧时王谢堂前燕，飞入寻常百姓家”的历史演变，并且主要是通过他的婚恋生活来展开这类人物在历史浪潮中的身不由己。他第一次旧式的包办婚姻，虽然得到了溥仪的祝福与一辆自行车的赏赐，却因双方毫无感情基础而痛苦失败；第二次恋上奶娘的女儿秦燕笙，则是因为秦燕笙身上流露出“一份浓浓的书卷气”。秦燕笙决定报考北京高等女子师范学校，同时做北大旁听生，是专注于阅读《新青年》《新潮》的“新派”人物。在那个时代试图主动掌握自己的命运，“眼眸深处流露着希望与自信的神采”，这对在家虚度时日的陆天恩有着强烈的吸引力。而秦燕笙的父亲秦约则对秦燕笙有过一次推心置腹的交谈：“你年轻……受的是新时代的教育。以往，我们也不跟你说往事，你所知道的就是表面。看陆府是个旧时代的产物，封建、腐败、落伍、陈旧，很快就要全部消失了；而体会不到旧时代的人骨子里所存有的高贵情操、道德和侠义精神……我实话告诉你，当年，若非陆老太太凭着她在旧时代的身份和地位，救了我一命，也就没有现在的你了！”[①]接着告诉了“新青年”秦燕笙，自己能逃过维新失败的大难，女儿能无忧无虑长大，“归根究底都是陆老太太的恩德”。秦燕笙因此回到自己的出生之地陆府去看望陆老太太，更因在陆家藏书楼“清平阁”饱览了丰富的藏书，体会到了“文化积累和传承的意义”，从以往全凭兴趣，漫无目的地读书而立志研修清史，确立了终生的研究方向：“我在府上，看见了一部活生生的晚清史，面对活生生的晚清史上的人物，就很有一股写下来的冲动。”

因陆天恩一直没有找准自己的人生定位而与之分手后，秦燕笙远赴国外留学，十多年后归国时已经成为著名的学者。抗战中，因为多次去电台发表救国演说，也不时亲赴前线送去急需的药品，竟被不知名的枪手射伤。养伤期间，面对担任看护的陆天恩的第三任妻子汪莲君，秦燕笙取出了两幅画作，送给从

① 林佩芬 . 故梦 ( 上 )[M]. 桂林 : 广西师范大学出版社 .2009:209

未见过北京陆府中“清平阁”的汪莲君：“清平阁既是中国传统文化的象征，时代变迁的例证，也包含了一份多重的感情，是向往，是景仰，是热爱，也可以说是濡慕，它是精神上的父亲，或者说，那才是我永恒的恋慕，那才是爱情……”①秦燕笙以前的理想是走进学问的殿堂，而遇刺后她决定“走向群众，从事实质的抗日活动”并身体力行，但她对清平阁的依恋顽强地表露出一个道理：从本土的文明中同样可以找到新生的根据，大可不必将祖先的东西全盘扔掉。在劝说汪莲君恢复对陆天恩的信任时，她也表达出了对陆府人物的深刻理解。

虽然陆正波选择的是“早知其不可谏，即引身而退者上也”的隐士之路，面对外甥金毓嵛因养活弟妹所迫要“随侍”溥仪的困局时，他还是给出了“尽其在我”的指导，彰显了儒家主流的价值观念。“尽其在我”出自清代王韬《书重刻〈弢园尺牍〉后》：“夫今时之所急，亦惟辑强邻、御外侮而已，二者要惟先尽其在我耳。”谓尽自己的力量做好应做的事，可见陆正波的苦心孤诣。陆正波不是文天祥，没有积极投身“中兴大业”，但在“抵御外侮”这一点上有共通之处。作为一位“隐士”，“苟平居尚不能一言，则临难何以责其死节”，大可一“隐”到底，但陆正波选择了与文天祥一样的“时穷节乃现”，只不过这时的“节”殉的不是君主，而是国家。

这样我们或许可以理解，秦燕笙为什么在留洋归来功成名就，为抗日鞠躬尽瘁乃至遭遇暗杀，最后化名避祸临别时说陆老爷是她最钦佩的人？“我的思想、人生观都与陆老爷大不相同，但是为中国‘救亡图存’的心志是完全一样的。”作为一个时代的“新青年”，最尊敬的不是“革命领袖”，而是“前朝遗老”陆正波？这种写法，完全突破了新文学运动以来单向线性发展的历史观：我们熟悉的“遗老遗少”们，无论巴金《家》里的高老太爷，还是曹禺《北京人》里的曾文清，无一不是“腐朽、没落”的被批判的对象。《故梦》展现了人性另一种吊诡的可能：“新青年”所追怀的人物正是“革命”理论上要勠力革除的对象。秦燕笙曾经想过用“先进”的历史观与价值观，去“改善”与“挽救”陆府的“不作为”与溥仪的联日行动，最后却因为贴近与体察了陆氏家族的伦理情感和文化立场，而领悟到“人与时代密不可分”，“时代是一个大而复杂的整体，思考时代的问题，绝不能只从单一的角度”。陆正波的“自处之道”“自

① 林佩芬．故梦（下）[M]. 桂林：广西师范大学出版社 .2009:200

藏于椟”等“高风亮节”熏染了秦燕笙，陆家“琅嬛福地”的藏书楼清平阁启发了秦燕笙，陆正波对秦燕笙追求学问的理解与支持感染着秦燕笙，陆家与秦燕笙都选择了尽其所能地为抗日救亡出力，从中我们可以看出一种隐约的相承关系：从陆正波到秦燕笙，恰是从传统士大夫到现代知识分子的转换之路，二者之间有颇多差异，但在保持操守、传承文化以及勇于为民族担当这几点上又有很深的共性，勉强名之，可以姑且将其称之为“君子”之风的一种传承。

“君子”在儒家思想中是中国传统读书人人格理想的象征，修已即所以成为君子，治人则必须先成为君子。“不可否认地，在历史上儒家的‘君子’和所谓‘士大夫’之间往往不易划清界限、但是从长期的发展来看，‘君子’所代表的道德理想和他的社会身份并没有必然的联系。”[①] 君子之风是中国在现代化进程中传统文化命脉延续的一种体现，“德”的普遍性是可以超越“位”的特殊性的。无论男女，“君子”在培养个人的道德品质这一点上完全是对自己负责，不断“反求诸已”，“推己及人”，这种君子之风扩散至陆天恩后来的两房妻子汪莲君与周素琴，都能够首先为他人着想，为家庭其他成员自我牺牲，以及家中不论主人贫贱富贵始终不离不弃的“义仆”小顺、小喜，乃至从贵族公子成为平民船员的陆天恩本人身上，无不身体力行着君子“修已以安人”的行事作风。陆氏家族的这种文化上的本质属性，已经超越了贵族或士大夫的阶级属性。到了台湾后，荣安和陆家的客人讨论的是如何大力推广中国的文化生活与习俗，“使台胞开始了解、热爱祖国文化，而在生活文化中受到翰墨诗书的熏陶”，将一个“日本村姑”提升、蜕变为“中国闺秀”。汪莲君为女儿取名“陆海棠”，是因为陆正波去世前好几次梦见故宫绛雪轩前的海棠盛开，“代表了老爷子对故去时代的感情，也代表了老爷子往昔参加维新运动时所抱持的救国淑世的宏愿；去世前，他训诲大家要坚持原则，又提起海棠花……甚至“去世时鲜血……也如海棠花”，显示出对整个家族精神传承的重视。对于家族实质上第二代的核心精神成员秦燕笙，她留给汪莲君的画作也成为女儿陆海棠临摹的对象，更隐隐成为汪莲君教育陆海棠时为其竖立的精神上效仿的榜样：“妈妈说，这是北京老家的藏书楼，我如果住在老家，可以在这里读很多书，将来就会是个很有学问的人。”陆天恩则在教陆海棠骑自行车时给她讲述溥仪和自行车的往事，“让她懂得历史变迁，懂得人心里的千丝万缕……”并将自己亲眼所见的台湾社会众

① 余英时 . 现代儒学的回顾与展望 [M]. 北京：生活·读书·新知三联书店 .2004: 271

生相和历史变迁的痕迹都记入日记，留给陆海棠日后参考。终于，在一切内外因都充分成熟的时候，陆海棠在赴美读书一年之际，做出了转到历史研究所就读的决定，认识到自己以往在台湾所受的历史教育，尤其是近现代历史教育是不完整的，对研究历史有了自发的强烈使命感。这传承了三代的理想和心愿终于得以完成，在现实中则表现为林佩芬也以撰写历史小说作为终生志业，试图在其中延续中国传统文化命脉。

林佩芬曾在大学时花费整整一年的时间通读了司马迁的不朽著作《史记》，司马迁的修史情怀和史家笔法都对她产生了深深的影响。在《史记》中，伯夷叔齐为列传第一，其间有云："武王已平殷乱，天下宗周，而伯夷、叔齐耻之，义不食周粟，隐于首阳山，采薇而食之。及饿且死，作歌。其辞曰：'登彼西山兮，采其薇矣。以暴易暴兮，不知其非矣。神农、虞、夏忽焉没兮，我安适归矣？于嗟徂兮，命之衰矣！'遂饿死於首阳山。"悲慨沉郁，与新文学作品中如鲁迅的《采薇》为伯夷叔齐安装一个因"薇"也属于周天子而立志不食乃至饿死的迂腐结尾大相径庭。传统文人特别是经历过改朝换代的人，对伯夷叔齐的心志都是相当推崇的，明末渡海赴台的诗人沈光文就常暗用伯夷叔齐的典故，抒写自己在改朝换代的历史转折点上淡泊宁静、坚贞自守的心境。如《思归》诗云："荒岛无薇增饿色，闲庭有菊映新缸"；在《感怀》中又说："采薇思往事，千古仰高踪。放弃成吾逸，逢迎有昔庸。"在《太史公自序》中司马迁说明了为何要将《伯夷列传》位于列传之首："末世争利，维彼奔义；让国饿死，天下称之。作《伯夷列传》第一。"司马迁既痛慨于当时奔竞扰攘、争名逐利的世风，遂取伯夷叔齐为列传传首，以推崇重义轻利之德性，矫正世俗的风气。林佩芬同样选用了"末世争利唯彼奔义"作为《故梦》第三卷的回目，也提示着读者一个问题：我们真的能够完全用"进步的""唯物的"历史观去定位去讥讽这些"遗老遗少"吗？这些"背时"的历史人物曾经的言论观点，有没有依然值得汲取的地方？

在《伯夷列传》中，司马迁以沉郁顿挫的语气，对天道发出了自己的质疑："若伯夷、叔齐，可谓善人者非邪？积仁洁行如此而饿死！且七十子之徒，仲尼独荐颜渊为好学。然回也屡空，糟糠不厌，而卒早夭。天之报施善人，其何如哉？盗跖日杀不辜，肝人之肉，暴戾恣睢，聚党数千人横行天下，竟以寿终。是遵何德哉？此其尤大彰明较著者也。若至近世，操行不轨，专犯忌讳，而终身逸乐，富厚累世不绝。或择地而蹈之，时然后出言，行不由径，非公正不发愤，而遇祸灾者，不可胜数也。余甚惑焉，倘所谓天道，是邪非邪？”[①] 春秋战国时期，人们由衷崇拜周流不息、恒久不变又具有强大生命力的自然，老子提出“人法地、地法天、天法道、道法自然”的原则，儒家的子思学派也说“知天所为，知人所为，然后知道，然后知命”，从而将人性与天道打通。与道家认为自然界的自发状态就是天道相比，儒家视野中的天道是富于理性的，然而伯夷叔齐“积仁洁行，如此而饿死”，颜渊好学而早夭，盗跖虽日杀不辜、暴戾恣睢却得以寿终，天道为何会给人善恶无报的结果？在司马迁之前，从来没有一个史学家如此关注个体人物在大时代变动中的命运，也从来没有人把个体命运的悲剧性表达得如此苍凉沉郁、悲慨淋漓。显然，林佩芬汲取了司马迁的史传笔法，坚持在小说中贯穿对人物命运的探索这一终极命题。从明清历史小说《天问》到家族小说《故梦》，林佩芬也借笔下的人物不断发出这样的疑问：天人之际究竟是一种什么关系？人的命运究竟是怎样被决定的？人可以在多大程度上把握自己的命运？在这样的追问中，我们不难感受到林佩芬与司马迁共通的一种情怀：“夫《诗》、《书》隐约者，欲遂其志之思也。昔西伯拘羑里，演《周易》；孔子厄陈、蔡，作《春秋》；屈原放逐，乃著《离骚》；左丘失明，厥有《国语》；孙子膑脚，而论兵法；不韦迁蜀，世传《吕览》；韩非囚秦，《说难》、《孤愤》；《诗》三百篇，大抵贤圣发愤之所为作也。此人皆意有所郁结，不得通其道，故述往事，思来者。”[②]

天道玄远鸿蒙，善恶之别未必像四时运行那般准确无误，那么个体该如何处置自己的生命呢？难道就应该因天道之不公而放荡自恣、随俗沉沦吗？在司马迁看来，对于志气慷慨的烈士来说，不朽的声名才是永恒的追求。在《孔子世家》中，司马迁通过孔子之口表达过自己对“名”的看法：“子曰：‘弗乎弗乎，君子病没世而名不称焉。吾道不行矣，吾何以自见于后世哉？’乃因史记作《春秋》……《春秋》之义行，则天下乱臣贼子惧焉。”在司马迁看来，孔子作《春秋》是为了声名称于后、道义传于世，同时保存了志士仁人的行迹，使他们在历史的风云变幻中传名于后世、达致不朽。“名”，代表了气节之士的生命理想，是超越个人社会遭际的精神追求，是对不可把握的命运力量的抗争。所以司马迁热情激扬地赞美孔子著《春秋》的修史作为：“圣人作而万物睹”，著述是一种“同明相照、同类相求”的行为，是对时而幽冥之天道的人为补偿。

---

① 司马迁 . 史记 [M]. 长沙：岳麓书社 .1988:491

② 司马迁 . 史记 [M]. 长沙：岳麓书社 .1988:945

在《天问》中林佩芬也曾经通过孙承宗劝说祖大寿的一段话，表达过“著作神圣”的态度：“世上有第一等的人，生长在破败、腐朽的时代中却能不被他的时代打倒，反而创造出一个新的时代来；第二等人是力挽狂澜，使时代破败的脚步减缓；第三等人是著书立说，改善世道人心，教化后人，延续文化，把希望寄托于未来；再其次才是独善其身……”[①]生命理想由著作得以伸展，对生命不朽的追求因著作而完成，这既是解读《史记》的关键，也是《故梦》中陆氏家族绵延百年的核心价值。中国小说是从史传传统中发展而出的：“今再就史学内容言，儒学主要本在‘修、齐、治、平’人情实务方面。而史学所讲，主要亦不出‘治道隆污’与‘人物奸贤’之两途。前者即属治平之道，后者则为修齐之学。……故谓‘史学即儒学’，其说至明显。”[②]《故梦》用太史公的“末世争利，唯彼奔义”作为核心价值，展现出传统士大夫到现代知识分子的转换之路，以及在保持操守、传承文化以及勇于为民族担当方面的共性，显示出作者类似于新儒家延续传统文化的使命感——在传统文化花果飘零的时代，努力让飘零的花果“灵根自植”，重新长出枝干来。儒家关于“君子”理想的表述，以《中庸》概括总结的最为全面：“故君子尊德性而道问学，致广大而尽精微，极高明而道中庸。温故而知新，敦厚以崇礼。是故，居上不骄，为下不倍。国有道，其言足以兴；国无道，其默足以容。诗曰：‘既明且哲，以保其身’，其此之谓与！”《故梦》层次多样地展示了“君子之道”在现代社会中的转换，彰显了中国文化的精神价值，其独具一格的史诗意蕴与审美品格，对传统文化充满的敬意，参与建构了中国现代文学主体的多重面貌。

## 第二节　情义中国的诗性言说

与新时期许多与时代保持紧密联系的作家相比，叶广芩的创作更富于上个世纪京派作家的文化与文学品格追求。她一直谨慎地与某一阶段先锋性的文学观点保持着距离，在表面上抛开贵族性的同时，选择坚持着某种超越时代的文化价值与表述形式。经过一段时间的准备和酝酿，1994年叶广芩在《延河》上发表了中篇小说《本是同根生》，后来被《新华文摘》《小说月报》纷纷转载。叶广芩意识到：“这样的家族题材是能够被读者认可和喜欢的，我可以走这一条

① 林佩芬．天问(一)[M].北京：中国友谊出版公司.1999:263

② 钱穆．中国学术通义[M].北京：九州出版社.2012:70

路，在当时也是一种尝试。”多年的积累和尘封的往事慢慢从笔尖流淌出来，长篇小说《采桑子》成为叶广芩家族叙事的代表作之一。这部小说每一章节的题目都取自著名满族词人，叶赫那拉氏先人纳兰性德《采桑子·谁翻乐府凄凉曲》中的词句，为书中金家的败落与子弟的飘零定下一种凄婉深沉的基调：醉心戏曲艺术并为之情迷一生的大格格；陷入爱情阴谋、政治纷纭、亲情纠缠中颠倒一生的二哥、三哥和四哥；因追求婚姻自由被逐出家门，却要求子女不再从商的二格格；用整本满文记下金家人照料自己垂暮之年的花费，并期待养子日后偿还的舅姨太太；出身传统建筑世家，为古建筑的维护费尽一辈子心血，清刚不阿的廖先生；从陕北返乡的知青侄子金瑞，为夺回家传的一个元代枢府瓷小碗，放弃一辈子的懒散，自学成了半个文物专家；颇有道家散仙之风，会漉酒炼丹的老姐夫完占泰；儒雅宽厚，以儒家标准要求自己的画家七哥舜铨……“家族”式的组织方式，以亲属为纽带的人物关系，使《采桑子》有别于同时期讲述个人成长与社会变革的小说，如路遥的《平凡的世界》。而以“宅门”为主要情境，又使它不同于莫言的《红高粱家族》等讲述乡土生命体验的小说。与曾经获得第二届茅盾文学奖的《钟鼓楼》相比，刘心武是通过胡同居民中的世态人情来抒发市井悲欢，而叶广芩的家族叙事作品则体现出“作家努力于中国传统精英文化在清朝的整体观照，试图提炼、整合、熔铸出中国开始现代性阶段以来一直被有意排斥否定的‘贵族精神’，对‘贵族精神’加以艺术的镂雕与情感的润色，使其别具一种风神韵致”。①

因为这种传统精英文化的品格，《采桑子》首要的特点便是“词句警人、余香满口”，不但语言委婉多致，还内蕴着大量中国传统文化的表征。烙春饼、涮羊肉的满族食俗、王爷府第白底镶蓝边的春联、老姐夫七碟八碗的各式咸菜“压桌碟”，金家去掉了儿化音的“官话”等等，这些物质与非物质的文化因素通过不同人物自然地流淌在小说之中，既带有满族文化的特质，又折射出中华民族文化特别是精英文化的精神价值：如通过大格格写出满族重女孩的文化特点与京戏演出的各种关窍；通过二格格的遭际体现出满族特重礼仪的传统修养；通过四格格与廖世基展现出中国古代建筑的气韵特点；通过老姐夫写出道家的内外修炼之法与冲淡的精神追求；七哥舜铨展现了对书法绘画的精湛研究、对音韵的见地及儒家道德的修养；书中还多处出现了瓷器、玉器及文物鉴定知识，

① 席扬 林山 . 中国贵族精神的丰富性表达——再论叶广芩家族叙事的文化图谱与意义指涉 [J]. 中南民族大学学报 ( 人文社会科学版 ),2012 (5):119-123

信手拈来引用的《庄子》《淮南子》《黄帝内经》中所体现的哲学美境。比如在《谁翻乐府凄凉曲》中二娘评价家里的山东厨子老王："喊好儿从不顾身边有谁，哪怕你总理大臣、王公显贵"，二娘说"这是一种物我两忘的境地，看戏跟读书是一样的，如入无穷之门，似游无极之野，情到真处，无不心旷神怡，宠辱皆忘，击节叫好。桐城张氏母亲能从老王的叫好儿上读出庄子的《在宥》来，这不能不让人佩服……"在当下社会空间、生活经验、文化表征日益趋同的情况下，这样的表述使读者叹服并流连于这部具有丰富传统中国文化内涵的作品之中，获得了情感上的慰藉与美学上的愉悦。

与《乾清门内》相比，《采桑子》引入了一个故事的旁观者——我，"我"是金家大院里十四个孩子的老小，既淘且倔，倍受宠爱。尽管叶广芩说"文学作品跟生活毕竟有很大差距，很难严丝合缝地对应起来"，比如嗜酒如命的老姐夫完占泰，在生活中的原型却是滴酒不沾。但作者的个人经历与文化积淀，尤其是以感物抒情为主的表现特征，仍然使作品具有与以往家族题材小说不同的特质。同写深宅内院，张爱玲的小说因为无"我"，所以对人情世故钩心斗角冷眼旁观，永恒的亲情挚爱只是片羽吉光。《采桑子》因为有"我"，"我"所讲述的是"我"的亲人们，欢喜和嗔怪背后仍是难以割舍的手足之情。故事的时间跨度长达半个多世纪，透过孩童的"我"所展现的宅门众生纷纭世相，到中年的"我"手足凋零隔膜日深的落寞伤神，抒情语段无处不在。《采桑子》对人物形象的把握吸收了新写实主义的某些手法，基本建立在以人间生活为主要题材的现实主义写作之上，但"乐府翻开，那凄凉之曲娓娓溢出，红雨纷飞中，袅袅婷婷地走来了韶秀哀婉的金家大格格金舜锦"。这样浓厚的抒情色彩却是以客观冷静剖白揭露著称的当代现实主义题材作品所罕见的。

书中的人物，常常在安贫乐道中走向物我两忘的空灵，如大格格的琴师董戈，虽出身寒微却对曲艺与琴艺无比执着，即使沦为世人所看不起的吹鼓手，"到我们家来拉琴，从来都是穿长衫，从来都是把自己收拾得干净利落，将前一天的风尘扫荡得不见一丝痕迹"。而董戈在和大格格拉琴练唱时几乎没有多余的话，神情圣洁而专注，双方都醉心于艺术的唯美在二人之间表现出的共识与和谐。这样的默契与神交也体现在《不知何事萦怀抱》中的四格格金舜镡和廖世基之间，虽是幼时好友，但一为获得牛津大学博士学位的建筑专家，一为只上过几年私塾的建筑队普通干部，身份与境遇的差异使廖世基将对四格格的情感深埋在心里。一九五八年在街道发放树苗要求回家栽种的时候，廖先生先说自己是火命克木，后来看到四格格抱走了一棵丁香树的小苗，廖先生就将剩下的都拿回家种上了："'深挖洞，广积粮'的时候，我们家的丁香树因为挖防空洞，伤了根，死了，而廖家的树还全部活着，春天的时候一片锦簇，夏天的时候一片绿阴。没有人将廖家的树和我们家的树联系起来，也没人将廖家那些树和金舜镡联系起来，知道内情的只有我。""文革"期间四格格作为"特务反动学术技术权威"被红卫兵殴打，已经躺倒在地近乎昏迷的廖先生"不知受了什么力量支撑，竟然摇摇晃晃地站了起来，甚至推开了要来扶他的老伴儿，极为艰难地与四格格并肩而立"。两人"一脸平静"的姿态使人感到一种无言的高贵。

改革开放后，四格格已经去世，廖世基先生在儿子廖大愚的精心策划下成了"受国家重点保护的人，上知天文，下知地理，还可以预测未来"的"神人"，而他在罹患老年痴呆症的同时心心念念的仍是古建筑的保护，还将来拜访的"我"错认为四格格金舜镡，让她这个"政协委员"帮忙递交一个呼吁不能拆除"清代建筑顶峰"成王府的报告。当"我"在街上偶遇找不到家的廖先生时，历史与现实的交错形成了浓郁的苍凉之感：

廖先生说，您也在看它吗？我说，是的，我在看那个电脑广告。廖先生说，那儿是东直门城楼。我听了就使劲朝广告牌那边看，企图从上边和周围找出城楼的痕迹来。广告的背景是无尽的高楼和凄凄的雨，我无法安置廖先生记忆中的那座城楼，不禁有些气馁。廖先生则无限赞叹地说，多壮观的城啊！这是明朝建北京盖的第一个城楼，是样城哪！我随口说道，就是一个普通的城楼罢了，这样的城其他城市还有……廖先生说，这城跟别的可不一样，北京八座城楼，无可替代，各有时辰，各有堂奥，各有阴阳，各有色气。城门是一城之门户，是通正气之穴，有息库之异。东直门，城门朝正东，震位属木，五季占春，五色为青，五气为风，五化为生，是座最有朝气的城楼，每天太阳一出来，首先就照到了东直门，它是北京最先承受日阳的地方，这就是中国建筑的气运。你看故宫三大殿，坐北朝南，方方正正地往那儿一蹲，任你再大的建筑，尖的、扁的、圆的、高的、矮的，谁也压不过它去，为什么？建筑的气势在那儿摆着呢，这就是中国！廖先生说这话的时候，我看见他的眼里，没有立交桥，没有广告牌，没有夜色也没有雨水，只有一座城楼，一座已经在北京市民眼里消失，却依然在廖先生眼里存在着的城楼，那座城楼在晴丽的和风下，立在朝阳之中。廖先生活在他的记忆里。

这里的抒情色彩颇具中国诗学的特质，将震撼人心的悲剧冲突化为启迪性灵的神韵意境，在勿过勿滥的克制之中达到情感中和的人生境界。在淡淡的哀矜中，唱出对中国传统文化的一曲挽歌。出身隆盛木场这“专门应承宫里的土木活计”的建筑世家的廖先生只上过几年私塾，却在劳动实践中“学问大得不得了”，成为四格格走向建筑专家之路的启蒙老师。这个人物富于“忧道不忧贫”的君子之风，也是来自家庭的文化传承：光绪皇帝去世后因国力衰竭，财源拮据，享殿周围的石刻栏板竟然全无着落，是廖先生的父亲垫付了八十万两银子才解决了朝廷的燃眉之急：“廖家人永远也没指望着有还债的那一天。”新中国成立后廖先生在古建队先管维修，后管劳保，直到退休也没熬上正科长的位置。

他的儿子廖大愚说他爸爸在建筑行干了几十年，一事无成，连点儿说得出来的业绩也没有，著名建筑的修缮工程参加了不少，但那功劳都记在了别人的账上，跟他父亲无关。

廖先生则说，怎能说没有关系呢？但凡建筑，都是有生命的，都是活的，每一座中国古代建筑，都有一个藏匿灵魂的所在，那个地点神秘极了，非行里人不能找到。建筑物有气则生，无气则死，生者以其气而存，这就是所谓的灵气，它是建筑的生命所在，也是建造者的生命凝聚，即为天人感应是也。天坛祈年殿是谁盖的？颐和园佛香阁又是谁建的？没人说得清。但这些建筑立于天地之间，它们存在一天便记着建筑者的名姓，记着那些人付出的血汗和艰难，它们自然也存在于建它们的工匠心中，所以彼此就都永远活着。①

身处大陆的历史环境，经过剧烈的社会改造，但叶广芩的作品中仍旧从缝隙间透露出民族历史的记忆。“劳动人民”出身的廖先生对“大学问”金舜镡的仰慕与神交，完全突破了阶级差异，是在文化上的一种对话。廖先生一生的行事作为，使人想起孔子对“君子”的评价：“圣人，吾不得而见之矣；得见君子者，斯可矣。”廖先生通过自己的努力一方面学习“诗书六艺文”，一方面躬行实践，终于达到“文质彬彬，然后君子”的境界，文化雕琢没有使他产生浮华之气，他能够依然按照其朴实的本性为人处世。在“文革”中对金舜镡的“陪

① 叶广芩．采桑子 [M]. 北京：北京出版社 ,2009:160,134

斗”保护，与改革开放后没有在经济浪潮中迷失自己的本性，则接近于孔子在《卫灵公》中对君子的定义：“君子义以为质，礼以行之，孙以出之，信以成之。君子哉！”展现出豪侠与高隐的民族传统美德特质。

《采桑子》由此也体现出民族诗学的特性：自古以来，中国诗人在咏史诗中就多好咏人而较少咏事。左思在《咏史》中曾用“当世贵不羁，遭难能解纷。功成不受赏，高节卓不群”来赞颂人性中豪侠与高隐的可贵。钱穆在《中国学术通义》中曾将中国人的民族性格概括为“任”、“清”与“和”之三德：“皆为人类在人文社会中共通德性所不能缺。豪侠亦是任，高隐则是清。至于和之一德，尤为人道所贵。……或任或清，而必济之以和。”[①]《采桑子》中众多人物都显得文质彬彬，含蓄蕴藉，这部作品在感物抒情的书写中体现出质朴典雅、清丽恬淡的民族审美特征，与“君子忧道不忧贫”的生命追求，看似恬淡节制，却似癯实腴，使人读罢掩卷深思，低回慨叹不已。

在作品结构上，《采桑子》也取法于《史记》中的列传体，不同的人物事件或许交错出现，但每一篇都有一个主要人物，造成“整个历史进程乃由人类共业所造成”的印象。在少数杰出人才与多数无名群众之间，小说将笔触对准了虽非杰出人才，但也不能归入大量无名群众的人物：“此等人物在历史上各有其作用与影响，或大或小，或正或负，相乘相除，才获得此总结数。此乃更近于历史进程之真实性，亦更富于对人之教育与启发性。”[②]

叶广芩将这种感物抒情、以人带史的史传笔法延续到了以《状元媒》结集出版的家族系列写作之中。从 2007 年到 2009 年，她先是在文学刊物上发表了《逍遥津》《盗御马》《豆汁记》《小放牛》《状元媒》《大登殿》《三岔口》《玉堂春》等中篇小说，后又加上《三击掌》《拾玉镯》《凤还巢》，形成了一部完整的长篇小说。《状元媒》以精心选就的十一出传统剧名作为小说回目，从辛亥革命一直写到了改革开放三十年后，将家族核心成员之外不同人物的命运遭际流畅地串联在一起。

这部作品以中国最后一位状元刘春霖为父亲这位“镇国将军”与出身朝阳门外南营房平民区的母亲做媒说起，好像一幅古香古色的浮世绘，为我们缓缓拉近了一众平凡或不平凡人物的人生：这里面有“大登殿”中陪母亲去天津找刘状元“退婚”的舅舅陈锡元，勇敢“闯入”洋餐馆起士林，却因不识洋文

① 钱穆 . 中国学术通义 [M]. 北京：九州出版社 .2012:176

② 钱穆 . 中国学术通义 [M]. 北京：九州出版社 .2012:25

在数九寒天连吞三杯冰淇凌，但由此终身痴迷将“起士林精神”引入餐饮界；有“三岔口”中在江西因恋爱而投身革命，1949年后成为大干部的旗人表兄小连，与一度为红军教授美术字的父亲不同的人生选择；有“逍遥津”中洒脱不羁、家贫而自得其乐的八旗子弟钮七爷，其子钮青雨先是因为在梨园界风姿出众而在日军侵华时成为日本人玩物，最终因为钮七爷复仇射杀日本要员而殒命，成为京城传奇；有“三击掌”中年轻时与父亲同去东洋留学，奉行“实业救国”论的王国甫王阿玛，与父亲一样习惯用勒令儿子“扒光衣服走出大街”的耻感文化教育儿子。二人同时将儿子们送至法国留学，王国甫因儿子王利民学到了“阶级论”回来组织工会对付自己而与儿子断绝关系，暮年时得知儿子因参加了新四军在皖南事变中惨遭杀害而老泪纵横、追悔莫及；有“拾玉镯”中特立独行离经叛道的五哥，被父亲逐出家门后，模拟“拾玉镯”这出戏为挚友郝鸿轩在郊外小酒馆定终身的年少轻狂，以及五哥为探望被国民党关押的三姐而殒命后，郝鸿轩忍辱报丧、终生感念的特殊情谊；有“豆汁记”与“小放牛”中曾为宫女与太监的莫姜与张文顺温婉顺从的外表下复杂的内心世界与终身不变的“心劲儿”；有“盗御马”中直率仁义的队长发财和一众淳朴的乡亲，以及苦难中相互温暖的知青集体……

《状元媒》从民国写至当代的众多人物繁而不乱，各具个性，从表面看是由纵向的时间线索与横向的家庭线索组织在一起的，其中一些篇章不乏中国现当代文学名著中某些经典元素的影子。譬如刚烈而自尊的母亲，对非亲生子女如老五的疼爱，老五病入膏肓时亲自挨家挨户去讨童子尿的偏方，让人想起林海音《五凤连心记》中同样不惜代价挽救子女的慈母；在娘家做足威势的满族“姑爸爸”类似老舍先生在《正红旗下》中刻画的以给弟媳找麻烦为乐的姑母；而钮七爷和青雨提笼架鸟，在日本人枪弹扫街时还浑浑噩噩趴在地上抓蟋蟀则和《正红旗下》中大姐公公和大姐夫这些“八旗子弟”如出一辙；王国甫的三个织布厂和“丹枫”火柴厂先后倒闭，“民族资本”破产、“实业救国”落空，似乎也能在《子夜》里的吴荪甫、《茶馆》中的秦二爷身上找到一些端倪；甚至钮青雨的性格遭际，与香港作家李碧华的《霸王别姬》中“不疯魔不成活”的程蝶衣，也有一种相似……更遑论文中时时出现的今昔对比，譬如豆汁制作现状的浮躁，与陆文夫在《美食家》中通过苏州美食的兴衰来显示政治生活对文化生活的影响有异曲同工之妙。这部书最核心的特质，是通过书写中国人的性情与情义，来凸显中国人的民族性与文化性格。

第一回中，原本可以娶到母亲的“炸开花豆儿”的老纪，在母亲嫁人后念念不忘，后来挑了与母亲长得很像的媳妇。老纪年老后固守南营房简陋的老房子不肯搬迁，为等待远走台湾的兄弟留下南营房的“根”，从中可以看出含蓄隐忍、情感深挚及重伦常亲情等民族性格特质。而舅舅之所以要去起士林“开洋荤”，是因为虽有状元保举，他也认为他的巡警工作干不长，因为他不忍通过一些“缺德”的做法捞取外快，直到自己开了起士林风格的小酒铺，无数次被评为餐饮业的先进，才“理直气壮”地将满墙奖状归结为“起士林精神”，无疑更显出道德在中国社会成员遵循的行为模式方面具有的约束力，远胜于具有国家权力意志及阶级特性的法律。

“上古竞于道德，中世逐于智谋，当今争于力气。”道德治国，不仅是上古先贤或儒家文化的一种理想，也是解决民主政治并不必然保证国家政治具有智慧与道德性质的一种出路。这是一个宏大而复杂的命题，由于五四新文化运动对传统文化的口诛笔伐以及后来的阶级论革命论而被人们羞于提及，而中国人在漫长的宗法社会中早已在道德论的基础上形成了“亲亲”及“尊尊”的文化性格。“亲亲”重温情仁义，尚亲和；“尊尊”重身份规矩，尚恭顺，这是中国人文化基因中的民族特性，在《状元媒》中通过多个人物体现得淋漓尽致，亦通过今昔对比表现出作者对“文化失落的不安”：譬如六姐的女儿博美主动“做小”，让“我”不禁将博美和“人穷志不短”的母亲进行对比；“三岔口”中漂亮的红军女兵吴贞，1949 年后成为“首长夫人”，对父亲摆派头打官腔毫无“规矩”，对因“一贯道”骗人钱财深陷囹圄的大伯大连并无恻隐之心，也可引人深思。吴贞不知“上茶”在老北京文化里有“逐客”之意，身处在那个沙发脸盆都有公家编号的空荡荡的“家”中，从家具陈设到思想语言都与传统文化做着主动的决裂，和沉溺在老旧的思想里毫无改变的婆婆更是从不往来，显示出文化的断层与各执一端，亦显示出中国社会的变化最终应取决于文化的变化，抛弃与固守都不是良好的出路。

书中也展示了中国人重“情义”的特质：钮七爷年老时因寻闺女未向日本人鞠躬被殴打，母亲和父亲捧出家里最后一把米为老人熬粥；大秀为逗爱鸟如命的老人高兴，大雪天扣麻雀，而邻里街坊也纷纷凑趣夸赞钮七爷鸟笼里那几只麻雀；青雨在听说父亲去世后在自己的相貌里“看到了父亲的影子”与“钮祜禄家难以更改的基因”，使得他从容射杀了日本要员。因家破人亡而导致为国捐躯，使国与家、孝与义这些传统道德文化价值凝结成为一股“古来燕赵多死士”的悲慨沉郁之气。王利民从法国回来后担任了工会夜校的教员，纠集“随便抽烟放屁”“全没了规矩”的工人聚会，和其父王国甫这个“资本家”谈反裁员与反减薪，比《雷雨》中周朴园与鲁大海的对立更具主观性。王国甫因不同意军阀将火柴厂改成火药厂的要求，使丹枫火柴厂一夜间被恶意破坏夷为平地，看到匆匆赶来的儿子更是气不打一处来，于是提出了断这“资产阶级与无产阶级的矛盾”，却未料到王利民说“阶级是阶级，血缘是血缘，咱们再怎么对立您走到哪儿也是我爸爸！”

这个“情”字可以说是破解中国文化的密码，中国人崇礼，礼的原始基础是对家庭成员程式化的情感表达，后来又扩展到宗族国家，由“情”衍生出象征责任与道德的“义”。在“情义”的意义上，无论在父子断绝关系书上故意不写“王”姓的王利民（这份文件便没有法律效力，王国甫后来老泪纵横地说这是“孩子给我留面子”呢），还是因集体户中的“老五”不慎跌入自己“为贫下中农打的井”而溺亡自责不已，宁可成为黑人黑户偷跑回北京去侍奉“老五”的母亲数十年直至老人过世的老二，都是“情义中国”的最好代表。

书中也通过七舅爷之口，点明“父亲是性情中人”，这“性情”能使父亲甘冒极大风险、编造谎言哄过母亲，收留被丈夫虐待抛弃的宫女莫姜。莫姜有一股“不瘟不火的心劲儿”，在家中做事极恭顺有规矩，父亲夸赞这个年近六十的老太太“神色清朗如秋水”，而沉稳的莫姜却很欣赏“我”那“毫不遮掩的性情”。莫姜在沉稳的外表下知情知义，早年虐待她的丈夫再次出现时已基本丧失了劳动能力，莫姜却“托身已得所，千载不相违”，尽心尽力地照料他终老。丈夫的义子在“文革”中带头对我家及父亲进行侮辱冲击，莫姜不能对不住对自己有恩义的金家，于是与丈夫从容自尽，令人读罢掩卷唏嘘。作者还用诗一般的语言，为我们细腻描绘了一个与影视剧中完全不同的太监形象张安达。张安达对我家人的报答是“细雨湿衣看不见，闲话落地听无声”，“于悠悠静夜中似有似无，不绝如缕”。他感觉到自己即将不久于人世时来我家“辞路”，赠送太妃赐予的西洋贡瓷给父亲这好瓷之人，都显出深沉的人情之美。

在后记中叶广芩说道：“小说内容本可不出京城，但‘陕北插队’与‘华阴农场’是我这一代人的经历，是绕不过去的岁月，是京城日月的延伸。”其实与其说是“京城日月”的延伸，不如说是以北京这个距离今天最近的故都带给作者的中国传统文化的延伸，那就是情义的延伸。书中有两处细节可堪作为证明这一点的神来之笔，一处是父亲带领全家扫墓时提到“私家坟地不立碑，自家的坟地都是立在后代心里的，一代一代，口口相传，永不会错。”另一处是四十年后，我去陕北看望埋在那里的知青“老五”，却发现仁义的队长发财将老五跟自己埋在了一处，并通过孙女留下话说“自家的坟都不立碑”。这两处前后映衬，表明虽然以血缘关系为社会凝结标准的规矩被打破了，而“乡土中国”中的情义却在文化固守者那里“代代相传”，对于书中另一条有关当下“老龄化”“亲情淡薄”“人们越来越倾向于虚拟交往”等社会问题的叙事线索，恐怕是一剂良方了。

《状元媒》成熟的文学态度还表现在“不为尊者讳”上，写出了有情众生的生活常态。人无完人，中国文化也是一个复杂多元的整体。慈爱的母亲在初见来历不明的莫姜时，就显示出“南营房的心计”来。而父亲及王国甫“整治”儿子的方式也难称具有现代性或人道主义。张安达对他人永远恭顺服从，对自己的义女及女婿却百般挑剔。而父亲为钮七爷办丧事时青雨没有出头，父亲碍于自己非直系血亲的身份只得“吝啬”，因为“情归情，理归理，北京人把这个分得很清楚”，都显示出中国文化的纷繁驳杂，瑕瑜互见，以及“礼制”文化高度发达到一定程度后对“情”的反动。作者毫不避讳，不破不立，达到了高度的文学真实，也达到了人物描写的至高境界“美丑泯绝”——即正反性格因素互相渗透、互相交织以致彼此消融。

从互文性的角度来说，《状元媒》通过京剧传统戏曲文本内涵的影响，使读者获得对中国文学与文化传统的认识，同时在对比中，勾勒出百年间中国人的价值观念、风土人情，传递出对“以往生活细节逝去的无奈和文化失落的不安”，是叶广芩家族历史小说创作的集大成者。

## 第三节　抒情传统与存在关照

2016 年 8 月 15 日，在北京前礼亲王府花园改建的茶馆中，围绕着成长经历与历史文学创作等话题，笔者对作家林佩芬进行了一次四小时的访谈。在谈到被她称为“姑奶奶”的叶广芩时，林佩芬说：“我们祖先的家世雷同，但是我对清朝的‘亡国之痛’和她可能不太一样。”在台湾看惯了“300 年的古建也被当作稀世珍宝”，她对初来大陆时看到“恭王府都被平民占据了，用布帘在走廊隔成房间”有着深深的心痛。受到过台湾“中华文化复兴运动”的影响，林佩芬的写作倾向主要表现为“整理国故”，文以载道，将史实考辨与心理剖析融合，力图做到“博考文献，言必有据”，并全力塑造出一种“知其不可为而为之”的生命情怀：“那是我所尊敬的，却似乎经常为世人所遗忘而有待唤起的一种胸怀！”[①]而居于大陆，一直因为自己的家庭出身抬不起头，人到中年才在机缘巧合下开始写作的叶广芩，则凭借自己丰富的人生阅历与对社会的深入观察“融化新知”，笔下的当代历史细腻又别致。她的写作状态是“写文章时永远没有主题，永远是信马由缰……有时写着写着没兴趣了，立马就能打住，绝不怕有虎头蛇尾之嫌”。[②]可以视作周作人称之为“信腕信口，皆成律度”的“诗言志派”的典型代表。两人相似的是共有的“贵族出身”，造成了不得不离开原生之地，寻找新生之路的“离散”生活：林佩芬的父辈从大陆到台湾，林佩芬自己又从台北到北京；叶广芩自“文革”期间出京到陕西，二人自觉或非自觉的出于传统知识分子“以天下为己任”的政治诉求，因在现实中限制重重而一直处于备受屈抑的状态之中，一腔情志便转换为曲折幽微的抒情表意，所以她们的作品又表现出共同的“有情”的写作立场，富于中国古典文学含蓄的蕴藉之美。

中国现代文学自新文化运动中陈独秀发表《文学革命论》以来，提出推倒“贵族的、古典的、山林的”文学，建设“国民的、写实的、社会的”文学。由于时代的迫切需求，新文学过分否定了中国文学传统的价值，部分混淆了贵族特权（政治层面）与贵族精神（文化层面）的界限，造就了主流文学界对传统文学的激烈否定，文学的抒情功能大大减弱，文学被赋予了强烈的社会意义。而对于阶级和族群的整体定位会影响到个体人物的塑造，“贵族”阶级（有时被等同于“地主”阶级），往往是“没落的、腐朽的、需要被拯救的”对象，对于被时代改变的“贵族”如何在时代巨变中走入现代社会，如何从逃避人生到正视人生，在这一过程中又体现出哪些具有道德约束力的感人故事，则很少有人进行书写。

周作人关于这一点在当时发出了不同的声音，在《贵族的与平民的》一文中他写道：

平民的精神可以说是淑本好耳所说的求生意志，贵族的精神便是尼采所说的求胜意志了。前者是要求有限的平凡的存在，后者是要求无限的超越的发展；前者完全是入世的，后者却几乎有点出世的了。……

---

① 林佩芬 . 天问 · 小说明末（第四卷）[M]. 北京：中国友谊出版公司 .1999:449

② 叶广芩 . 颐和园的寂寞 [M]. 西安：西安出版社 .2010:324

我想文艺当以平民的精神为基调，再加以贵族的洗礼，这才能够造成真正的人的文学。倘若把社会上一时的阶级争斗硬移到艺术上来，要实行劳农专政，他的结果一定与经济政治上的相反，是一种退化的现象，旧剧就是他的一个影子。从文艺上说来，最好的事是平民的贵族化，——凡人的超人化，因为凡人如不想化为超人，便要化为末人了。①

如果说平民文学与贵族文学的精神区别，在于周作人概括的“求生”与“求胜”意志的差异，那么贵族文学在表现个体与外部世界的抗争过程中，极致的喜悦造成生命的飞扬，深切的失落又使人如狂如痴，痛苦与荒凉的孤独感受也就是在所难免的。此等情绪的抒发，形成了中国诗学传统中独有的抒情特质。王德威认为：“五四新文学虽然以打倒旧文学为职志，但对抒情传统其实频频回顾，而且屡有创见。”朱光潜、宗白华、梁宗岱、胡兰成等文人都曾经历新学洗礼，“当他们‘蓦然回首’，从抒情传统中找寻灵感，他们的用心就不应局限在文化乡愁而已。我以为他们站在‘现代’的时间点上，恰恰因为看出建设中国的现在和未来的中西资源（包括浪漫主义、象征主义）有时而穷，才企图回到过去，重新理出脉络，作为与现代性对话的可能。”②王德威认为在现代作家里面，沈从文是最能将这种有情的书写作为抵抗现代性风暴唯一出路的作家，他列举出沈从文曾在家书中以《史记》为例，谈到中国历史的两条线索——“事功”与“有情”：

东方思想的唯心倾向和有情也分割不开！这种“有情”和“事功”有时合二为一，居多却相对存在，形成一种矛盾对峙。对人生“有情”，就常和在社会中“事功”相背斥，易顾此失彼。管晏为事功，屈贾则为有情。因之有情也常是“无能”。……事功为可学，有情则难知！……换言之，作者生命是有分量的，是成熟的。这分量或成熟，又都是和痛苦忧患相关，不仅仅是积学而来的……年表诸说是事功，可因掌握材料而完成。列传却需要作者生命中一些特别东西……即必须由痛苦方能成熟积聚的情——这个情即深入体会，深至的爱，以及透过事功以上的理解与认识。

① 周作人 . 自己的园地 [M]. 北京：人民文学出版社 .1988:14

② 王德威 . 抒情传统与中国现代性 [M]. 北京：生活读书新知三联书店 .2010:34，36

林佩芬与叶广芩的创作则显然也承袭了这一“有情”的写作传统。“贵族”在她们笔下已不再是身份地位的象征，而是代表着那种崇高精诚的文化气息和审美精神，“透过事功以上的理解与认识”，对文化传统重做诠释及择选拥护。《故梦》中陆氏家族在“事功”方面显然不是锐意进取的时代弄潮儿，而“有情”的态度则体现为对溥仪人性化的“理解”。如果说陆正波的“士大夫”身份决定了对溥仪的“尽忠”，那么书中多次出现从陆天恩的眼中看到的溥仪，则是一个可以和陆天恩在普通人性层面上互相映衬与感应的“人”。小说中没有大笔一挥地谴责溥仪的利令智昏、投敌卖国，而是突出了作为一个不到二十岁的青年人，溥仪“亲政”后处在“惊涛骇浪”中的“迷茫”与“彷徨”。他阅历太少，却又充满了年轻人“建功立业”的雄心勃勃，自然信任如郑孝胥与罗振玉等渴望“建功立业”的大臣。不料在冯玉祥逼宫后，与陆天恩一样从小受到深宫女眷“过度保护”“名为丈夫、实为婴儿”的溥仪受惊不已，因为性格的软弱而一步步走向了投敌的深渊……

如有学者认为《红楼梦》中晴雯是黛玉的副本，袭人是宝钗的副本一样，溥仪与陆天恩可以视作一对参差对照的平行人物。作者将主要笔墨用于书写陆天恩的成长经历与情感纠葛。作为与贾宝玉相似的贵族公子，“历史越是趋于末日，这种作为文化象征灵魂的孩子就越稚气，越纯粹。”林佩芬写出了陆天恩“家庭环境不允许”他决定自己“生活理念与生命理想”的失落与痛苦，写出他真心希望一朵花常开不败的“痴”情（与溥仪像一只小鸟般“自由”地骑自行车相印衬），写出父母对他只知要求指责而并不理解的悲哀（溥仪与瑾太妃的疏离），写出他虽拥有齐人之福而妻妾都与他隔膜冷淡的“寂然寥然”的感受（溥仪的情感经历也有类似之处）。以至于陆天恩认为自己和溥仪“都是身不由己，在繁华与失落的交替中轮回，一次又一次地承受着挫折和失败。溥仪所追寻的兴复大业和自己所追寻的完美爱情，在本质上是一致的”。

因此，唯有陆天恩，能够在默默独坐公园凉亭时，以这样一种蕴含情感的态度去想起已经就任伪满洲国执政的溥仪：“第三次拥有‘皇帝’的尊号，究竟代表着什么样的意义？是一次比一次荒凉、空虚、孤独吧？坐在金銮殿的龙椅上，和坐在四下皆空的凉亭中有什么不同呢？实质上都是一样的吧？”①

这种对历史人物的想象与还原，已经超越了新文学流行的意识形态，写出

① 林佩芬 . 故梦（下）[M]. 桂林：广西师范大学出版社 .2010:150

了人生永恒的困境。对于历史人物“何以至此”的解说，给出了合乎人性与感情的解说，是一种“有情”的写作角度。

晚年的陆天恩“总觉得‘皇上’这两个字在我的心里不是代表封建帝制的尊号，而是一个代号，代表心里的感情，对他的感情，以及对旧时代的感情……”以“帝制天下”为核心的贵族门第社会瓦解后，“贵族”对周边的时代环境有何作用，又如何在时代环境中自立自处，成为这部作品社会性思考的重要面向。林佩芬在作品中采用的是将曾经作为中华文化基本结构的宗族孝悌之义推及社会各阶层，作为普遍的人伦规范及道德要求，显示出作者的文化关怀。五四以来的新文艺，往往站在“事功”的角度上，对社会、历史、人生的问题，采用非常理性的分析态度，有时不免因之显得浅显：比如对宣统逊帝及陆氏家族的理解，可能会如前文所言，停留在“腐朽、没落”的层面，而忽视了人物人性内涵的多种层次；比如对沈莲君与周素琴的冲突，就很有可能演化成“妻妾成群”式的争宠夺爱，而磨灭了沈对周基于人道主义的悉心照顾，以及两位女性相伴多年后产生的那种特别而动人的感情。《故梦》在“革命”与“启蒙”的五四新文学传统之外，采用这种中国古典文学传统而“有情”的写作立场，从人物到语言，弥补了从大陆到台湾的空间断裂，以及从传统到现代的时间断裂。历史的无解，最终化归到对文化的无限体认与同情上去。如果说张爱玲笔下刻画的贵族家庭走入现代，更多的是“我们回不去了”的丑恶与颓废，象征文学传统中“情”的失去；那么林佩芬笔下贵族家庭的气节操守、最终走入民间“看天看海”以至于“改朝换代的事都不愿想了”这种海阔天空，则意味着文学传统中“情”的流转，显示了作为一类特殊的“有情”人，如何在时间的巨变中安顿着自己，也延续着中国传统文学与文化的精粹。

在中国文学发展史上，儒家自孔子开启了论诗的传统：“不学诗，无以言”“温柔敦厚，诗之教”“绘事后素”“兴、观、群、怨”等等，展现出贵族的艺术素养。而孟子的“善养吾浩然之气”，则对《文心雕龙》里的《养气篇》大有启发，中国文学自此将知言养气的道德水准与文学水平结合在了一起，也体现出贵族的“求胜意志”。发乎情止乎礼的中和之美是儒家最为推崇的，这也极大地影响了中国古代文学的审美观念。叶广芩的家族系列也体现出笃情重义的文化价值与传统文学的中和之美。《采桑子》“从命名开始的忧伤诗化的叙事基调，不仅映现着贵族世家的心理情感状态，也是作者对曾经叱咤于政治舞台的满族先民所遭逢的历史溃败的情感祭奠”。[①] 遭逢了多次旧文化的挣扎乃至被破坏，造就了叶广芩作品欲说还休的情感基调，恰如小说中的“三哥”所言：“往事无迹，聚散匆匆，泪眼将描易，愁肠写出难，不说也罢。”

在社会的大变革中，贵族家庭的成员挣扎于“守”与“变”的两难之间，所依赖的儒家文化面临着新的文化范式的挑战，小说中的人物对此几乎都有着切肤感受，他们的情感世界也因此复杂而深沉。《雨也萧萧》中的三哥，“一举一动都合乎着世家出身的规矩”，亲生母亲二娘生气时低声下气地跪着将错事全部揽上身，继母生病时亲尝汤药，但是“我的心里对他充满了畏惧，畏惧中又隐藏着说不出的亲切和眷恋。现在想来，这种感觉大约就是宋儒们提倡的‘望之俨然，即之也温’的境界了”。这样的三哥却能够“据孝悌于门外，置手足于不顾”，终生不承认嫁给“相公儿子”的二姐还属于自己的家庭成员。家庭困难时，二姐将商人丈夫的钱送过来贴补家用，却被二娘拒之门外，“我追到西跨院时，只见那妇人正跪在雨地里泪流满面地向二娘的窗户磕头。妇人的衣服沾透了泥水，好像她已经完全不在乎了，她将头一下一下在地上点着，做得一丝不苟。这使我觉得她的礼行得认真而重要。磕完头，妇人抽抽泣泣地拉起她的儿子走出门去，沈继祖脚上那双小皮鞋，也毫无顾忌地踩在水洼中……”这凄凉的一幕一定给幼年的沈继祖留下了终生难忘的印象，以致四十多年后二格格已经病逝，他来请“我”去为母亲送行时，仍旧用地道娴熟的姿势请安问好，惹得大家争相观看。“他说他母亲从小就告诉他，无论什么时候见了金家的长辈都要按旗人的规矩行礼，使金家上下的人都知道，金家的外孙是有教养、懂规矩的良家子弟。我说，眼下民国都过去快五十年了，谁还讲这些老理儿。沈继祖说他母亲的礼教极严，一向教育子孙们以敦厚谦让为处世美德，以爱家爱国为立身根本，他们兄妹几人不敢不听母亲的教诲。”二格格虽然被逐出金家大门，但儒家文化的孝悌之本仍然这样传承了下来。因为“母亲硬朗时常去那里买花”，沈继祖冒着花店关门的风险也执意要去崇文门的花店看看，感情的细腻与坚持令人动容。而在“文革”中甘冒极大风险替二姐保存金镶珠石云蝠帽饰的三哥，在经济改革的浪潮中，已经蜕变成用家传的古玩知识坑骗大众的自噬其心者：“老三说，世态炎凉，年华逝去，置身于市井之中，终难驱除自己身上沾染的俗气；然而厌恶俗气的同时又惊异于以往的古板守旧，苛求别人的同时又在放松

① 季红真 王雅洁 . 衰败文化中的家族、历史与自然——论叶广芩的小说创作 [J]. 南开学报 ( 哲学社会科学版 ),2010(6):24-30

着自己。检束身心，读书明理已离我远去。表面看来，我是愈老愈随和，实则是愈老愈泄气。我自己将自己的观念一一打破，无异于一口一口咬噬自己的心，心吃完了，就剩下了麻木……”[①]这种沉痛的“自知”令人惋惜，亦发人深省。

叶广芩往往能够将感时忧国的大叙述与穿衣吃饭的日常生活巧妙地熔于一炉，表达出另外一种历史的律动，与之相谐的是作品中的悲悯之情往往隐藏在深挚含蓄的叙述笔调中。《瘦尽灯花又一宵》中的舅姨太太大半生都在盼望出走的养子宝力格回来看望她：“舅姨太太在我们家永远有客居之感，她不愿意麻烦母亲，生活力求自理，甚至还要帮母亲干些家务。九十岁老人的能力，谁也不敢指望，我们劝她只要老老实实在房里待着，茶饭自然会送到她的手上，她仍是不安，一听到脚步声脸上立即堆出笑，以便让我们看到她的满足和感激，那情景让人心酸。”在她以百岁高龄去世后，看了舅姨太太记事本的满文“大学问”老师满眼是泪，因为“老太太详细记录了她每天吃了些什么饭，你们给她买过什么零碎……这是一本流水账。我说，老太太记这个干什么？老师说，她让她儿子宝力格将来折价如数偿还。”孤苦而善良的老人的形象跃然纸上，而这样的老人又是旧式老人的缩影。同样令人感到心酸的还有《醉也无聊》中醉心酿酒与修道的老姐夫完占泰，困难时期便常常“辟谷”，将粮票省下来分给“我”，甚至已经和他离婚的五姐。无思无虑、形神两忘的贵族出身的老姐夫，因这份淡泊超然而得享天年，并带给书中的“我”一种少有的温馨愉悦之感：“北京难得有这样晴丽的夜晚，天上有星在闪烁，仲春温湿的空气中传来槐花的清香。我在从小便熟悉的胡同里走着，已经可以望见老姐夫家那油漆斑驳的门。我的心里满是静谧与温馨，极其舒适惬意，人有这样心境的时候不是很多的。”在变动极快的世界中，老姐夫贵族出身的“求胜”意志并不是直指世俗意义上的“成功”，而是历经磨难却不改其赤子之心，与欲望化的世界疏离而带来的高贵情操，也代表着作者的审美理想，凝结着叶广芩这一类知识分子复杂的自我认同。这些自我认同隐约游离在新中国知识分子的角色认定之外，渗透进了传统文化的伦理价值，并呈现为“今非昔比”的哀婉叹息。“贵族文学”在林佩芬与叶广芩笔下，不再意指社会学意义上的“贵族”，而是指向了平民社会中的以文化属性为区分的个人灵魂及意志，并最终关乎存在意义上的审美关照。在对中国文化传统重做诠释及拥护的相似立场上，林佩芬侧重于推广关怀，叶广芩

① 叶广芩 . 采桑子 [M]. 北京 : 北京出版社 .2009:89

则偏重慨叹深省，这当然与两位作家所处的历史文化环境密切相关，从中我们也能对中国文化现代性的身份认同问题展开进一步的思索。

## 第四节　语言与意象的文化美境

1917年蔡元培出任北大校长赴京之前，在上海爱国女校发表演说时，曾认为民国既已成立，改革的目的已经达成，如果要落实爱国精神，不在提倡革命，而在养成国民的完全人格。随后他在北京驳斥了定孔教为国教之议，而提出道德养成与宗教无关，与美育关系甚大，提倡以美育代宗教。在著名的《以美育代宗教说》一文中他认为知识与意志都取决于人的理性作用，而能够近似于宗教天然而生的情感作用的唯有美感。古人早已明白利用自然之美去感动教化人的效果，所以宗教建筑往往选址在山水绝佳之地，用古木名花、崇闳幽邃的殿堂与精致造像、瑰丽壁画引人入胜，心生喜悦折服之感。但美感慢慢因为宗教的刺激作用而脱离它的影响，成为纯粹的陶冶熏陶优美人性的途径：

纯粹之美育，所以陶养吾人之感情，使有高尚纯洁之习惯，而使人我之见、利己损人之思念，以渐消沮者也。盖以美为普遍性，决无人我差别之见能参入其中。隔千里兮共明月，我与人均不得而私之。中央公园之花石，农事试验场之水木，人人得而赏之。埃及之金字塔、希腊之神祠、罗马之剧场，瞻望赏叹者若干人，且历若干年，而价值如故。……美以普遍性之故，不复有人我之关系，遂亦不能有利害之关系。①

如今文学所处的社会历史环境，与蔡元培那时相比又发生了新变。工业化的进一步加深加剧了人的异化现象，物质上的消费主义泯灭了人的审美能力及情感发育："文学上已失了感情上构成故事的才能，只可以犯罪推理小说的物理旋律来吸引读者。连这个也怕麻烦了，继起的是男女肉体的秽亵小说，但这也要过时，因为秽亵虽然不用情，但也要用感，现代人是连感官也疲惫了。"②中国古代文学传统的典雅表达和写意性已经有所改变，当代文学表达上的随意和

① 蔡孑民.《新青年》(第三卷)[M].陈独秀 李大钊 瞿秋白主撰.北京：中国书店出版社.2011:396

② 胡兰成.中国文学史话[M].上海：上海社会科学院出版社.2004:38

粗粝比比皆是。如今再去审视蔡元培的美育代宗教说，联系到百年间中国人对自己的历史文化的多次毁灭性破坏，造成了今日国人文化教养和国民性格的粗鄙急躁等具体表现，不能不使我们重新看待蔡元培的美育观，这也许是中国文学与文化恢复民族特质的出路。

林佩芬与叶广芩那充溢着翰墨书香的家庭氛围，从小浸润在琴棋书画中的教育经历，形成了她们典雅蕴藉的语言风格。林佩芬清逸雅致的语言与意象运用，与凌叔华等民国以来的闺秀作家常有相似神韵。而阅历丰富的叶广芩则更近似于杨绛的明晰沉静。现代著名评论家李健吾曾这样论述杨绛的文学风格："杨绛不是那种飞扬躁厉的作家，正相反，她有缄默的智慧。唯其是有性静的优美的女性的敏感，临到刻画社会人物，她才独具慧眼，把线条勾勒得十二分匀称。一切在情在理，一切平易自然，而韵味尽在个中矣。"①叶广芩的文学语言有时看起来平淡沉静，然而经过锤炼与漂洗的语言，却有着巨大的表现力。两位作家作品中文化内涵丰富的意象，不但使作品光华内敛，予人以美的享受与传统文化的熏陶，同时也在审美范畴中承继了中国古典文学的艺术至境。

《故梦》对中国文学传统的承继，在人物情节、角度布局与语言经营上有浑然一体的表现。作品中的语言充满了温柔敦厚之美，古代诗文掌故信手拈来，多次用李煜的诗文来暗示溥仪的处境与心境；众多女性人物的名字也具有古典美学雅致的韵味：秦燕笙、汪莲君、周素琴、姚芷英……"黛绿年华"的汪莲君"秀美端庄得如一株清莲，芳洁自属、不染纤尘"，与此等外貌相配的是写得一手"端庄秀逸"的好字；嫂嫂姚芷英家里"布置得清新雅洁，米白色的桌巾配着浅茶色的椅套，墙角是绿意盎然的盆栽，墙上悬着一幅明代吴彬的工笔花鸟"。而为妹妹汪莲君准备的房间"清雅中又多了一份柔美，整体的色调是极浅的粉红色，窗帘、枕套、被套配的是白底绣莲花的图案"，这样的居所描写很好地烘托了主人公的性格气质。

与张爱玲善于描写酒店与公寓等更为"现代"的居所不同，《故梦》中着力渲染的是富于古典园林意趣的陆府，老爷窗外种着绿竹，而夫人房外则遍植兰花，取"竹有节，兰有芳"之意，通过这些文化意象透出高度的教养与情操。陆府藏书楼"清平阁"则更是成为全家人念兹在兹的精神象征，并通过秦燕笙手绘的那幅清平阁的铅笔画，将这份濡慕传统文化的情怀传递给了汪莲君以及

① 孟度.钱钟书、杨绛研究资料集[M].上海：华中师范大学出版社.1997: 661

陆海棠，使她们因这种记录历史传承文化的使命感始终联结在一起。陆天恩在台湾找到了“安居乐业”的新生活，做了一个努力积攒薪资却赶不上房价上涨的“普通”人，却在寻找去紫云寺读经的汪莲君的路上，因撞到终究无法回避的历史而“热血倒流，心潮澎湃”：“绿竹漪漪，这不就是北京故居里的无为斋吗？”无为斋正是陆正波为自己书房所起的名字，读者也便随着这种“有情”的意象去追忆陆正波的君子之风与对陆氏子孙的期望，获得传统与现代，大陆与台湾比照的无限苍凉之感。

在语言上，不知是不是因为先创作剧本后写作小说的缘故，《故梦》有部分的“画外音”或心理分析性的旁白略显冗余，如“而姚清风和汪华却是一脚跨入陆宅的客厅，先感受到一股无形的深重的历史感和文化风习”。陆夫人为汪莲君介绍蒙古的风景时，在一段非常清新优美的写景文字后，又有“每个人都认为自己的出生地最美，陆夫人更是将自己尘封多年的记忆都翻寻了出来，情怀非常真挚”这样的议论；文中多次出现类似“秦朱氏更毫无所觉，一样没有注意到女儿的眼神中多了一份迷离，也就更想不到该帮助她防止悲剧发生”“汪华笑容满面地看着她，心中和她一样高兴，也和她一样丝毫没有体会到，这又是命运在捉弄人”之类情节发展的暗示。这些暗示作为旁白伴随着镜头语言运用在影视剧中是可以的，但用在书面文学作品中则替代了读者自我想象与品味的空间，若改为西方意识流的写法又似乎与整部作品的古典气质不太吻合，所以如果能够借鉴古代小说白描式的写作手法，即通过人物自身的行为动作和语言描写来暗示，可能会显得更有余味。同时，陆天恩作为贯穿上下两册作品的核心人物，一生的经历非常纷繁复杂，小说中已经能够看到陆天恩前半生作为“贵族公子”与后半生在台湾成为“普通船员”语言上的区别，是不是可以考虑将他的口语写得更有地域与时代特色一些？譬如在北京时期更富有老北京语言的神韵与特色，而在台湾时则有一些台湾口语的质感。当然，对于作家来说，年少时所处地域的语言资源可能会成为终生写作来源的宝库，从反面来说也会形成一种制约，就像叶广芩在陕西经历过四十余年的生活后，还是“在没有陕西人的地方”才敢说陕西话，而运用北京方言对她来说显然更得心应手，于是我们也不必求全责备。

中国语言注重风格韵味与整体把握，以神统形，在叶广芩的作品中，诗化的语言与丰富的传统文化意象往往有机结合在一起，在以情动人的同时给予读者文化的积累与享受，使读者陶醉于这种文化美境之中。

起酒是件很有意思的工作，熟后的酒，渣液混合，有米在酒中浮泛，饮时需用布滤过。“倾醅漉酒”，这是个很文明的词儿，且不说这词儿，仅这个过程的本身就是件雅得不能再雅的事情了。明朝画家丁云鹏有幅《漉酒图》，画上男子神清目秀，长髯飘逸，在柳树下和他的小童儿扯着布滤酒，他们周围黄菊盛开，湖石罗列，石桌酒壶，鲜果美馔，那情景就跟我与老姐夫滤酒一样，不知是明朝人照着我们画的，还是我们跟画上学的。[①]

这样的语言使人有阅读欧阳修的“秋声赋”或《老残游记》中著名的黑妞白妞美人绝调的片段一样，充盈着中国古典文学的渊雅与隐秀之美。又如《谁翻乐府凄凉曲》中，爱戏成痴的大格格在儿子死后，“在房门外的腊梅树下浅浅地用小煤铲挖了个坑，就把孩子搁进去，用土掩了”。问她为何草草处理，她说：“梅花树下是绝好的安息之地，只怕她将来没有她儿子这样的福气。《红梅阁》里的李慧娘，《江采萍》里边的梅妃，《牡丹亭》里的杜丽娘，死后都是埋在梅树下的，‘索坐幽亭梅花伴影，看林烟和初月又作黄昏’，多好的意境啊……”这一“梅树”的意象贯穿古今，成为大格格以身殉艺的象征物：“在那棵散着清香的梅树下，我好像听过轻轻的，断断续续的吟唱。”梅树寄托情志，留给读者的是哀矜与遐想的回味。

叶广芩运用古典文学典故或意象来升华的人物，还有《梦也何曾到谢桥》中的谢娘。唐宋以来的诗人常用“谢娘”代称恋人，一种说法是“谢娘”指因“未若柳絮因风起”而号称“咏絮才”的一代才女谢道蕴，另一说指唐时名妓谢秋娘。既然“谢娘”象征着善解人意、温柔体贴的恋人，她所伫立候归的“谢桥”也就成为一种情感缱绻的象征。北宋诗人晏儿道曾在《鹧鸪天》中记载了一次春夜宴会的情事，就用到了“谢桥”：“小令尊前见玉箫，银灯一曲太妖娆。歌中醉倒谁能恨？唱罢归来酒未消。春悄悄，夜迢迢。碧云天共楚宫遥。梦魂惯得无拘检，又踏杨花过谢桥。”与这些词人雅士不同的是，《梦也何曾到谢桥》中父亲寻访的谢娘小院，已经是位于桥儿胡同的一处贫民居所了：“这片地面，家家都打袼褙，家家都吃杂汤面”。谢娘是个“四十岁左右的白净妇人”，“脑后挽了个元宝鬏儿，穿了件蓝夹袄，打着黑绑腿带，一双蓝地儿蓝花的绣花鞋不沾一点儿土星，浑身上下透着那么干净利落，透着那么精神。”清爽利落地如同

---

① 叶广芩 . 采桑子 [M]. 北京：北京出版社 ,2009:217

汪曾祺的《受戒》中的英子娘。而谢娘的家在朴素中也透着清爽可人："屋里跟谢娘一样，收拾得一尘不染，炕上铺着白毡子，被卧垛垛得整整齐齐，八仙桌上有座钟，墙上有美人画，茶壶茶碗虽是粗瓷。也擦抹得亮晶晶的，东西归置得很是地方，摆设安置得也很到位。"[①] 这样一个家常随和的谢娘家，才是父亲心灵休憩的归所。父亲疼爱谢娘的儿子六儿，是因为六儿与"我"早夭的六哥一样，头顶长着两只"角"。六儿天生对美有着敏锐的感知力，即使是打袼褙也精益求精："六儿对我的参与呈不合作态度，常常是我递过去一块。他却将它漫不经心地扔在一边，自己在烂布堆里重新翻找，另找出一块补上去。开始我以为他是成心气我，渐渐地我窥出端倪，他是在挑选色彩。也就是说，六儿不光要形状合适，还要色彩搭配，藏蓝对嫩粉，鹅黄配水绿，一些烂七八糟的破烂儿经六儿这一调整，就变得有了内容，有了变化，达到了一种出神入化的境界。"这与张爱玲"葱绿配桃红"的参差多致的美学趣味有异曲同工之妙。在叶广芩笔下，旧式大家庭的深宅大院，与平民百姓的小门小户常常能够这样水乳交融地联结在一起。尽管谢娘身份特殊，"我"还是在她的丧礼上偷偷将一块父亲的扇坠为她搁在身旁，而父亲身故后，在他生前一直冷口冷面的六儿连夜为父亲赶制了精美的装裹……这一切的产生仍在一个"情"字，情使有情众生无形中超越了阶级、风习、文化乃至历史，这也是中国传统文学的要义。

情与物交融在一起，构成叶广芩作品特有的文化美境，其中的人生感慨，恰如梁启超先生评纳兰性德那首同名词作为"时代哀音"一般，"眼界大而感慨深"。然而，作者终能在没落沧桑中寻觅到释怀的因素：

悠悠箫声浸润在清凉的夜色中，吹的是《满庭芳》——《梦中缘》中一段。那细腻清丽的曲调，将门外喧嚣的声浪隔断，把世界变得水一般静。小院里树影婆娑。东侧粉墙依然，西侧紫藤依然，只是那粉墙已然斑驳，紫藤已显零乱，月光下，显出难以掩盖的破败来。

花厅亮着灯，箫声从里面传出，使人有隔世之感。然而利用游廊巧妙改建成的小厨房和里面散溢出的肉末儿炸酱的香气，则给这《满庭芳》平添了一层戏谑浪漫之气。

---

① 叶广芩．采桑子 [M]．北京：北京出版社，2009:38,262

这样的箫声属于《采桑子》中的七哥舜铨，“人未到，声先闻”，几乎已经成为儒雅持重的舜铨的标准配置。注重亲情的七哥即使面临心上人跟随大哥离开的悲剧，也能一辈子不出恶声。晚年病重时，面对大哥两万美金的补偿，他将信封置于桌上，起身说：“我虽不富，然凭一技之长足以养家糊口，大哥这钱还是收回去吧。金家‘舜’字辈，你我兄弟十四人，除早殇者外，成人者十又有三，十三人所走道路不同，结局亦各相异，如今，在世者也就你、我、她三人了，十三个兄弟姐妹，虽山水相阻，幽明相隔，但亲情永存，血脉永连，这情谊决不是两万块钱所连结的！”[①]“后杨州贵势当朝，玄季尤以素情自处。”充分显示出君子喻于义的儒者风范。在如何处置家传的绿菊铁足凤罐时，舜铨坚持捐献国家，填补中国陶瓷研究的空白：“他说，以钱而计便玷污了国宝，怎能俗到如此地步？此绿菊铁足凤罐产于宋建炎二年官窑，因泥胎配制特殊，罐底露胎部分呈赤铁色，质硬似钢，击之发金属音，其色与绿菊色相近，来自天然，与哥窑的豆绿和清代雍正御厂仿烧的豆青又不同，绿中暗含水汽，流光溢彩，变化无穷，极为罕见，是宋瓷绿水釉中仅存精品。一窑百件，成者有二，一大一小，大曰龙罐，小曰凤罐，官窑所制，大部分专为皇室。物以稀为贵，仅此两件作为传世，再不烧制。建炎三年，金兵南侵，高宗仓皇南逃，所遗甚多，绿菊铁足龙凤罐在所难免，由此落金人之手，流入北国。后因长期辗转，下落不明，瓷史虽有记载，终未见龙凤罐实物，作为研究南宋官窑的重要实物资料短缺，实为遗憾。不想启祖父之坟，使凤罐重见天日，这实为中国陶瓷界一大幸事。可惜，以后运动接连不断，瓷罐虽在，总无机会献出。今我来日无多，想必大限之日便是凤罐曝光之时。”[②]这一饱含历史文化信息的凤罐也成为了舜铨对身外之物洒脱超然的君子之风的象征。在给“我”指引去祖坟之路时，“他说自‘文革’后再未去祖坟祭奠过，但祖坟的情景却时刻萦绕在心，群山雄峻，旷野凄迷，老树无言，草衰阳西……‘金凫几经秋叶黄，暮鸟夕阳摧晚风’……我明白，舜铨印象中的祖坟景致，实则是宋朝无名氏名画《秋山游眺图》的一部分。这个对艺术追求了一辈子的画家，至今仍没有走出中国国画的意境，没有挣脱传统艺术观念的束缚，对祖坟的虔诚与对中国文化之美的感动，作为情感体验和艺术造诣而互为混淆，达到了迷狂的程度。”[③]

① 叶广芩 . 采桑子 [M]. 北京 : 北京出版社 ,2009:301

② 叶广芩 . 采桑子 [M]. 北京 : 北京出版社 .2009:315

③ 叶广芩 . 采桑子 [M]. 北京 : 北京出版社 .2009:317

如果说钱钟书在《围城》中对“一开笔就做的同光体”、内人擅画“在很多老辈的诗集里见得到题咏”的“斜阳萧寺图”的董斜川，报以“遗少”的评判眼光而忍不住揶揄嘲讽，是不由自主地采用了五四以来知识分子“弃古”的价值观，那么叶广芩则在以七哥为代表的众多人物刻画上采取了“复古”的文化立场：“舜铨说，看来人作派举止也是个文化人，是知书达理之辈。非市井无赖。即使人家认亲认错，在言语上也不能慢待讥讽，大贤何所不容？不贤何其拒人？况且这个家对不起姨祖母，禁锁多年，烂棺薄葬，其后人若真认真起来，我等也无语相对。我说，您真信他是姨祖母的什么后人？舜铨一笑，说，亲朋之间，居心宜直，用情宜厚，后人与非后人，亲戚与非亲戚都无关紧要，古今如梦，何曾梦觉，不妨糊涂一些，不必那般小家子气。”① 近代以来，随着古典中国“文化中心”荣耀的失落，中国被迫参照着西方的现代模式而重塑民族自我。经过百余年的发展，如今的中国需要重建中国文化重心，并对世界发出自己的声音。在中国由民族国家向文明国家迈进的当下，在温柔敦厚的古典传统百年间几近被连根拔除的价值真空状态中，在文本的召唤中恢复这种克己复礼、反求诸己的儒家心性之学，则成为林佩芬、叶广芩这样的作家的使命与目标，并通过广泛借鉴、吸收古典文学中的美学形象来推动这一目标的具体实现。从实际效果来看，这两位作家在写作实践中既恢复了汉语自古以来的美学魅力，又能在其中贯穿对新的历史时代所带来新的生存体验的表达与思考，并能运用传统文化参与现实以生发新的内质，这都为当下的文学创作提供了诸多有益启示。

① 叶广芩 . 采桑子 [M]. 北京：北京出版社 .2009:321

# 第六章 历史文化的多棱图景

中国过去一个世纪的经历，有无数的纵横曲折，黄仁宇将这百余年中国社会历史的发展视作人类历史上最庞大的一次革命：北伐与抗战替新中国创造了一个能够独立自主的高层机构；而毛泽东及中国共产党领导的土地革命，则剔除了乡绅、地主、保甲在农村的经济垄断，使社会上下层都具有了平均发轫的机会；邓小平主持的对外开放与经济改革则使中国逐渐脱离了旧式农业管制的方式，进而采取了商业原则与数字管理作为社会组织结构的根本。这三个历史阶段，每一阶段的成果都为后一阶段的工作提供了基础。在社会内各事物可以自由而公平地交换的大前提下，人与人之间的关系也越来越多元化。在这一无可抗拒的历史进程中，文化的变动与经济政治的变动相比，显得缓慢而复杂。从大陆到台湾，从北京到长安，林佩芬早年的小说作品《洞仙歌》，与叶广芩的《去年天气旧亭台》《全家福》及《茶馆》，则分别为1949年后海峡两岸的凡人人生，记录了这段历史的多棱图景。

## 第一节 漂泊者的孤独与历史追问

经过漫长的日据时期和两岸的政治隔绝时期，台湾文学一直有一种强烈的“孤儿”情节。“作为现代中国文化主流的关怀民族与人民的五四传统已经在台湾完全断绝，作为国民党统治基础的意识形态，如反共抗俄、解救大陆同胞、实行三民主义、维护中国文化等等，事实上并不能真正地吸引人心。”[①]思想上的“真空”状态，造成了台湾新知识分子一度将以美国标准为尺度的现代化思想，作为可以接受的意识形态。无论身在台湾还是负笈美国，台湾文学都笼罩

① 吕正惠．战后台湾文学经验[M]．北京：生活·读书·新知三联书店．2010:19

着浓郁的“离散”情结：居住在故国之外的人们的生存状态，与因政治原因不得不背井离乡的无奈之情，这种“悲情”的情绪母题在白先勇的小说集《台北人》中达到高峰。“从《台北人》看，白先勇用自己的心触摸到的历史魂魄大致是历史的苍凉感和无常感。”①林佩芬的成名作短篇小说集《洞仙歌》，与《台北人》最为神似的，也是这种历史的沧桑与无常感。然而，出生于1956年的林佩芬，与出生于1937年的白先勇，事实上毕竟是两代人。因此，《洞仙歌》可以视作《台北人》的续篇，在台湾定居后的“台北人”下一代所经历的历史遭际。

《洞仙歌》的创作时间跨度四年，共由十篇短篇小说结集而成。与《台北人》中的尹雪艳、金大班、钱夫人、娟娟等“风尘女性”相比，刊登于1977和1978年台湾《中央日报》副刊的《洞仙歌》《如梦令》，则表现出传统闺秀文学清丽脱俗的理想性与纯洁性。《洞仙歌》中的端木芙，因为自己唯美而柏拉图式的爱情观，错失了挚爱的恋人并眼看他成为自己的妹夫。十多年来端木芙沉浸在廿五史、《十三经注疏》和《全唐诗》《全宋诗》等书本打造的囚牢中，成为广受学生好评的古典文学教授。然而生命的空虚感使她不顾一切地踏上了南下“看望”妹妹的火车。林佩芬在这篇小说中运用的精美意象，如不同时期的月色、那“粉蓝色褪成苍灰”的一摞情书、去南部时端木芙特意换上的“柠檬黄对着珠灰色的方格子洋装”，以及过早到了妹妹家门口后在豆浆店打发时间时那“桌面上溅湿的雪白的豆浆沿着桌角迟缓地流淌下去，一点，一滴，一年，两年……”都有张爱玲作品中的神韵。端木芙泼洒的豆浆，和曹七巧倾倒的酸梅汤，都暗示着她们青春的流逝与爱情的苦痛。与曹七巧不同的是，觉得“一生都虚度了”的端木芙，在妹妹全家因车祸去世，只留下一个小婴儿的时候收养了这个婴儿，看着他“两丸水晶缸里盛着水的圆墨珍珠”，她感到了心灵的平静与生命的意义。显然，林佩芬在竭力超越张爱玲式的虚无感。《如梦令》中，少女孟无痕从一开始不理解“完美”的继母为何用了几十年心血来养育自己和哥哥，到生日那天戏剧性地经历了成长的烦恼，发现自己一直投射爱情幻想的少年正在举行婚礼，而顿悟了继母对父亲及自己兄妹的爱，则将超越生命虚无感的出路寄望在了人与人之间的“爱”字上面，类似冰心小说中“爱的哲学”。这两篇小说虽然在刻画心理方面幽微深入，尤其在意象运用方面细腻典雅，很有民国时期凌淑华等闺秀作家作品的文采，但还不够独具个性。

① 转引自余秋雨．世纪性的文化乡愁：《台北人》出版二十年重新评价．台北人[M]．桂林：广西师范大学出版社．2015:259

从《洞仙歌》中的第三篇《一剪梅》开始，林佩芬真正形成了自己创作的基调与主题：挖掘出“台北人”及他们下一代之间生命深刻的孤独本质。如果说《洞仙歌》与《如梦令》中的孤独感尚属青春期特有的孤独，之后的作品则揭示出对儒家文化拒绝孤独的一种超越性，并展现出各种层次的生命孤独感。儒家文化中的五伦关系，君臣父子等等都提醒着人们在与周边生命产生关系时，是不应该具有孤独的恐慌的，而林佩芬则恰恰首先颠覆了这种伦理亲情，展现出社会现代化进程对中国传统伦理文化的冲击。在《一剪梅》中，宇文老先生曾经是西南联大有名的才子教授，面对父亲退休后的心智退化，女儿宇文冰心感受到的是与父辈的隔膜，生命的衰败与毫无意义。七十八岁的宇文老先生不断给女儿讲述“大陆外公家的梅园”，日复一日地在纸上的方寸天地中吟哦“只如今，梦残故国，消尽香魂；何日江南重到，赏横塘疏影，暗月黄昏？”然而与白先勇的《台北人》中有类似经历故而心领神会的同龄人不同，身为子女辈的宇文冰心在事父至孝的同时，却对丈夫吐露出心声：“只有我们自己明白，我们对爸爸，是同情心胜过了爱心。我们耐着性子一遍遍听他回忆往事，是因为知道他已经‘去日苦多’了。我们关心他、照顾他，可是，我们根本不了解他，我们也没有办法进入他的世界。”冰心和丈夫给父亲端杯茶时都采用了敬语，却显示出礼节背后缺乏生命气息的既不亲也不疏的尴尬状态。小说结尾处，冰心腹中的孩子即将出世，而宇文老先生则渐渐走向了死亡……在生与死的搏斗中，死亡展现出生命最本质的孤独与无法克服的宿命，而这与儒家文化中“未知生，焉知死”的回避态度是背道而驰的，体现出当时台湾文学在现代主义影响下对生命本质的探求态度。

到了《大登殿》中，“台北人”与下一代的隔膜则通过尹秋水和女儿纤纤对待京剧的不同态度来象征。早年在大陆是一代名伶的尹秋水虽然已经风光不再，因背负了太多时代沧桑，“背已经弯成了一张弓”，为了女儿大学剧社一年一度的公演，还是来帮助女儿化妆。在剧社她偶遇到“早些年在大陆扮戏一绝”的王师父，已经成了一个“蜡黄苍褐的斑白半秃”的老人，成了女儿和同学口中“精神有点不正常的人”。尹秋水一边叮嘱女儿上台前“赶紧再对对词儿”，一边不由感慨“有谁还会把一辈子的心血都耗在这上头？”戏开场了，舞台上的胡琴诉说着千古不尽的凄凉。尹秋水“仿佛看到了自己，在舞台上，飘曳着，飞舞着，回旋着，跪低、升起、倒行，长长的水袖缠绵着掩抑着悲凉的古乐，从楚虞姬到汉明妃，从白蛇到苏三，歌不尽的悲欢离合，唱不完的阴晴圆缺……”

舞台上的千载历史，使“拖着一把弯成弓的腰”的尹秋水产生了“平生万事，那堪回首”的感慨，不觉失声叫喊了起来，被年轻的男学生搀扶到化妆室：“地上满是果皮纸屑和空可乐瓶”，看到仍在喃喃自语的王师父，尹秋水忍不住喊道：“再给我扮一回。”大陆赴台的“台北人”第一代，与成长在工业化发展时代的子辈之间，稳定的文化价值观念被似是而非的速成快餐取代，显示出作者对传统文化没落哀悼之情。

《焚香记》则详细揭示出这种文化没落的过程，小说中梅教授的原型来自台大历史系教授方东美，而学生易秋湖则是与陈鼓应等方东美学生同龄的下一代年轻“学者”。梅教授与梅夫人采蘋初识在“那严寒的北地”，梅教授的眼镜片“厚得仿佛背负了五千年的历史”，用自己的博学征服了采蘋，师生间的恋爱如诗歌般美丽，梅夫人很快就与梅教授成婚。然而小说开场时，梅教授已经在台湾去世，梅夫人“仿佛是隔着窗纱看月亮；记忆在这里老去了”。与张爱玲在《金锁记》中，用一幅金绿山水屏条变成了丈夫的遗像，来显示十年时光的流逝相似，林佩芬也运用了蒙太奇式的剪辑手法，使“梅师母”这个称呼，成为从热闹的婚礼到丈夫身后独自接待学生的场景过渡载体。易秋湖作为梅教授已经毕业多年的学生，恰如当时许多台湾的年轻学子一样，已经在美国定居了二十年。这期间他放弃了梅教授教导的在历史研究中寻求永恒与自新之道的追求，改学地质专业，自称自己为“一逃就逃了一生”的逃学学生。虽然每隔几年便挤出几本著作敷衍美国学校，混到续聘的资格，但那种“十年磨剑，五陵结客，把平生涕泪都飘尽”的老来余恨的心理则时时噬咬着他，看望梅师母成为他纾解心情的一种方式。但是他也无力解决梅教授的著作还是不能出版的问题。“学生多，意见也多”，有些学生不肯交出梅教授的遗稿，与史学专著的销量不佳都影响了梅教授思想的继续传播，也象征着“中华文化的花果飘零与灵根自植”的艰辛而曲折之路。

《焚香记》与白先勇《台北人》中的《冬夜》极为类似，同样是阴冷的台北冬夜，同样是滞留台湾与负笈美国的学者，时代的主潮是“外来的和尚好念经”，中国人的学术自信降至五四以来的低谷状态。唐君毅先生在《说中华民族之花果飘零》一书中，不无沉痛地记载了当时这种现象：

另一方面，学术界人心所趋，则不只以西方之学术思维为标准，以评判中国之学术与文化，乃进而以中国学术文化本身之研究与理解，亦应以西方之汉学家之言为标准。于是纯中国学者之地位，亦赖他人为之衡定。

新亚书院的研究所有几个学生，实际上他们现有的对中国学术的知识，乃由他们自己多年的努力所积累。然而此间的一般社会与教育界，却不加以承认。他们到外国之某大学住一二年，实则除了学些英文，与看一些参考书，并对于其自己的学问未增加多少，至少不是外国之汉学家那里得了什么秘妙。然而归来则立刻有三倍其原薪以上的职位。至其他亦有差不多的对中国学术上之努力与积累工夫的同学，因无此机会出国，便只有默默无闻。此代表的是什么？此只代表整个社会之风气与教育界之风气，是以他人之标准为标准。①

与《冬夜》中的余钦磊与吴柱国不论身在台北还是美国，都违背了自己在“五四”中的行为初衷不同，面对知识分子不断平庸化的现实，林佩芬在小说中则怀抱着孟子所谓“所过者化，所存者神”的精神，在中华文化面临巨大考验与转型的时刻，仍然抱持知识分子应该淬砺奋发、兴废继绝的使命感，是因为作家此时已经形成了根基性地向历史做出属于自己的交代的心愿职志。知识分子究竟所为何来，一生何求，以及是否真有求仁得仁之可能，在《焚香记》中还是通过梅教授与易秋湖两代师生之间的对比映照出来，在《红豆词》中则落实为音乐教授文若愚虔心整理“中国音乐史”的文化自觉。文若愚五十多岁尚未成家的情欲孤独，与记者艾秋在风光明媚的外双溪畔的一段神交之恋，都及不上对整理先民文化遗产，引起“民族自觉”之心的渴慕。《鹧鸪天》中，五十年前从政的姚老先生经历过许多近代史上的关键阶段，一生“但求无愧于心，无愧于天地”，“哪里是那些做官做成水晶猴子的人能比的？”退休后，面对生命流逝的荒凉之感，他又捡起笔来从事回忆实录的著述，并且拒绝新闻记者的访问，也不透露大纲和提前发表已经写好的部分，种种努力都是为了“孔子作春秋使乱臣贼子惧”，为后世留下一份“不悲不叹、不为私情、不为自我”的历史实录，生命的孤独与死亡的恐惧在这里都奋发为“天地间的一股大气”，至此，林佩芬已经从《洞仙歌》中的早期作品提出了现代意味的伦理孤独，又回归到了儒家文化的核心价值当中。

儒家文化中知识分子感时忧国的使命承担，集中体现在《仕女图》这篇小说中，这篇作品是台湾当代历史的一段缩影。蒋勋在《孤独六讲》中回忆自己

① 唐君毅 . 说中华民族之花果飘零 [M]. 台北：三民书局有限公司 ,1974:56

年少时台湾的政治氛围可堪佐证："在战后的戒严时期，台湾没有机会了解所谓的社会运动，在戒严法里即明文规定不能罢课或罢工。所以在法国对学运的所见所闻，对我自己是一个巨大的撞击，而这个撞击牵涉一个问题：如果所谓的民主来自每一个个人对于所处的政治、社会、文化、环境的个人意见，那他应不应该有权利或资格表达他的意见？"[①]这也是《仕女图》中美术专业大学生方雪柔思索的人生课题。出生于"民国三十九年"的她"自己虽未受过兵燹，但也曾听父母说过昔年渡海来台的一页痛史，……虽然这份沉重是隔了一层，时代的创伤没有延续到在锦衣玉食中成长的新生代，但是问题却依然存在"。方雪柔爱上了自己的"中国现代史"老师，老师在杂志上刊文探讨的"自由""民主""法制""人权"等问题及老师本人都深深吸引着她。后来，老师索性与朋友合办了一份新杂志："意在斯乎，小子何敢让焉"，试图效仿司马迁，从历史的角度探讨台湾的前途。杂志很快成为以"士"自居的知识分子必读的期刊之一。在四位主要负责人中，张先生来自台南农家，丁先生留学归来，他与韩先生都在大学任教，象征着彼时台湾社会不同的文化价值与观念的交战。现实世界中，蒋勋追忆起老师陈映真给自己的教益，也在不断回想："今天在我这样的年龄，回想大学诗社里的朋友，毕业之后，此去艰难，每个人走到不同的路上去；有的人从政做官，也有人继续在南部村落里教书，相信他当年相信的梦想。有时候我会想，也许有一天我也要写《史记》，那么我的美学偶像会是谁？"可见在当时台湾的大学校园，"士不可以不弘毅，任重而道远"的历史使命感应该是学子们的思想主潮，林佩芬的这篇小说也更像是历史的实录。小说中陆续展示了台湾"保卫钓鱼台"事件、"退出联合国"事件对知识分子形成的冲击：丁先生回到美国的母校去做研究员，韩先生决定到南部乡下一所国中去教书，张先生则在艰苦的环境里"发挥了中国农夫的本色"，努力支撑着杂志的日常社务。而方雪柔的丈夫则在一场大病后被学校解聘。为了改变杂志被逐渐遗忘的现状，他们又邀请了一位情绪化的诗人徐先生加入，加上有心的学者唐先生安排了一场笔战，徐先生将杂志带进了"论'新写实主义'"等文学论战里，杂志的影响力又逐渐抬头。张先生留下一句"这个世界，需要的是知识分子的良心，不是野心"。而离开，带领学生去做田野调查，研究台湾的山地与农村问题。而方雪柔的丈夫则卷入了唐先生以组织反对党为政见的政治活动，撰写了

① 蒋勋．孤独六讲 [M]. 桂林：广西师范大学出版社 .2009:104

为唐先生竞选铺路的文章。很快，黄先生和丈夫便因“涉嫌叛乱”的罪名被捕，杂志社也被查封，丈夫因“知匪不报与为匪作宣传”的罪名被判处五年有期徒刑。这使读者不由联想到台湾的“美丽岛”事件，蒋勋当时也因为支持小说家王拓而被大学解聘，而王拓的罪名则是在小说中“鼓吹阶级革命”，为渔民的悲苦发声。台湾在二战后思想的垄断，使得不同信仰的人之间无法拥有辩论的机会，方雪柔的“丈夫”及其杂志社的风波就是当时那段历史的缩影。从中我们可以看到知识分子在历史发展进程中行为模式调整的困难：中国士大夫从政问政的文化传统，对国家社会的责任感与社会政治体制的深刻变化，使得无论注重“事功”行动还是擅长著述的知识分子都很难与现实政治绝缘。富国强兵与民主自由、全盘西化与文化本位、乡村自治与工业发展，都是知识分子在新旧过渡的时代所经历的变动与分化。时过境迁，文学依然应该涉足生命的领域，留下历史的印记，林佩芬也在《仕女图》中写出了“革命”导致的巨大孤独与幻灭感。历史上取得政治权力胜利的人，往往会在文史作品中失去美学的位置，《史记》中司马迁对刘邦和项羽的处理便是如此，《仕女图》中对从政的知识分子也是如此。知识分子应该始终对政治权力保持一种警惕，而文学与史学的书写者所扮演的角色则是忠实地记录下历史中不同理想与经历的人们的真实表现，这恐怕也是林佩芬创作贯穿始终的使命感吧。

《洞仙歌》中第六篇《浪淘沙》与第七篇《大悲咒》，则将笔触伸向了渡海来台的军人。与白先勇《台北人》中的《岁除》中的赖鸣升依然虎虎有生气的激越相比，《浪淘沙》中的江老先生与《大悲咒》中的白老将军则“虽生犹死”。这些“民国英雄”在青壮年时期的创伤性经历成为其一生无法释怀的心结，北伐与抗战期间歼灭的敌军与伤亡的袍泽化为了一缕刻意被忽视的记忆，以致在老年时只剩下对平生恨事的追悔。白老将军迁台三十年来，每年冬至都要在大觉寺做一堂佛事，悼念昔年阵亡的袍泽部属，这一天渐渐已成为他生活的中心与一年一度的“复活日”。白老将军的其他子女均已“沦陷”在大陆，年已四十的白拂尘成为唯一随侍在父亲身边的女儿，也因此牺牲了自己的青春和个人生活。山中冷雨打在竹叶上，面对昏昏欲睡的年迈父亲，白拂尘不由感慨最悲哀的仍是父亲那一代人：“而今听雨僧庐下，鬓已星星也”，什么样的“国仇家恨”，对“九州一统”的渴盼都抵不过时间的摧毁……对于身在台湾的“外省人”后代，父亲的病重乃至离世，都会使他们意识到家族线条的断裂，产生对家国问题的历史思考。大时代变化中，常人的生活经历与生命体验，成为这种类型的台湾小说处理的主题，无法回避。

白先勇的《台北人》与林佩芬的《洞仙歌》，在对故土的眷念牵系，以及对故人的伤悼纪念之情几乎是一致的。所不同的是，林佩芬熟悉的毕竟是“台北人”的下一代，他们虽然也有去国怀乡的情绪与遗憾，但已经逐渐在台湾这个小岛上安顿下来，并试图建立生活与政治环境的秩序，于是我们看到了《焚香记》《鹧鸪天》《红豆词》与《仕女图》中知识分子的奋力拼搏，“台北人”的“感时忧国”已经转化为下一代的“情迷家国”，所皈依与依托的便是两岸共同的中华文化。《浪淘沙》中曾经的抗战英雄江老先生，面对死亡前的衰老与孤寂，寄情于精心培育的兰花，以填补生命的残缺。女儿在台湾被暴徒侮辱，生了智力低下的外孙江锁后含恨自杀，使得江老先生发出“天地不仁，以万物为刍狗”的感叹。而江老先生在江锁走散后拼命寻找他时，才第一次发现江锁眼中“那幽光是纯净的、清澄的，不杂丝毫世故的尘埃；那眼神是专注的，认真的，充满了尊重与了解”。江老先生这才意识到“无论是战争中的死亡，或是成长上的残缺，都不足以影响生命的意义”。这里有佛家对世界生灭变化的基本观点，成、住、坏、空本就是生命运动的轨迹。在佛教的悲悯中，现实生活中的是非成败也获得了超越和解脱，体现出传统文化对人生之苦的抚慰功能。

“文化中国”在两岸都是一个具有模糊性的概念，但可以肯定的是，无论“中国”还是“中华”，都在此脱离了政治范畴的指涉含义，而抽取了较为单纯的文化意蕴。王安忆论及80年代陈映真对她创作上的影响时曾说，我承认世界本来是什么样，而他却只承认世界应该是什么样：“我只知道，在一个人的心里，应当怀有一个对世界的愿望……我晓得这世界无论到哪里去，人心总是古典的。”[①]无论在大陆还是台湾，精神文化传统的“斯文有传”弥足珍贵，也是抚平父辈与子辈之间隔膜与创伤的有效途径。而精神文化传统的载体则是文学。王德威认为读齐邦媛的《巨流河》，才能真正懂得“在如此充满缺憾的历史里，为什么文学才是必要的坚持”。齐邦媛也认为：“王德威在研究文学史多年后才有此叹息，百年动荡埋没了多少智慧心灵！我们这一批人，两代退居海隅，却从不认为自己是失败者，因为我们心灵自由，终能用文学留见证。”[②]林佩芬在创作《洞仙歌》时虽然还非常年轻，但她笔下塑造的知识分子，与齐邦媛在《巨流河》中写到的吴宓、朱光潜、钱穆等人一样，在乱世中坚守书斋，与政治保

① 王安忆．重建象牙塔[M]．上海：上海远东出版社．1997:177

② 傅小平．四分之三的沉默/当代文学对话录[M]．桂林：广西师范大学出版社．2016:227

持距离，具有兴废继绝的使命感。同时，小说具有中国传统文学的诗魂，从立意到意象的运用，以古诗文作为文中人物抒情表意的载体，其人物形象与母题呈现的方式，也是彻底中国化的，这又一次说明中国人血液中的文化传统，不会因为地域与政治的隔阂而消失殆尽。“悬挂”与“放逐”带来的郁结，反而带来了文学上的宝贵经验，因此，林佩芬创作的关于现代历史题材的小说，虽然篇幅不长，却具有同时期大陆文学没有的对传统文化尤其是精英文化更加坚定的信念。对其展开评述研究，也是希望我们能够期待随着两岸交流的进一步深入，文学界能克服固有的偏见，建构更具涵容性和吸纳力的文化观念和文学体系，使得中国文学悠久的文化传统得以传承发展，增加民族自信。

## 第二节　平凡世俗生活的温情与超越

在有关北京的文学叙述中，“京派”与“京味”文学是一对既有联系又有区别的概念：“通常用‘京派’和‘京味’这两个不同的语词来描述北京文化的上下两层。‘京派’似乎专指 20 世纪 20,30 年代北平时期的知识分子精英文化，它作为一个历史概念已经退出了当代北京的语言流通，而‘京味’则是大众的、通俗的、胡同的、平民的象征。”①30 年代老舍笔下的京味文学既有对中国文化的批判，又有温情的回望与惋惜，这对后来京味文学作家影响深远。在抗战爆发北平沦陷之后，老舍离开故都时才抛开了早期《老张的哲学》中浮于表面的“油滑”的叙事语言，在纸上营造出北京这座城市隐形的文化内核，借此保留住这座城市的精、气、神。到了 80、90 年代，在经济全球化与市场化的急速发展中，北京已经经历了沧海桑田的变化，城市空间与传统的生活方式被吞噬和蚕食，出于对老北京即将消失的焦虑和文化自觉，叶广芩对于变化迅速的新北京有意保持了一定距离，企图在文学的重塑中保留下老北京的文化记忆。

少年离家，北京这座城市在叶广芩心目中是时时袭上心头的魂牵梦萦之地，经历了近五十年的变迁后：“茫然四顾，亲人老去，家族失落，胡同拆迁，邻里无寻”，“我们已不是我们，北京也不是北京了”。在娓娓道来的文字中，因为“离开”故乡与家园后的记忆，叶广芩开始了对北京的文化重造，这一次笔下的人物，不再是清雅脱俗的“旧时王谢”，而是普通的市民与他们的生活。“胡同

① 刘大先 . 定位京味文学的三重坐标 [J]. 韶关学院学报 ,2008(11):74-78

里的人物，个个都是一部精彩的故事，每一个人的生命都与众不同；在泛出北京人特有的生活色彩的同时折射出了历史的发展，社会的变动”。[①] 在社会制度改变的新事物表象覆盖下，北京市民旧式的生活方式仍是一股潜流，这种中国人共有的文化经验与感情使不同地域的读者产生了文化认同感。

叶广芩以一种“游子复归”的视角书写心目中的老北京，在相对封闭的历史记忆中获得对现实的超越，体现出北京固有的文化品格。北京作为从建城开始就胡汉杂糅、五方杂处的古都，“有容乃大”不仅体现在城市规划的宽松舒朗上，更在于各种文化都可以在此交流碰撞的文化空间中。与北京这样的大城市相比，乡村虽然更加地域辽阔，也没有城墙的包围，似乎是一个“开放”的体系，其实它的开放度和兼容性都不强，当地人顽固地保留乡音土话便是表征之一，外来人口想要得到当地人的悦纳不是那么容易。而北京“城市化”的水平首先体现在对外来人口的接纳上面。在《全家福》当中，在茶馆唱梅花大鼓的筱粉蝶虽然“上北京举目无亲”，但还是因为“北京地方大，好活人”而从天津移居北京。男主人公王满堂则是从山东流落到北京的，接掌了“宫里带顶子”的隆记老掌柜赵万和的隆记营造厂，并得到了老北京人的认可。《全家福》围绕着王满堂及其三代家人，写出六七十年间北京人的文化态度与价值观念的转变，使小说摆脱了新中国成立以来文学界的宏大叙事与文化精英的忧患意识，而在日常叙事中传递出平民大众的言传心声。王满堂平日里“尖口布鞋永不沾灰，黑袜带将裤腿缠得紧紧的，对襟黑短衫，胳膊弯里搭着折叠整齐的灰大褂，为的是到主家干活，出入顾及主家的身份”。处处体现出过去普通劳动者的尊严与北京人崇礼的文化性格。1949 年后，北京的城市空间发生着日新月异的巨变，日常居住空间环境的变化，也带走了北京市民习以为常的生活方式和生存状态，最典型的就是四合院和胡同的日渐消失，而这恰好是北京文化形态的稳定象征。王满堂出生于 1958 年的三儿子门墩，在接替王满堂进入古建队工作后，几个月没上几天班，拿张假的病假条糊弄一阵，并且私自将队里的沙石木料偷出来给自己后院修房子。对于王满堂来说，他坚持了一辈子“平不过水、直不过线”的做人原则，就这样轻易地被门墩破坏了。门墩将王满堂的责打，定义为“封建家长作风”。王满堂说起“我们那时候最讲究的就是做人的信用，为了钱就跳槽，走到哪儿人家都看不起”。而门墩则振振有词地回击：“您那些念念不忘‘隆

① 叶广芩 . 去年天气旧亭台 [M]. 北京：北京十月文艺出版社 .2016:399

记’的美德只能是历史的自豪了，这些自豪也只属于您这一代人，跟我们没有关系。”

门墩这样的“新北京”人已经抛却了老舍时代那种“带有满族色彩的古都习俗、文化传统”，王朔将这种与传统文化的割裂状态概况为：“我的心态、做派、思维方式包括语言习惯毋宁说更受一种新文化的影响。暂且权称这文化叫‘革命文化’罢。我以为新中国成立后产生了自己的文化，这在北京尤为明显，有迹可寻。”①显然，王朔笔下的人物和门墩同属于被改变的时代新人，这对“京味文学”味道的转变起着决定性的作用。2006年，学者王一川在《京味文学：绝响中换味》中认为：“你可以继续用北京话、描北京场、讲北京事、写北京人、画北京风俗、道北京情等等，但一代真正的‘故都京味’已经无法靠现在的人们打造出来了。”“原有的对故都北京残韵的非批判性和纯欣赏性文化体验与展示的动力源在耗竭其最后的能量后趋于干涸。而事实上，王朔、刘恒、王小波、冯小刚等第三代作家、导演也确实没有了第二代拥有的那份故都雅兴，而是集中关注当代北京大院中新时代弄潮儿“顽主”的生活体验与前景。丧失了应有的美学资源，京味文学在其第三代走向衰败是必然的。”②笔者认为此等判断似乎言之过早。在80年代“寻根”热的怀旧心态中没有看到叶广芩的身影，那时她发表的中短篇小说如《远去的凉风垭》《在清水町的单元里》等基本上与她当时的现实生活同步，而在90年代京味文学被推为美学与商业的双重巅峰时，她也没有刻意迎合这一股热潮，直到新世纪京味文学退潮时，她仍在孜孜书写自己心目中的老北京。从中我们可以看出叶广芩“心静”的创作态度，无形中使她与主流文坛在有意无意间保持着一种距离，显示出从容稳健的自足心态。

在改写老舍的不朽名剧《茶馆》时，叶广芩将原著中的七十多个人物增加为一百三十多个，从王利发茶馆前后的院落扩展至整个北京城，各种人物在其间上演着人间悲欢。在接受中国现代文学馆研究员傅光明采访时，她说起设置茶馆后院租住的春和及姐姐“张家的”这两个人物的用意，用春和皇宫中泥瓦匠的身份去“牵扯”出稍有不慎即为“叛党”的时代悲剧，从而间接导致姐姐失去倚靠进而毁灭的命运，从小人物身上很自然地反映出大历史时代的变革。相似的设置还有在给王利发的大儿子大栓说媳妇的曲折故事中：对面街坊杨掌柜的女儿二姑娘竟被原著中的两个逃兵聘走，而聘礼用的是他们通过小唐铁嘴

① 王朔 . 无知者无畏 [M]. 沈阳：春风文艺出版社 .2000:10

② 王一川 . 京味文学：绝响中换味 [J]. 北京社会科学 ,2006(6):3-6

介绍，盗取自顺亲王坟墓中的“狗头金”，表现出八旗子弟居然连祖坟都领人去盗的堕落与时代的乱象。叶广芩将这两个逃兵设计为操着一口方言的陕西人，老林听到要他们盗墓时的反应是：“挖坟嘛，我们那垯儿古墓多得是。南方的才子北方的将，自古陕西埋皇上。大坟小坟我挖过几十！”从而扩展了原著的容量，表现出从京师到整个中国，时代政局的混乱与民不聊生的现象。

原著中的革命主题，则通过设计租住在后院的革命者周立达对王利发的次子二栓、康顺子的养子康大力的启蒙来表现，也同时写出了王利发与儿子之间的骨肉深情，和潜藏在民间社会的伦理道义。同样租住在茶馆后院的崔久峰，年轻的时候“以天下为己任”，干过革命留过洋，现在则充满了“总有一天，你我得做亡国奴”的灰心失败感，在诵读《心经》中竭力寻找内心的平静，却在日本兵和伪军抓捕了周立达，打算继续搜查抗日分子时，用流利的日语吓退了日本兵，救了二栓和康大力。叶广芩将战乱和世俗的日常生活放在同一个特定的历史时空之中，形成了她改编的《茶馆》所特有的历史视野：说评书的卫福喜在东安市场讲说《明清野录》中的李自成与吴三桂，被称作影射当今，书馆遭遇查封，不得已只好到裕泰茶馆重开书场，讲到北京的历史由来，武王伐纣后封召公于“燕”，燕国的京城叫作“蓟”，“蓟”俗称叫刺儿菜，因为不好听才将北京叫做了“燕京”。这时茶客中就有人喊叫：“北京现在的刺儿菜都让老百姓挖光啦”，“干脆北京叫酱肘子得啦”。在这里，历史的“大叙述”或“主旋律”与日常生活的现实交织在一起。

在“京派”与“京味”的雅俗之间，叶广芩游刃有余地驾驭两副笔墨，但显然她更“愿意写大俗人，愉快，而且在文字上更接近口语化，生活化。《全家福》就是大俗，俗极了的老百姓的语言，有评论家说这部小说整个就像一个单口相声，这其实是我的生活和我本质的一面，我就是一个这样的人，平时生活当中，和朋友的交往当中，我都是一个大俗的人，说话也招人笑，张嘴就来几句调侃。这种很俗的东西，占据了我生活的大部分，包括我在工作单位和同事们相处，都是很俗的，但是写作中那种很雅的东西，就要调动我生命里思想里很深很深的东西，回想小时候生活的苦难，家庭所给予的我的那些其实是很悲凉的东西”。[①] 与被改编为话剧与电视剧的《全家福》《茶馆》相比，《去年天气旧亭台》则采用了更具写意特征的抒情小说文体。

① 周燕芬 叶广芩．行走中的写作 [J]. 小说评论，2008（5）：43-47

在《去年天气旧亭台》中，叶广芩抹去了《祖坟》《本是同根生》《采桑子》和《状元媒》中“落魄、冷漠、贫穷、苍凉、另类”的“贵族家庭”的悲哀，在最平凡的人生形态与最世俗的文化中写出了脉脉温情。一般来说，平民百姓日常生活的食衣住行往往是最单调的主题，因为它摆脱不了“日常”行为习惯的重复与庸常感，然而在叶广芩笔下，带着“天福号的酱肘子和芝麻烧饼”去京郊的太阳宫，看望当年与母亲一起在朝阳门外南营房给作坊做补活的“二姨”，却是一种新鲜又刺激的经验。当年的太阳宫是“北京城有名的老菜乡”，冬天过年时暖棚里出产青韭，“用小猪前腿肉剁馅，配以鲜姜末、鸡汤打馅”的馄饨，“吃一个能香人一跟头”。“但是青韭馄饨都紧着父母亲吃，孩子们只有尝尝的份儿，这东西太稀少太珍贵了。”对于在外卖餐盒中凑合的当代人来说，这样的吃食只属于“过去的生活”，那样遥远而亲切的怀念，是中国人共同的记忆。王安忆在散文《过去的日子》中写道：“那时候，吃是有限制的。家境好的人家，大排骨也是每顿一人一块。一条鱼，要吃一家子。但肉是肉味，鱼是鱼味。……现在的东西多是多了，好像都会繁殖，东西生东西，无限地多下去。可是，其实，好东西还是那么些，要想多，只能稀释了。”可见无论北京还是上海这样的超级城市，都在现代工业化、机械化的进程中失去了自己的个性与细腻的生活感受。所不同的是，上海人家的排骨是“一人一块”，北京的青韭馄饨却“都紧着父母吃”，这大概是历经数个朝代的帝都根深蒂固的“尊尊”文化传统的又一体现吧。相伴而生的还有北京人崇礼的文化传统：在雇好三轮车准备出发之际，“我已经迫不及待地上了车，妈还在台阶上磨蹭，给看门老张请了个蹲安说，您看家，受累了。老张回了礼，让母亲走好。老北京人的这种礼数忒多，繁杂的让我反感。……妈上车后，我们的三轮车走得连门口都快看不见了，老张和老七才转身进院”。[①] 虽然“反感”这种繁杂的礼数，但是到了《唱晚亭》中，“我”却发现我和“操着东北腔”、以“爱新觉罗后裔”自居的孙辈们“在长相、做派、认知、观念上竟无丝毫重叠”。孙辈们在争抢老宅废墟中“宝气外露”的大石头时，对“我”的前倨后恭，粗鄙市侩，都使人感受到一种无言的哀婉：北京的文化品格就这样迅速在商品经济的大潮中失落了。

叶广芩曾说：“我自己从小生活在市民社会，接触的大多是普通百姓，经历了中国社会的风云动荡，遍尝底层生活的苦甜酸辣，我生活的动力和快乐，包

① 叶广芩 . 去年天气旧亭台 [M]. 北京：北京十月文艺出版社 .2016:10

括我小说中的人物和故事，都是世俗生活给予我的。”她所描写的北京都市生活和人物会使她产生强烈的归宿感，而她笔下的世界仍然是一个人情味极浓的“人际社会”，这世界的通俗化并不是庸俗化，反而需要更高度的文学修养与更深广的生活知识，这使得她作品的读者也得具有相当的生活智慧与领略文字趣味的审美修养。

以诗歌的情境来为小说遣词造境应该是京派文学的典型特征之一，京派作家具有写意特征的独具美感的抒情小说文体在叶广芩的作品中也有所体现：“作家舍弃历史文献中信而有征的显赫人物，转而征召普通人物，并塑造其命运以为历史更迭变动的见证。……卢卡契曾一再地提出历史小说的重心不在于重述伟大的史事,而在于将史事中出现的人物以诗的方式使之复苏。”① 如果说汪曾祺的小说类似王维诗的淡远从容,《去年天气旧亭台》中较为特别的则是类似日本文化中的空寂与幽玄的审美意识，恰似晚唐诗的奇崛峭拔。在汪曾祺写北京胡同的代表作《安乐居》中，老吕、老聂、画家、上海老头等人喝酒都很有节制，裱字画的和卖烤白薯的共同在简单醇厚的酒菜中淡然地咂摸人生之味，散发出人性中的均衡与和谐。

《去年天气旧亭台》却不着重于这种散淡闲逸的笔调，出版社对这部书的宣传定位是：“本书中所描写的地方都是在北京走向国际化大都市的进程中消失或变了面貌的地方，其中蕴涵着作者对过往那种虽然落后但安宁的生活的眷恋与追念。这十余处地方是留给我们现代化北京及当代北京人珍贵的记忆，它们记录了老北京的历史、风俗、人情，是北京的另一个名片，是这城市的‘活化石’。”笔者认为，以其中的《扶桑馆》《后罩楼》《鬼子坟》为例，作者所想表达的绝不仅仅是老北京闲适从容的文化特质。虽然没有如林佩芬般将历史事件置于正面，做大全景及鸟瞰式的艺术概括，并以历史的重大事件进行聚焦，有清晰可见的开阔的艺术结构中心，但由这些馆榭楼台作为窥视历史的孔隙，在具体的平凡俗常的生活景象中体现出历史与时代的深沉慨叹，才是这本小说有别于其他“京味”小说的地方。

《后罩楼》中夏天的夜晚，胡同里的孩子们都会围绕在原属满族上三旗，如今是面粉厂职工的赵大爷身边，听他讲各种围绕七号小院的鬼怪故事：光绪年间的王爷在八国联军侵华时率领家眷投井殉国，尚在襁褓中的小格格和奶母被

① 王德威．想象中国的方法历史·小说·叙事[M].北京：生活·读书·新知三联书店.2003:307

救起，为表彰她们家的忠烈，小格格被赐名珍格格，经过几十年变卖家产为生、隐居王府后罩楼的日子。一次隆冬腊月赵大爷半夜回家，竟看到七号院的海棠开出大朵粉花，里面灯火通明吹拉弹唱好不热闹，这引起了“我”和小四“探秘”的兴趣。在他们童稚的心灵中，赵大爷口头讲说的历史近乎美丽的童话，珍格格还是梳着两把头、穿着刺绣旗袍的年轻貌美的格格。为了一窥她的芳容，我和小四想尽办法，和那个外表如巫婆一般的义仆黄老婆子展开了各种“斗争”，却始终未能如愿。岁月无情，“文革”期间赵大爷成了“从阴沟里爬出来的魑魅魍魉”，黄老婆子则被封为“封建主义的残渣余孽”，在小四率领一帮穿黄衣裳的人搞大批判时，黄老婆子脖子上吊着后罩楼那张旗装格格照片：“照片上的格格云霞一样的服装，娴静的眼睛，美丽而高贵，无言地与闹哄哄的人群相视着。”历史在这里显出了残酷无情的一面，原来“珍格格”就是眼前的黄老婆子。拾掇不起的苍凉、被“欺骗”后的愤懑，信念的轰塌使小四歇斯底里地对黄老婆子跪着的机凳踹了一脚，结束了她的生命……直到 2011 年，“我”在考察北京王府时翻到了美国人拍摄的照片集，又看到了“文革”中已经化为灰烬的“珍格格”的照片：“照片下边的说明是某王府侧福晋。与珍格格无关。”历史在这里显示出吊诡的三重维度，口耳相传、亲眼所见与信而有征，究竟何者才是真正的历史？在这里，叶广芩显然超越了一般京味小说中固有的道德传统：“在那种认识的框架中，冲突着的历史力量被用单纯的道德眼光区分为善与恶、义与不义，历史哲学被世俗化了。”[①] 这也是那“另类”的贵族家庭出身带给作者的一种特质吧。

贵族文学在表现个体与外部世界的抗争过程中，极致的喜悦造成生命的飞扬，深切的失落又使人如狂如痴，痛苦与荒凉的孤独感受在所难免。此等情绪的抒发，形成了中国诗学传统中独有的抒情特质，在《鬼子坟》这篇小说中也有独到的体现。“鬼子坟”是隐藏在北京安定门外俄国东正教的墓地，距离“我”和小四这些小伙伴就读的方家胡同小学不远，也是我们“探险”与“练胆”的乐园。同学李冬生的爸爸是给教会养牛的教徒，为了给患肺病的次子秋生喝上牛奶，将全家都接来北京，过着极其清贫的生活。李冬生学习认真，做人严谨，教会发“圣饼”时从不多拿。“我”在看到他们家徒四壁的家时油然而生同情心理，就和小四一起给李家送去了“在两间土屋中显得各色突兀”的一床紫花被

① 赵园．北京：城与人 [M]. 北京：北京大学出版社 .2002:52

子，却发现李家父母的反应显得他们不像是雪中送炭，倒像是夏日添火。这时我才意识到母亲说："先送一床，其余的明天再说"，是多么的练达敏锐："并不是谁都能接受施舍，这和穷富没有关系。"与此形成鲜明对照的，是老舍的《离婚》中有一段被称为"堪称描绘北京四合院老太太的口味的绝笔"："还没生火哪？多给他们穿上点，刚入冬，天气诚滑的呢，忽冷忽热，多穿点保险！有厚棉袄啊？有做不过来的活计，拿来，我给他们做！戴上镜子，粗枝大叶的，我还能缝几针呢；反正孩子们也穿不出好来。明天见。上茅房留点神，砖头瓦块的别绊倒；拿个亮儿。明儿见。"[①] 充盈着我们熟悉的京味小说中最为生动有味的街坊邻里关系的亮色，也显示出京味小说中市民社会固有的道德传统，而叶广芩在人性刻画的深度方面显然超越了这种通俗小说的意味。或许在《全家福》与《茶馆》这些"讲述别人的故事"的文本中，她也承袭了通俗文学温暖人心的抚慰功能，而在属于自己的《去年天气旧亭台》中，她则无意中显示出苍凉与冷静的叙事态度，使作品有着京派作家的精英叙事特质。李冬生终因为给弟弟治病偷盗教堂的银器而进了少年管教所，却继续努力学习，大学毕业后被分配到银川教书。五十年后，"我"看到了李冬生发表的学术论文，详细考证了安定门外俄国东正教墓地，属于1918年俄国革命被处死的沙皇亲族，这一结尾为小说在几个孩子童年友谊的细致描绘中平添了历史的厚重。李冬生对历史真相的执着也使人想到周作人概括的"贵族精神"，是一种超越了平民"求生"层面之上的"求胜"意志，这也是叶广芩小说中贯通始终的潜在精神。

精神上的非通俗化的贵族性，与形式上的通俗化的市井性在《去年天气旧亭台》中是有机结合在一起的。《扶桑馆》中的狸是孩子群中的"小菜碟儿"，类似炒雪里蕻、小酱萝卜一类北京人饭桌上不上台面的小菜，谁的筷子头都能往碟里戳，也经常饱受"我"和小四们的恶作剧式的欺负。狸的父亲老唐在日本留学期间，娶了日本媳妇吉田和子，所以日本人占领北平期间，三号院被来访的日本人称作"扶桑馆"。唐家正屋的墙上挂着一块题写着"扶桑馆"三字而没有落款的匾，"文革"中没有被触动破坏，父亲关于书写人是谁也一直讳莫如深。日本投降这样的"大事"，对于整条胡同的居民来说，只是一个捡日本人遗留的"洋落儿"的时机。老唐因为日本媳妇的政治影响，从崇文门外古玩店上班变成了收购旧货的"打小鼓儿"的，东京帝国大学毕业的学识只能用在鉴别

① 老舍．离婚 [M]．沈阳：万卷出版公司 .2017:49

旧时显贵和宅门公子的家私上面。父亲用价值“半个月嚼裹儿”的六块钱“收购”了老唐专程送来的永井荷风的《江户艺术论》，用这种方式默默帮衬着老唐的生活。父亲敬重老唐是因为“唐先生抗战一爆发就毅然回了中国，不与侵略者共处”，这份民族气节超越了自己回国是因为没了旗人俸禄，不得不回来养家糊口的无奈。为了有零花钱看苏联电影，“我”偷偷将家中明版汲古阁校刻的《二如亭》、大姐留下的点翠头面等等东西“卖”给了老唐，老唐一直对此守口如瓶。“文革”期间，因为“我”大意提及扶桑馆，老唐被单位提走“交待问题”，回来后依旧尊称“我”为七格格，态度一如往昔，而“我”则在惭愧中离开了北京。四十多年后，一拨当年的小伙伴聚集在日本料理店“扶桑馆”，小四提到了后罩楼和黄老婆子：“我和八国联军属于一类的，后来的命运多舛都是报应”；“那时真判我几年刑，恐怕现在我的良心会好受些”，照应了《后罩楼》中的情节，也体现出小说的道德教化意味。这时神志仍像一个八九岁孩童的狸在妹妹陪伴下，交给“我”唐先生当年墨笔直书的小蓝折子和一个包裹，里面整齐记录和收纳了“我”当年“卖”给唐先生的一切珍贵或不珍贵的物件。唐先生的人格形象与小说推崇的君子之风也在此达到一个高潮。至于“扶桑馆”匾额的题写者这个谜底也终于被揭开：是孙文孙中山当年为了答谢唐先生的日本岳父对革命的捐助而专门题写的。与汪曾祺在《闹市闲民》中塑造的“用孩子一样笑意”的眼睛，无欲无求地看待世界的“真庄子”不同，小说的重点显然不是通过狸这个人物表达《庄子》中“畸于人而侔于天”的哲学境界，而是在世事变迁中依旧表达出对历史的持续关注，与对“君子之风”的热情赞美，在貌似无情的世态中记录一些有情有义的历史片段。唐先生与父亲这样具有传统儒家高贵情操的道德人物，代表着作者的审美理想，也凝结着叶广芩这一类知识分子复杂的自我认同。这些自我认同隐约游离在新中国知识分子的角色认定之外，而渗透进了传统文化的伦理价值，并呈现出恢宏道义的精神气象。

《去年天气旧亭台》中的每篇小说都结构精巧，语言纯熟自然，深得“三言”“二拍”这类明代话本小说的神韵，在写法上又可以看出《史记》列传体的影响：不同的人物事件或许交错出现，但每一篇都有一个主要人物，造成“整个历史进程乃由人类共业所造成”的印象。在这部作品中，叶广芩通过书写中国人的性情与情义，来凸显过去中国人的文化性格，表现出道德治国的儒家文化理想，也体现了中国小说的史传传统。笔者在云南腾冲和顺古镇，也曾见到孙中山为捐资辛亥腾越起义的寸氏家族题写的影壁，与《扶桑馆》的情节遥相呼应。历史需要去民间寻访探究，历史与小说的界限也确实不是壁垒森严："近年来，小说虚构与历史论述的二分法早已受到学者的质疑，因为二者其实都要求我们做一个叙事的设计，才能解释人类经验的流程。"①其实"三言"小说题材的一个重要来源，就是"得其兴废，谨按史书；夸此功名，总依故事"的宋元话本小说，一些学者因为这些宋元旧篇"皆有所据，不敢谬言"，而将小说当作史料来看，这一文史结合、并期望小说发挥潜移默化的道德教化作用的叙事传统，在新文学中往往因为"落后保守"而被轻易舍弃，却在孙犁、汪曾祺与叶广芩等作家手中留存下来：

"它是中国的传统写法，外国作家亦时有之。它好像是纪事，其实是小说。情节虽简单，结尾之处，作者常有惊人之笔，使人清醒。有人以为小说，贵在情节复杂或性格复杂，实在是误人子弟。情节不在复杂，而在真实。真情节能动人，假情节使人厌。宁可读一个有人生启发的真情节，不愿读十个没有血肉的假情节。我晚年所作小说，多用真人真事，真见闻，真感情。平铺直叙，从无意编故事，造情节。"②叙事题材的"真实存在"是《去年天气旧亭台》类似明清话本小说的又一体现，其中市井人物与"旧时王谢"和谐生活在一起，又采用了充满童心的忆旧型视角，将具体的善恶褒贬寓含在情节场面与人物形象的细腻描绘之中，使读者自然地获得认识生活的熏陶感染。文革等历史阶段距离当今时代还是显得过近，无法真正有效判断，那么就索性用一种相对客观的记录方式，将作者经历过的历史附着在小四这样的市井凡人身上，记载下人们在特定时代表现出的心理转化与行为变迁，而不是"编故事"与"造情节"。这种散文化倾向的小说风格也是京派作家共有的特点，叙事者不卖弄现代主义的叙事技巧，也不急于推进故事情节，而是如水墨画一般通过舒缓从容的叙事节奏晕染出生活本身的色彩。汪曾祺就曾说："我没有经历过太多的波澜壮阔的生活，没有见过叱咤风云的人物，你叫我怎么写？我写作，强调真实，大都有过亲身感受，我不能靠材料写作。我只能写我所熟悉的平平常常的人和事，或者如姜白石所说'世间小儿女'。"③这样的叙事态度与文风容奇崛于平淡，如苏轼在《答谢民师书》中提到的那样："如行云流水，初无定质，但常行于所当行，常止于所不可不止，文理自然，姿态横生。"使得新文化运动特别是 1949 年后

① 王德威．写实主义小说的虚构：茅盾、老舍、沈从文 [M]. 上海：复旦大学出版社 .2011:14

② 孙犁：读小说札记（五）孙犁选集·理论 [M]. 西安：陕西师范大学出版 .2003:325

③ 汪曾祺．浮生杂忆 [M]. 北京：作家出版社 .2016:131

文学与传统文化的断裂感能够有效接续，使读者阅读时更符合由话本及古典白话小说培养出的阅读习惯。当然，任何写作特点也是一枚双刃剑，老北京人对人性的体察与宽容使作者往往避免写丑的极致，“中年写作”、“无迹可求”的艺术努力，近于散点透视的美学趣味也使得作品缺乏西方文学中史诗的鸿篇巨制与崇高品性。在中国进行文化重构的历史阶段，这样的写作带来的文化得失，还需要我们继续观察与思索。

## 第三节　天人合一的自然生命

秦岭是划分中国南北分界线的中央山脉，它界定了南北方不同的地理环境，也呈现出丰富多样的文化特色，秦岭作为珍稀动物的家园，更是建设和谐生态环境伦理意识不可或缺的精神领地。贾平凹说：“我在商州每到一地，一是翻阅县志，二是观看戏曲演出，三是收集民间歌谣和传说故事，四是寻找当地小吃，五是找机会参加一些红白喜事活动。这一切都渗透着当地的文化啊！”[①] 可见田野调查是作家写出具有民间文化底蕴作品的第一步。这些生命体验是作家能够构建出具有独特“空间感”作品的必须功课，也是时下年轻作家有些匮乏的一种精神。可是，叶广芩并未写出如《商州初录》一般有意展现中国农村历史发展与乡村人物心理情绪的作品，而是将笔墨集中在了秦岭中的动物与《青木川》中的历史上面，这与她不似贾平凹等作家“背靠”而是“面向”陕西的京城生活岁月有一定关系。

在《秦岭无闲草》中叶广芩说：“我的家庭对草有着特殊的偏爱，祖父以善养花草闻名，他养的酒花用竹竿支着，高过墙头。石榴、海棠、丁香、玉簪、腊梅，一年四季里花朵不断，我几个姐妹的名字全部是以香草取定：英、蕙、华、荣、芸、芩、荃，从落生的那一刻起，命运就将我们和草紧紧地连在了一起，不能分开了。走进凉风垭，我有种回归的感觉，我是其中一棵草，前生在这里，来生我会回来。”[②] 这种文人雅士的家族生活留给叶广芩的是这种深具中国古典文学意象韵味的文风，正如邓友梅先生评论的“起承转合不瘟不躁，举手投足流露出闺秀遗风文化底蕴”。从京城的“格格”成为陕西插队下乡的知青，后又成为记者、陕西作协的专业作家，并跟随丈夫东渡日本访问游学，北

① 贾平凹 . 贾平凹文集 . 第 14 卷 [M]. 陕西：陕西人民出版社 .1998：127

② 叶广芩 . 秦岭无闲草 [M]. 吉林：长春出版社 .2011:7

京与西安，府邸与市井，跨文化的回望与审视使叶广芩的创作有别于“背靠”并谙熟陕西文化的作家群体。正如杨义在《文学地理学会通》中说：“空间的流动，往往可以使流动主体眼前展开两个或两个以上的文化区域和文化视野，这种‘双世界视景’，在对撞、对比、对证中，……就能开拓出一种新的精神境界和思想深度。”① “总体讲，陕西作家的作品有山野之风，悲凉之味，也没有京派文学的雍容和散淡。即使是比较诗意化的贾平凹，如果和京派作家比较，则具有了北人的拙朴和野性，而缺少了京派小说的恬淡悠远意味。”② 而这种“城南旧事”式的意味则是叶广芩作品的主要特点之一。

叶广芩以谦逊的态度自称：“我的笔锋和性格注定了我不是一个能做鸿篇巨制、展示高角度、大视野的作家，我的目光常常向下，于是便看到了许多和我一样的人，看到了许多沟壑林莽中的草和活跃在山中的精灵。我深深地爱上了它们。”③ 与当代许多与时代保持紧密联系的作家相比，她的作品则更富有三四十年代京派作家的文化与文学品格追求：“作为新文化运动后的京派，它已摆脱了晚清时期的封闭性和贵族性，然而由于地域文化的潜在作用，它选择中外文化的角度和层面与海派是颇相径庭的，它选择的重点不是外来文学流派的先锋性，而是某种超越时代性的“精美”或“精华”的部分。他们是艺术世界口味讲究的‘美食家’。”④ 京派重视对中国传统文化与乡土民俗的记录与保留，这也是中国文人自古有之的“采风”传统。沈从文在《凤子》里说：“我现在才明白为什么两千年中国产生一个屈原，写出那么一些神奇美丽的诗歌，原来他不过是一个来到这地方的风景记录人罢了。”叶广芩如李白式的“一生好入名山游”，在秦岭深处的山道中穿行，在乡间小屋里围着火塘啜饮包谷烧，在文字中保留了传统士大夫文人“诗酒风流”后的一点惆怅与余韵。

“中国现有的文学艺术有三个传统：一是中国古代士大夫正统的传统，旧诗赋、文言文、国画、古琴等是。二是五四以来的文化界传统，新诗、新小说、话剧、油画、钢琴等是。三是民间传统，民歌、鼓词、评书、地方戏曲等是。要说批判地继承，都有可取之处，争论之点，在于以何者为主。”⑤ 从叶广芩的家

① 杨义 . 文学地理学会通 [M]. 北京：中国社会科学出版社 2013:35

② 刘宁 . 当代陕西作家与秦地传统文化研究——以柳青、陈忠实和贾平凹为中心 [M]. 北京：中国社会科学出版社 .2014：9

③ 叶广芩 . 秦岭无闲草 [M]. 吉林：长春出版社 .2011:9

④ 杨义 . 文学地理学会通 [M]. 北京：中国社会科学出版社 .2013:515

⑤ 赵树理 . 赵树理全集 . 第 5 卷 [M]. 山西：北岳文艺出版社 .1990：389

庭环境和成长背景来看，她的文学趣味及表现显然承袭古代士大夫的传统较多，在她创作的秦岭生态文学中首先体现的就是侧重“地理”空间的描绘与传统哲学的表达。

自然地理包括地貌、气候、水文和由此所引起的生态环境资源保护现象，这是自古以来中国文学描绘和吟唱的对象，比如中国独具魅力的山水田园诗，在山光水色中，呼唤出山水之魂。“在中国，‘地理’向来是经史子集四部中‘史部’的分支，这种‘以史为干，以地为支’的原生知识结构，使‘中国地理学’带有浓郁的人文色彩。‘言其地分’、‘条其风俗’，成为地理学的基本思路，并将之与圣人的学统联系起来，有所谓：‘凡民函五常之性，而其刚柔缓急，音声不同，系水土之风气，故谓之风；好恶取舍，动静亡常，随君上之情欲，故谓之俗。’”①

小说与散文的创作不同，并不是仅仅像记者一样如实记录下地域风俗就能写出好的生态文学作品，比较叶广芩散文集《秦岭有生灵》中《秦岭最后的虎啸》与小说集《山鬼木客》中的《老虎大福》，可以清晰地看出一篇访问报道能够成为一篇小说，必须要有作家追随的文学传统带来的文学理念，才能形成作家独有的文体风格。

龚鹏程在《中国小说史论》中提到：“首先我们应了解：空间感（space）不是地方感（place），也不是‘背景’。光是有故事发生的年代与地点，历史背景，构不成小说的空间。空间感是深入到小说本质的东西，小说中一切情节与人物，都因为有了这个空间，所以才具有生命。……像《红楼梦》的大观园、《水浒传》的梁山泊以及北宋末年的社会、《三国演义》的分崩离析大时代等等，人物都是从这个空间里‘生长’出来的。”②“秦岭”是叶广芩生态小说地方感的重要来源，而中国传统文化与文学的影响，才是叶广芩生态文学空间感的真正来源，是叶广芩笔下的“秦岭”形成自身风格品貌的深层原因。纵观《山鬼木客》中以秦岭动物命名的七篇小说，亲近自然与动物的人往往表现出“不合时宜”的悲壮感：《狗熊淑娟》中林尧四处奔走，也未能阻止动物园里的狗熊“淑娟”被卖给马戏团的命运，在坚持寻找的过程中被淑娟扇飞了半边脸，淑娟仍然难逃被杀害吃掌的命运；《熊猫碎货》中无私救助熊猫的豹子坪村注定会自然消亡，专家们认为将山林还给大自然是社会的进步，四女的爹却清楚从此“花熊们”

① 杨义．文学地理学会通 [M]. 北京：中国社会科学出版社 .2013:8

② 龚鹏程．中国小说史论 [M]. 北京：北京大学出版社 .2008：23

再没有了依靠;《山鬼木客》中和山林中各种动物和谐共处的科考人员陈华因为人们鄙夷厌恶居高临下的眼光而选择了自戕;而在《黑鱼千岁》《长虫二颤》《猴子村长》和《老虎大福》中，人类与动物的对立从“评法批儒”的政治运动与“可恶的大灰狼”式的幼儿教育就开始了，现代人类的贪婪残酷使有灵性的动物遭受了灭顶之灾，叶广芩以看似不加褒贬的笔法暗暗显示出对现代人的批判，不将秦岭中的动物和自然看作简单的科普认识对象，“不合时宜”的坚持中透露出传统文化的哲思，使得她笔下的秦岭具有了传统文化的空间感和深度，这也是这些作品能够打动读者的重要原因。德国汉学家顾斌认为“中国当代文学为什么这样差？这与中国当代作家与中国传统缺乏联系有关，虽然也有例外，如阿城、汪曾祺等就与中国传统哲学有着深刻的联系”。显然叶广芩也是属于汪曾祺这一类作家的精神谱系的。

中国古代的环境哲学思想在中国传统文化版图里具有较为广泛的世界影响，英国著名历史学家汤因比（A.Toynbee）认为中国古代敬畏自然的传统文化，才有可能担当拯救地球的使命。儒家思想重“成己成物”，如宋代的张浚说:“夫诚信之道，天下孰不格心而化，其行欤，下至豚鱼小物，无暴殄竭取之祸，则天下乐遂其生，以成大治。”在儒家学者来看，“成己成物”也就是“尽己之性，尽人之性，尽物之性”和“使万物遂其生”的过程。林尧、四女、寻访“山鬼”的科考队员，无不身体力行着这简单朴素的信仰。反之，人类对动物“背信弃义”的行为则同样体现了儒家的义利观与信义观。虽然“义利之辨”一直是历代儒家争论的核心问题，但“在义利问题上，儒家典型的态度是‘正其谊不谋其利，明其道不计其功’。亦有尚义而不排斥利或兼重义利之说，但儒家绝对不能容忍主张私利之说。”[①]《长虫二颤》中的老佘违背了“长虫坪的人从来不吃颤，以前就是取胆也从不杀颤”的观念，遭到了身首异处的蛇头的吞咬，以截肢保全了生命;《老虎大福》中人们不敢下沟去勘察老虎究竟死了没有，把二福家的看家狗扔了下去，“上来的黑子连看也不看这边，掉头就跑了，它看透了这些人”。作者以传统文化作为参照系，比照出现代人精神境界的利欲熏心和精神矮化。

《山鬼木客》中，熊猫三三对科考员陈华的接受是“平淡”的:“既不惊慌失措也不欣喜若狂。第一次相遇它们四目相对，坐了一下午，后来三三睡着了，

① 张岱年 程宜山 . 中国文化论争 [M]. 北京：中国人民大学出版社 .2006：122

他也睡着了，醒来时各走各的路。第二次见面，他像给岩岩（一只被他起名的鼷鼠）一样给三三吃糖，……再后来是三三给他表演爬树，它爬上去摔下来，爬上去摔下来，故意摔给他看，逗他高兴。他也爬了一次，却是下不来了……”[①]因了山林中这些天真烂漫的动物的陪伴，他回到山中反而有一种“回归故土的放松与自然”，这种“两相看不厌”的“庄周梦蝶”式的动人情境，体现出庄子“无以人灭天，无以故灭命”的返璞归真，也体现出作者与士大夫诗性文学情趣上的契合，可用宗白华《艺境》中“论文艺的空灵与充实”加以说明：“艺术心灵的诞生，在人生忘我的一刹那，即美学上所谓‘静照’。静照的起点在于空诸一切，心无挂碍，和世务暂时绝缘。这时一点觉心，静观万象，万象如在镜中……而各得其所，呈现着它们各自的充实的、内在的、自由的生命，所谓万物静观皆自得。”[②]可是，步出山林的陈华因为不修边幅而被当作“野人”，被陌生而烦躁的人们投掷石头土块乃至追捕，面对着对面的山岩，“庙台槭里有木客，箭竹林里有三三，灌木丛里有云豹”的“家”的召唤使他纵身跃入了涧底，消失在了白云之间，这种孤愤与解脱之感，也使人想起陶渊明的《归去来兮辞》：“既自以心为形役，奚惆怅而独悲？”

《山鬼木客》中的山鬼是“山里淘气的精灵”，会唱出“悠扬细腻的吟唱”；《长虫二颤》中刘秀杀蟒遭遇“王莽新朝”篡政的报应，会下蛊留住情郎并用扁豆花解毒的殷姑娘则因为“护颤”而被全山的长虫朝拜，村民也为她立祠纪念，甚至“二颤”的体态性格隐含了他是长虫与人的后代的神秘身份……这些看似“荒诞”的情节却打通了人与自然的关系，拓展了文学的想象与审美空间，也承袭了中国古典文学的色彩：“中国中短篇叙事文学中的‘游仙窟，遇女仙’的主题与西方文学中的‘维纳斯山（Venusberg）的传说’异曲同工。人与野兽，或是人与神仙之间的爱情关系实为希腊神话传说最为钟情的主题，如勒达（leda）和天鹅的故事。然而，由于基督宗教对于人和自然、人和神之间的严格划分，以及对于崇信鬼祟行为的严厉打击，西方文学中的这一主题创作便未能充分地发展成长。”[③]而中国文学从六朝志怪再到唐代传奇小说，人与自然的关系一直生气勃勃，《聊斋志异》中更是充满了人与动物相恋的美丽传奇，也体现出人对自然的敬畏。随着现代生活的推进，这种敬畏越来越稀缺：在《长虫二颤》中，

① 叶广芩．山鬼木客 [M]．北京：北京十月文艺出版社 .2015：141

② 宗白华．艺境 [M]．北京：北京大学出版社 .2003：161

③ ［德］莫宜佳．中国中短篇叙事文学史 [M]．上海：华东师范大学出版社 .2008：283

正是因为“秦岭腹地的‘蛇坪’是隐在崇山峻岭中的一个小自然村，村不大却历史悠久，村子周围丰草长林，层峦叠翠，大山连着大山，地极阻奥”。村民在语言中才仍然表现出了这种敬畏：“陕西民间将‘蛇’称为‘颤’，写出来仍旧是‘蛇’，读出来就变为‘颤’了。有姓‘蛇’的，要是真把它当‘蛇’字来念，‘老蛇’、‘小蛇’地叫，姓蛇的人会认为你不懂规矩，缺少文化，就像有人把姓‘单’的念成了‘单’，把姓‘惠’的念成了‘惠’一样，很没水平，很掉价。这种变音的读法有敬畏、隐讳的意思在其中，跟古代不能直呼大人的名姓是一个道理。”① 这种传统文化心理使叶广芩的秦岭生态文学与西方的生态文学相比，具有中国人文主义哲学的审美面貌。

与西方的生态文学相比，中华文明的主体文明是农业文明，地理情结是根本性的精神根脉，中国原始的多神信仰起源于先民对天地山川的崇拜，对海市等自然现象的不解，吕思勉先生将其分为天神、地祇、人鬼与物魅四类，具有庞大而复杂的系统。而希腊神话的众神基本都居于奥林匹斯山上，具有鲜明的个性特质与超凡的力量，对欧洲文学影响深远。相比较而言，中国神话的神祇附着于土地，所以乡村有土地神，城市有城隍神，都是掌管一方水土的神祇。在传统文学中，神的功能并没有西方文学那样强大，这与中西诗歌对待自然的态度一脉相承。朱光潜在《中西诗在情趣上的比较》中指出：在对自然的态度方面，“西方诗人所爱好的自然是大海，是狂风暴雨，是峭崖荒谷，是日景；中国诗人所爱好的自然是明溪疏柳，是微风细雨，是湖光山色，是月景。这当然只就其大概说。”诗人对自然的爱好之“第三种是泛神主义，把大自然全体看作神灵的表现，在其中看出不可思议的妙谛，觉得超于人而时时在支配人的力量。自然的崇拜于是成为一种宗教，它含有极原始的迷信和极神秘的哲学。这是多数西方诗人对于自然的态度，中国诗人很少有达到这种境界的”。他以华兹华斯对自然的玄想和陶渊明“悠然见南山”的恬淡自适为例，认为华兹华斯“这种澈悟和这种神秘主义和中国诗人与自然默契相安的态度显然不同。中国诗人在自然中只能听见自然，西方诗人在自然中往往能见出一种神秘的巨大的力量”。表现在生态文学当中，因为生态文学诞生的思想和历史基础是社会高度工业化与现代化后重审人类文化并进行文化批判，挖掘导致生态危机的思想文化根源，所以中国的生态文学先天地就失去了传统文学中与自然默契相安的态度，然而

① 叶广芩．山鬼木客 [M]. 北京：北京十月文艺出版社 .2015:191

如何在“生态文学”这一西方外来概念中塑造出具有中国文化心理与品格的作品，则需要作者们进行深入研究。在这方面，叶广芩的作品显然比国内单纯借鉴西方“思辨”而充满形而上学特质的生态诗歌创作，要更容易为中国读者所接受。

以《黑鱼千岁》为例，尽管摶熊馆村每年风云大作雷电交加，“现代气象学将此叫做‘气流漩涡’”，但是当地百姓一直将其视作汉武帝重回此地巡视的象征。“九十一岁的霍家太婆家的神有很多，一张黄纸密密麻麻写满了，内中汉武大帝位居中央，武帝四周围绕着观音、如来、老君、王母、仓神、灶神、山神、地母、土地，还有狐狸大仙，家宅六神等等。老太太这一炷香拜的神仙多了，撞上哪个算哪个。”[①] 充分体现了中国民间驳杂丰富的原始信仰与综合思维方式。而霍儒（原名霍批儒）对黑鱼执着抓捕、欲擒未擒却又稳操胜券的“游戏”心态，已经与上文中所提及的“使万物遂其生”儒家环境哲学背道而驰，显示出了残忍弑杀的倾向，而终究也遭到了黑鱼的报复，将他“带向那无边的黑暗”。这个结局所揭示的主题，与《老人与海》中通过对大鱼的征服显示出人类对自然的力量截然不同，显示出反对人类中心的自然整体观，也显示出中国哲学的人文精神。洛夫对《老人与海》的批评，所依据的就是生态整体利益至上的原则：“……那些造物是敌是友，圣地亚哥根据其如何服侍他或者妨碍他而在心中做出判断。……像人一样思考或许会把鲨鱼和僧帽水母人格化为敌人；但若像海一样思考（假如海明威最终能充分体验到地球的悲剧——地球像悲剧英雄那样忍受折磨），则需要更长远的眼光，需要一种意识：这些生物也是生态系统的组成部分，人既没被授权为其真实或假想的自我利益而灭绝物种，也没被授权改造自然……。”[②] 在希腊哲学和文艺复兴以来的西方哲学中，人的存在和理性精神具有独一地位，人与神、主体与客体、心灵与自然都是需要进行区分的，肯定人的价值就需要牺牲对立一方的价值。中国哲学中，自然则被内定于人的存在，人也被认定内在于自然的存在，这种“天人合一”的人文传统，在《黑鱼千岁》中表现为霍儒与黑鱼“这一对冤家”被水冲上了浅滩，死了也被麻绳缠在了一起。之后，“儒在堂屋里很舒服地躺在棺材里，脸上带着笑”，似乎得到了心灵的平静与满足，而霍家太婆并没有如人们所预料的那样哭天喊地，而是“精精神神地喝了一大碗鱼汤”。看似恐怖而狂暴的自然最终虽然未能使人“与

① 叶广芩 . 山鬼木客 [M]. 北京：北京十月文艺出版社 .2015:157

② 王诺 . 生态批评与生态思想 [M]. 北京：人民出版社 .2013：155

天地合其德”（考虑到“评法批儒”对传统文化的破坏），却“与鬼神合其吉凶”（追杀“千岁”的结果是不胜不败，最后与黑鱼同归于尽），充分体现了中国人在人与自然的主客体关系中追求公允、协调、互补和自行调节，以达到平衡与稳定的人文主义思想。

在《生态批评与生态思想》一书中，厦门大学学者王诺列举了生态文学兴起阶段，欧美作者试图努力融入自然达到“无我”境界的作品：“梭罗在生态审美中感到，他自己‘就是自然的一部分’，‘整个身体成了一个感官，每一个毛孔都吸收着快乐。’‘我突然感到身处自然界是如此甜蜜如此有益，所有这些立刻成为一种无穷无尽又无法解释的友爱的氛围滋养着我。’”① “马克吐温的《哈克贝利费恩历险记》生动描写了哈克融入自然的诗意生存。哈克是个自然之子。另一位美国作家薇拉凯瑟的小说《我的安东尼亚》也生动地描写了人物与大自然融为一体的审美。”“在《沙漠独居者》里，艾比给生活在现代社会的读者展现的是他们或匪夷所思或梦寐以求的伊甸园一般的荒野生活。”②

相比较而言，叶广芩笔下的自然则不单纯是人类的栖息地和灵魂归所，而出现了一种“对仗结构”：德国汉学家莫宜佳认为“对仗对于中国诗歌及文论写作的深刻影响不仅仅表现在作品的文体形式，同时也表现在小说的叙事结构方面。作家们将对仗结构移植到叙事结构的构建上，造成场景、对话及人物个性的平行或对立。出于对于对仗手法的青睐，作者的故事主题甚至也常常双双成对地出现。”③ 小说作品中人物个性对立表现为“自然话语”的林尧、四女、二福、王安全与“商业话语”的丁一、二老汉、三福四福、佘镇龙……前者对自然敬畏而尊重，倾尽所有地保护，后者则由于商业文化地冲击展开了对自然和其他生物无所忌惮地掠夺：“老佘说，观念得改改啦，北方的馆子以前也不做蛇，现在不是也卖得很红火，油煎、清炖、红烧、黄焖。人家日本还做成了生的撒西米，吃的花样多了。……三老汉说，要是为了治病救命，用多少蛇胆长虫坪的人都不在乎，长虫坪的颤们也不会在乎，那是积德行善的功德，怕的就是无辜杀生……老佘说，乡下人不开窍，改革开放的春风还没有吹进来呢。”④ 对仗结构的另一种平行形态则表现为《黑鱼千岁》中霍儒的好杀，霍法的嗜利，同

① 王诺．生态批评与生态思想 [M]. 北京：人民出版社 .2013：261

② 王诺．生态批评与生态思想 [M]. 北京：人民出版社 .2013：263

③ ［德］莫宜佳．中国中短篇叙事文学史 [M]. 上海：华东师范大学出版社 .2008：81

④ 叶广芩．山鬼木客 [M]. 北京：北京十月文艺出版社 .2015：217

样对当地的生态及历史文化造成了破坏。在这种无声的对照中，读者不难感受到秦岭原有自然空间价值体系受到的冲击，“过去”与“现在”的对比产生了浓重的今昔之感，“传统”与“现代”、“民族”与“西方”、“科技”与“伦理”的分歧与纠缠是自现代白话文学诞生最核心的命题，而叶广芩的作品也绝不仅仅是士大夫文学传统的当代再现，在作家对自身的文学态度有所坚持的同时，同样围绕着民族现代性的命题展开创作，这也是中国知识分子精英意识的体现。

与西方以作者亲身体验为主的生态文学相比，叶广芩的生态文学除了个人情志的抒发，还多了一重中国传统文学独有的“讲史”特性，这种既非全然虚构又非完全实录的文体在同时代的许多作家那里并不多见。随着时代的变迁，中国已经跃居世界第二大经济体，伴随而生的则是“现代化”进程当中的各种“文明病”，急躁的中国人失去了与自然的亲密相伴，“天人合一”的从容不迫。而“自然”是如何一步步失去，又是否能够追回，秦岭山林深处又有哪些奇妙的异闻，都通过叶广芩的笔记载了下来，为当下现代化进程中人对自然的破坏与挽救的历史存照。同时，走出过国门，在日本这一现代发达国家生活过多年的她，并没有如沈从文般将“城市”与“乡下”视作“文明”与“自然”截然对立的范畴，也未像西方激进的生态中心主义者所主张的那样，人应该纯然为动物代言，人类应无条件地退出荒野。《熊猫碎货》《狗熊淑娟》和《山鬼木客》中，都提到了保护区山民为保护野生动物所忍受的农作物和家畜被损坏的“牺牲”，提到了四女母女两代人对山外世界的向往，这种客观和理性的态度使叶广芩的秦岭生态作品既有“诗骚体”的言志抒情，又有“史传体”的客观叙事，这种将两种文学传统熔于一炉的风格显示出作者的文学功力，也是作品能够吸引人常读常新的重要原因。

因其“背靠”陕西文化的主体经历，在叶广芩的秦岭生态文学中，既有文学传统的纵向重现，也有不同文学品种的横向表达，通过“地理”空间的描绘与传统哲学的显现，运用“对仗结构”与“讲史传统”，结合古典笔记体文学的特性，展现了对中国传统文化与乡土民俗的记录与保留，为当下现代化进程中人对自然的破坏与挽救的历史存照，构建了独特的“秦岭”生态文学空间，打通了生态与历史文化、文学与个人心灵的关系，有别于西方的知识文化谱系，彰显了民族文学的传统及特质，推进了民族心理与生态文学的现代构建。同时，较为开放的出版机构与读者群的动态发展也为我国生态题材作品的创作深度和传播影响力提供了很好的启示。

## 第四节　会通综合的历史真实

在对秦岭的地理空间和生态哲学进行了深入的展示之后，叶广芩写出了长篇历史题材小说《青木川》。在这部作品中，叶广芩对中国现代历史的观照角度和言说方式，与传统的“宏大叙事”有很大不同。作家并不着意史诗品格的建构，而是从半个多世纪以来独特的生命体验入手，努力揭开被宏大历史叙述所遮蔽的历史场景，捡拾起流落民间的文化碎片，用多线索多声部的方式搭建通往历史的桥梁，从而质疑和挑战惯性思维中的“合法”历史观。

自20世纪40年代开始，中国政治对文学产生制约的影响逐渐加大，到了50、60年代，在所谓的“革命历史小说”中体现为“在既定意识形态的规限内讲述既定的历史题材，以达成既定意识形态的目的”。革命如何缘起发生，如何走向必然的胜利，都需要服从于既定的写作目标，由此诞生了大批“政治正确”与主题先行的革命历史小说。前述姚雪垠的《李自成》便是这类文学作品的典型代表。20世纪90年代以来，大陆及海外又出现了一种反向的历史小说写作现象，如莫言的《生死疲劳》《檀香刑》，严歌苓的《第九个寡妇》等等。这类小说在规避“革命历史小说”的意识形态倾向之时，往往又走向了另一种极端。《第九个寡妇》中的王葡萄，在历次政治运动中拼尽全力保护地主出身的老公公，只是出于人性的本能与天性的善良，这同样鲜明的“规定性”，无形中对历史的真相又形成了另一种遮蔽。而叶广芩在《青木川》中则努力试图挣脱意识形态的束缚，呈现出历史本身的复杂状貌。

2016年6月笔者参加了万邦书店在陕西汉中留坝举行的“走读秦岭”活动，并在那里与叶广芩老师进行了一次谈天。谈到《青木川》的写作缘起时她说：“20世纪80年代初，我要写一篇叫《洞阳人物录》的小说，其中涉及土匪，那时我不知道陕西哪里有土匪，就在地区上找，找最偏僻复杂的地方，走到了川、甘、陕三省的交界处，地图上的这里有个小圈，标明是个镇，叫青木川，名字很像土匪出没的地方……”与白鹿原位于关中平坦开阔的平原上相比，青木川的险峻难行，使得这里的历史蒙上了扑朔神秘的面纱，而小说的最终形成，来自叶广芩对寻找历史“真相”的执着：“没去青木川以前，有人告诉我青木川有个大土匪，在外面杀人如麻，在里面净干好事，第一篇我就把他当土匪写，写了一篇《响马传》，登出来以后青木川的老百姓不干了，说魏辅唐是开明士绅，不是土匪，我后来又去了一次，住了一段时间。”2001 年第一次去青木川的经历，变成了纪实散文《老县城》中的一个章节，2004 年叶广芩再去时，已经萌生了写作长篇小说的念头。她以对历史的敬畏之心去老宅看望魏辅唐的五姨太瞿瑶璋，去四川广元青川县访问魏辅唐的大女儿魏树金，从魏辅唐的本家魏树孝，小说中的关键人物原型徐种德那里了解到许多魏辅唐生平的生动细节，并对之加以审视与思考，用宁静的心态排除一切影响与干扰，来进行作家的参解与还原，使得小说中这些细节与细节之间，有一种充满想象力的轻盈的连接。文学毕竟出于“想象的真实”，原生细节会增加历史的真实感，但本身并不能构成一个完整而有意味的故事，小说家的功力往往在于创造细节的次序，运用想象力使重要细节之间有戏剧的联系，并能让故事在这个次序中自然地展开，最终塑造出丰富而立体的人物形象。

《青木川》在人物塑造上可以说是相当成功，以书中最重要的人物魏富堂为例，这个人物复杂到“一言难以说清”，他所构建的独立生存世界和人格境界全部建筑在秦岭深处的青木川。他有自身的道德准则与行为方式，具有顽强的原始性的生存意志，与《老县城》中的土匪“大王”彭源洲和“魔王”王三春相比，少了些嗜血如命，多了对文明的恋慕和对当地的贡献，体现出人性构成的复杂程度，随意为其做出一种历史定位便是艰难的。闻一多先生曾在《关于儒·道·土匪》中分析土匪在中国传统社会中的地位：“墨家不能存在于士大夫中，便一变为游侠，再变为土匪，愈沉愈下了。”从盗跖到黄巢，从方腊到李自成，他们在中国漫长的历史岁月中杀人越货，揭竿而起，与王朝的更迭紧紧纠缠在一起，而正统史观对“土匪”研究则甚少关注。在民国史中土匪问题也是一个无法忽视的存在：秦岭深处的土匪彭源洲、王三春与国民党陕西省政府主席邵力子、1935 年徐海东率领的红 25 军、后来的红四军，1939 年国民党陕西省主席蒋鼎文，1946 年的解放军都发生过纠葛与激战。而小说中的魏富堂却一直与这些激烈的斗争处于一种游离状态，显示出别样的色彩：他种大烟致富，却不许手下的人和青木川的老百姓吸食；作为“土匪”不抽烟喝酒，精益求精地监工修造出六十年后还岿然不动的风雨桥；对外来的女校长谢静仪言听计从，并用一年大烟收入的七成盖起了富堂中学，资助青木川的贫困农家子弟外出求学；为了改变后代的文化基因，远赴西安求娶进士后代，买回了冰箱、汽车和留声机，使得山里的男孩子从小就有一个汽车梦；1952 年，已经缴械投诚的魏富堂，在“镇反”运动中被检举揭发，最后枪毙……

对这样一个集土匪与绅士于一身的复杂人物，叶广芩采用了叙述上的不稳定性和制造悬念的方法，来刺穿传统的“宏大叙事”：“那个不到一个小时的公审大会成为了青木川永久的话题，……半个多世纪过去，镇上有资格参与谈论的人逐渐稀少，话题便显得越发珍贵，越发不清晰。版本的演绎越来越多，甚至同一个经历者，上午和下午的叙述就不一样，一个小时前和一个小时后就不一样，现在和刚才就不一样……”①如果说因为五十年的时间间隔，人们的记忆出现了不同程度的偏差，那么对于刚刚或正在发生的“历史”，人们的叙述同样呈现出一种丰富的矛盾性：对于城市里来的志愿者教师王晓妮，小说中作家冯小羽的评价是“不容易”，而许忠德却说“王晓妮只要在这儿当志愿者够两年，回去不用考试就能上研究生”。这种矛盾性充分体现出叶广芩与新历史主义的基本观点不谋而合：“我们看到的历史，从本质上说都是后来的撰史者站在各自不同的精神情感立场上，所发出的一种以历史片段为基本素材的叙事行为。”所以在教导员冯明和郑培然老汉的叙说中，魏富堂完全是两个人，一个是相貌丑陋，既狠且愚；一个是排场出色，浓眉大眼。对于魏富堂刺杀魏文炳是为了为民除害还是争夺团总的位子，修建风雨桥的动机是为了深度牟利还是造福一方，以及和女校长谢静仪的关系是举案齐眉还是相敬如宾，小说中都采用了这种不给出明确答案的叙事策略，使得在中国式非黑即白的二元对立惯性思维中，出现了对历史的丰富还原与想象空间。

作为魏富堂对立面存在的冯明，他的历史观是“清晰”的：“谁是好人谁是坏人我心里清楚极了，革命与反革命的界限在我们这一代永远抹杀不了……”他与魏富堂构成了《青木川》中人物形象一“虚”一“实”两条主线，然而作品中多次出现冯明对自己记忆的怀疑与遗忘，伴随着探寻当年革命积极分子及其后代时所遭遇的吊诡情形。随着时间的推移，“革命”似乎被年轻人加速遗忘，女儿冯小羽表示不理解父亲那一套传统的革命观，冯明在追求经济发展的青木川已经成了一个力不从心的离休“老干部”，一个过去时态的符号。叶广芩在冯明讲究的有些过分的生活细节上使用了揶揄的笔墨，又在冯明对当年恋人林岚的追忆中刻画出冯明的深情，从中我们可以看出作者对她笔下的人物都抱有一种“谅解之同情”，作品冷静、客观的叙述态度也从中得以彰显。

整体来看，与其说《青木川》采用了一种巴赫金提出的“复调”叙事模式，

① 叶广芩．青木川 [M]. 西安：太白文艺出版社 .2007:3

倒不如说叶广芩在写作《青木川》时更贴近中国传统史学的基本特点。钱穆认为，西方的历史写作方式主观性太强："又在写史者之心中，因先已认定了某一事之起讫，及其前因后果，于是在叙述时，一切取舍详略，也易于遵照此图案来定标准。此等历史叙述，骤看像既扼要，又明晰，其实是写史者之主观成分反掩盖了当时历史的真过程。用此等方法写历史，往往仅供一时之需要。时代变了，关于历史知识之需求变了，于是又该另写新史。"而"中国历史，比较少此病。正因中国历史，不先凭主观分立事题，只重分年、分人、分类，把历史过程中在当时所共认为重要的事项，客观地一一记载下来，骤看像仅是一堆材料，但其重要价值亦在此。这因中国文化传统，注重人文实用，注重历史经验，注重会通综合。中国人的心智，用在此等人事观察上，极谨严，极完密，极明通，极广泛。其所记录，更易接近全部历史真实的过程。"①《青木川》就充分体现了这种"更易接近历史真实的过程"。小说中回响着多种异质的叙述声音，作品内部的对话可大致分为四组：一是冯明与女儿之间的"革命"与"文学"的对话，冯小羽与钟一山之间的"文学"与"历史"的对话；二是冯小羽与许忠德之间"探寻"与"遮蔽"的对话；三是许忠德、张宝国之间"在野"与"在权"的对话；四是作品人物自身展开的对话。这多重声部多种主题的对话交织在一起，使得青木川的历史与现状，过去与未来紧紧扭结在一起，追问历史的叙事视角和解密历史的情节结构带来了悬念与刺激，众声喧哗，互相矛盾又互相映衬，充分显示出历史的与人性的斑驳质地，也使得整部作品的叙述充满了张力。

叶广芩在《青木川》中对历史和历史人物的重新考量，与她的秦岭生态写作有着内在精神的一致性，同样吻合着天人合一的自然生命观："要把人文历史会通到宇宙自然衍变，而明了其间之分界所在，此即是'明天人之际'。要把人文历史来贯通古今，认识人类历史趋势与衍变大例，此即是'通古今之变'。要胜任完成此两大目标，必具备史学家所特有的一种深识独见。……亦寓有史家自己主观的见解，此即所谓'成一家之言'了。"②自然是在多样生命的和谐共生中存在，历史也是在人类文化的多声部合唱中演进，任何强势的扼杀和专制的裁断，最终会伤及人类自己和文明自身，也带来文化重构的步履维艰。魏富堂早期作为一个冒险家起家的过程及其自然主义的野蛮力量，使我们想起杰克

① 钱穆.中国学术通义[M].北京：九州出版社.2012:22

② 钱穆.中国学术通义[M].北京：九州出版社.2012:16

伦敦的名著《海狼》。《海狼》表现出的文明必将战胜野蛮的主题，是通过海盗海狼被“文明人”征服乃至消亡的情节展现的，而《青木川》这里则复杂得多。文明与野蛮的搏斗在魏富堂这里，不是通过外在力量的征服，而是通过几个性格各异的女性，似乎不怎么费力便打通了魏富堂心中的文明火种而完成的，充分体现出中国传统文化无声无形的征服力量。朱美人对魏富堂“不杀穷人，不杀无辜”的严格约束，使得魏富堂和他的手下逐渐摆脱了“土匪”的残酷性；大小赵虽然后来得了抑郁症，但是大家闺秀对音乐、书法的喜好也熏陶着魏富堂；而谢校长“那不紧不慢，慢条斯理的平和语气，甭管说什么，都如清凉的风，使魏老爷满身的躁气和粗野在瞬间土崩瓦解”，以至于“对谢校长的话，我魏富堂理解的要执行，不理解的也要执行。”卖大烟挣来的钱不再买枪，而是修了学校，资助了家乡子弟。引进了留声机、汽车等先进玩意儿，虽然是为了自己享受，但也在无形中开阔了山里人的眼界。钱穆认为“做学问之伟大处，主要在能教人自我发现智慧，并从而发扬光大之，使能达于尽性尽才、天人兼尽之境”。从这种启蒙的意义上来讲，谢静仪显然是作者理想中的知识分子形象。在青木川这样一个偏僻之地，知识分子与“土匪”达成了一种奇异的相互理解，共同推动了青木川的现代性演化。文明与野蛮不再是《海狼》里你死我活的搏斗，“文明”对“野蛮”的征服几乎没有遇到抵御，而是呈现出神圣化与理想化的表征。这里的“文明”既包括教堂里洋神父用刀叉、英文、电话代表的西方现代文明，也包括谢校长对教育近乎殉道的虔诚奉献，许忠德从四川大学走回青木川的“知恩图报”等中国传统思想。从晚清开始的现代性追求，自20世纪30年代开始以革命和阶级斗争取代了以民主自由和“立人”为核心的思想启蒙，造就了革命文学的思潮并影响深远，但是在《青木川》中又回归到了对中外文明兼收并蓄的状态之中，这是中国当代文学创作在新时期的收获。

与大部分“农裔城籍”的陕西作家相比，叶广芩对农民的命运自然也是关注的，在准备《青木川》的写作之前，车坏在山中也依然沉稳地进行采访，即使病中也不忍拂逆乡亲们敬酒的好意。叶广芩对这片土地的感情之深，使得她在省人代会上做了保护开发青木川的提议，但这种关注并非来自血缘上的深刻联系，所以我们在《青木川》中看不到作者审美情感与农民的完全一致，而更多呈现为知识分子在思想情感上的关照与审视。同时，作品的核心诉求并非如贾平凹《废都》中的庄之蝶一般表现出对现代文明和城市文明的否定态度，而是热情拥抱着城市文明。庄之蝶用老庄的“绝圣弃智”思想彻底否定了现代都市文明，魏富堂却一心拥抱文明与文化的火种，从中我们可以看到叶广芩贯通了传统士大夫与现代知识分子富于启蒙精神的创作立场，这是在城市文明面前不由自主自卑自亢的陕西作家所缺乏的。

在《青木川》中，叶广芩表现出开阔的精神视野，不仅对青木川人追求现代文明的激情充分肯定，也对所有不幸者均给予了怜悯和同情。“大部分现代中国作家只把同情留给贫苦者和被压迫者。他们完全不知道，任何一个人，不管他的阶级与地位如何，都值得我们去同情了解。”无论冯明离休后的落寞、山民挣扎于生活的辛酸、张保国父子寻冯明不获后对“侯门似海”“高低贵贱”之分的痛楚体认；还是魏福堂在亲自修建的富堂中学以“土匪恶霸”的名义被枪毙，几十年后又因为“部分平反”而变成了“开明士绅”的荒诞，叶广芩始终以超越了阶级与民族意识的人道主义精神予以冷静的叙述，在人性深度的挖掘方面独树一帜。叶广芩借助“作家”冯小羽和历史学家钟一山对青木川历史真相的探寻，表达出对冯明代表的主流“大写的历史”之外历史“缝隙”的关注，青木川当地老人“众声喧哗”的旁注，又为拨开历史的面纱增添了重重疑云。最后，不同人物的目的、回忆与情感构成了文本呈现的“历史”，“人性”充当了历史与文学的桥梁，提供了解决文学真实与历史真实之间矛盾的一种可能性。在《青木川》中，冯小羽其实是作为作家外化形象出现的，这个人物身上带着明显的时代印记和社会属性，而谢静仪才是作家真正的精神化身，具有作家血肉相连的体会和经验，通过对过去历史的言说来寄予现实和未来，通过对文化的守护而收获生命的意义，似乎也代表着中国知识分子亘古不变的自我追求。如果说陕西作家热衷于书写“民族的秘史”，在《保卫延安》《创业史》《白鹿原》《最后一个匈奴》《平凡的世界》等作品中强调波澜壮阔慷慨悲歌的“史诗”效果，那么叶广芩则承袭了诗圣杜甫的“诗史”之心，聚焦于亦匪亦绅的边缘人物魏福堂与青木川的山野村夫诸人身上，用诗意的超然笔调去刻画秦岭身处的历史与人性，更具民族文学传统中隐逸与山林的文化气息。

与她的家族系列小说相比，在《青木川》中，叶广芩模糊了散文与小说、镜像与现实、纪传与虚构的多重界限，语言更平实晓畅，符合文中人物的身份，但感物抒情的特质依然存在，在刻画小说中几个主要女性人物时表现得尤为突出。林岚墓碑旁，青女细心保温的“细辛荷包蛋腾起苦味的清香，让人嗅了只想掉眼泪”。冯明与青女对她深沉的怀念就寄托在这样一个前后对照的物象上面；而谢校长房间里茉莉花茶的香气和紫藤的清香，浸润着书架上一本本厚重的烫金洋文书，这样一幅细腻文雅的画面，也一直萦绕在许忠德等学生的心头。在结尾处，那个除了“谢静仪长眠之地”几个字之外再无其他的碑，“甚至没有用漆描过，但刻的很深。”淡化了高潮和喜怒，但更具有悠远深长的韵味，是一种高明的写作境界。

## 第五节　历史阐释的理性诉求与人本意识

1937年开始的全面抗战，对20世纪中国历史及文学的发展影响是深远的。陈思和认为：“战争使知识分子为中心的启蒙文化开始瓦解，文学与战争、与战争的主体农民之间的关系，都发生了变化，先锋运动消失了，知识分子精英独占主流的现象受到遏制，民间文化形态进入了当代文化建构。”①与大部分在国内生活并无语言优势的当代作家相比，在有关战争及历史遗留问题题材上，叶广芩有着显著的创作优势。在罗敷河畔自学的日语，使得她在跟随丈夫去日本生活的几年中，在语言交流上不受任何影响。后来她继续在筑波大学学习日语，还在千叶大学法经学部研究二战时期残留在中国的日本归国者们回到日本后，在日本法律、经济上存在的适应问题及改进办法。在日本生活及学习的经历，使得她能够在跨文化交际的过程中，深入体验日本国民的性情，并阅读了大量日本人编写的战争的资料和记录，感受两个民族站在不同角度对历史的审视与反思。在听到战后五十年日本人的“大东亚圣战论”及日本政要们“正当防御”的“失言”，“对日语词汇讳莫如深多种理解的巧妙运用”时，叶广芩产生了愤怒与厌恶的感情，这与她刚到日本时还是从大量国内文艺作品中感知的抗日热情有所不同：“那热情实则与丢失东三省，与南京大屠杀已无太大牵连，那只是一种生存在日本的寂寞、艰难和压抑，是一种只可意会不可言传的发泄和反抗。”②在叶广芩看来，五十年后站在今人的角度去研究那段历史，与历史的亲历者的直接描述不同，可以使人内心的震撼和愤怒化为思考，寻求阐释历史的新的可能，这也是本文前述“大历史观”对文学创作又一次成功的影响。

在叶广芩这一系列日本题材的小说《注意熊出没》《到家了》《清水町》《风》《霜》《雾》《雨》《霞》等作品中，跨文化的视野所获得的全球性的立场，使小说的主旨已经超越了中国与日本的历史对立与创伤，而变成了这两个东方国家

---

① 陈思和 . 有关 20 世纪中国文学史研究的几个问题 [J]. 文学评论 ,2016(6):152

② 叶广芩 . 琢玉记 [M]. 北京 : 北京十月文艺出版社 .2015:186

与世界的关系问题："无论中国还是日本，似乎都有自己解不开的人性异化的死结，在走向世界、走向未来时，如果说日本必须对历史有痛苦的重新认识才能完善发展自身的话，那么，中国在对历史和现实的思考中又该悟出些什么来呢？"[①]

小说《雾》与20世纪40年代初丁玲创作的名篇《我在霞村的时候》有着相似的主要人物。《雾》中的张高氏曾经参加过抗日根据地十五天的训练班，即将成为八路军女干部，并要去配合部队做群众工作，却不幸在大雾天气中遭遇了日本人的伏击，经历了各种磨难后成了"慰安妇"，这与《我在霞村的时候》中的贞贞在经历上有相似之处。丁玲这部作品重点表达出强烈的女性意识与民族主义之间的矛盾冲突：在日本人到来之前，贞贞就因为公开与村里的小伙子夏大宝谈恋爱而落了一个"风风雪雪"的不佳名声，而贞贞对"我"说"日本女人也都会念很多很多书，那些鬼子兵都藏得有几封写得漂亮的信"，并表示"我喜欢你们那里人，南方女人都能念很多很多的书，不像咱们，我愿意跟你学，你教我好么？"[②]则表现出女性意识的觉醒与作者的启蒙思想。贞贞因为"懂得他们说话"而被边区政府派去继续为游击队提供日军情报后，在村子里得到了更多的蔑视与非议。贞贞与《雾》中的张高氏都活了下来，但"没有人把我当原来的贞贞看了"。作为一个为抗日救国贡献出自己身体的女性，贞贞饱受了村人的白眼："尤其那一些妇女们，因为有了她才发生对自己的崇敬，才看出自己的圣洁来，因为自己没有被人强奸而骄傲了。"因性的禁忌而对失去贞操的女性持有蔑视的看法，在鲁迅的《祥林嫂》及《我之节烈观》中都有深刻的揭示，丁玲的作品也侧重于探讨在中国人内部的文化世界中，贞贞这样的女性何去何从的问题，并以高度的女性意识认为"正因为她受伤太重，所以才养成她现在的强硬，她就有了一种无所求于人的样子。可是如果有些爱抚，非一般同情可比的怜惜，去温暖她的灵魂是好的"。最终，贞贞为了"再重新作一个人，人也不一定就只是爹娘的，或自己的"，而去了"另有一番新的气象"的"延安"，这是那个时代作者能够为她安排的最"光明"的结局，而女性意识最终还是让位于民族主义激流中的抗日大计，也具有鲜明的时代特色。

与《我在霞村的日子》相比，五十多年后叶广芩的《雾》中的女性关怀则更加冷静克制，对于"张高氏"的女性意识不做过多强调，而展现了她人生不

① 叶广芩．琢玉记 [M]. 北京：北京十月文艺出版社 .2015:187

② 丁玲．莎菲女士的日记 [M]. 北京：京华出版社 .2005:259

同阶段受到的磨难：无论在日本人的折磨中，还是“文革”期间被视作“破鞋”批斗和在“日本人动得，我们动不得”的理论下继续惨遭强暴，直至“文革”后因为自己这段历史而被丈夫视作性虐待的工具，遭到虎狼一样的继子女的辱骂，都看不到对“人”起码的尊重，揭示出摧毁了道德体系与秩序的人，其实比野兽更加不如的人性异化问题。与丁玲相比，从医出身的叶广芩行文时，常在老辣中显出不露声色的沉痛与去理想化的悲哀之感。这部作品重点探讨的除了历史经验，更重要的是中国人在已经西方化的日本世界中何去何从的问题。中日两国虽然同属东方，但是日本已经完成了西方式的现代化进程，而中国还在发展之中并围绕现代性问题有着诸多争议。什么才是真正的中国？什么才是真正的中国话语？是阅读这篇小说时频频出现的问题。与张高氏形成平行人物关系的也是两位女性：中国留学生陆小雨和日本国会众议院议员山田修子。修子在美国华盛顿大学读过七年书，是个西方气味颇浓的女权主义者，小雨和她初识就发现她坐着时“腿伸得老长”，反而是小雨拥有“规正的日本坐姿”。但是小雨其实“是个观念超前的女孩”：“她只是要挣钱，大大地挣一笔钱，腰包鼓鼓地回到国内……给年迈的父母在太湖上买一栋房屋，给待业多年的兄长一笔启动的资金，给自己寻找一个如意郎君……为此现在她必须付出代价，必须挣钱，在当人之前必须当鬼。……她不是戴着老花镜读《烈女传》的老祖母，到日本八年，整个一个抗日战争，她不能白来。”[①] 起初在小雨的心目中，修子是“一个有着财团背景的职业政治家，一个能吃苦，肯于调查研究，尊重事实的女性”。正因为修子的这种严谨探究的作风，才动员到了大陆“慰安妇”幸存者代表张高氏，并聘请小雨作为翻译，配合张高氏丈夫前妻的儿子张大用与日本政府打官司争取赔偿。

在这一过程中，西方资本主义最根本的问题——“商品化”已经渗透影响了人的精神与文化生活，在中日两方的人员身上都有淋漓尽致的体现。对于张大用来说，西装袖子上还钉着的商标、在日本的酒店是不是五星级、能不能得到三千万日元的赔款、家里的农村亲戚要他在日本购买的各式数码摄像机和其它物件、去箱根和迪士尼旅游等等，都是此次日本行的重要目的，艺术及审美生活都已经被“商品化”物化的时候，历史的真相对张大用这样的中国人来说已经不再重要。对于修子来说，张高氏抵达日本后的身心健康并不是她关注的

① 叶广芩．黄连厚朴 [M]. 北京：北京十月文艺出版社 .2015:81

对象，她关注的是展示观点的事件，而不是具体的“人”，所以她反复强调与媒体见面时，张高氏一定要穿她破烂寒碜的中式大襟灰褂子。“山田修子的形象和中国老太太的形象在报纸上同时出现。妇女的权益问题通过山田修子的正义之举，在日本人的心目中得到了更深刻的认证。”一个完美的政治形象是修子这样的人努力营造的目标，至于张高氏的官司没能打赢，则不在修子的关注范围之内，她关心的是张高氏送行宴会的发言稿与怀抱的鲜花，张高氏穿上她赠送的白色大毛衣后表现出的受到修子主持的妇女团体关照的新形象，甚至在送行平台上喊出的那声“撒约哪拉”，都充分表现出商品社会中人性的异化是中日两国当代历史发展中的通病。对于关心“慰安妇”问题的日本妇女来说，张高氏是活着的历史，是一件可以交流的文物，是她们了解日本另一面的窗口，也是她们慷慨解囊展示爱心的最好舞台。给张高氏换自己穿过的紫色套裙的时候，日本妇女被她补丁摞补丁的旧坎肩和残破的胸部震撼，张高氏像橱窗里的假人一样被她们从各个角度欣赏与评论着，而再过两天，这个繁华的商业社会又会有新的社会热点新闻替代张高氏的影响……最后，在修子请张高氏吃牛排时，小雨看到那“肉的内部是鲜红细嫩的，有血水随着油花渗出”，推想从未接触过煎牛排的张高氏肯定一口也吃不下去，就连她自己都不由联想到张高氏的控诉材料中，同为慰安妇而被日本人暴晒至死的“妮”、咬断敌人脖子的“西”，拉响了手雷与敌人同归于尽的“劳库”。没想到的是，老太太“扎起一块块肉，毫不含糊地填进嘴里，吃得满嘴流油”，“还在耐心等待下一道菜的到来”。在日本战败后放火灭迹中侥幸不死的张高氏，尽管因为慰安妇时期的刺激，头脑时常出问题，却经历了“文革”中“革命群众”种种丑陋的揪斗、张大用父亲非人的对待与毒打而“总是不死”，成为了历史的见证者，而这段历史对她本人的影响则更多体现在身体的伤痕上，她的精神早已死亡，所以才出现了“失语”的症状与食欲的亢奋。这种状态比《我在霞村的时候》中光明的开放式结局显得更加合乎历史的真实。而陆小雨也不由地反思自己在日本“迷蒙”的生活：“张高氏脑子有病糊涂，难道她就明白？张高氏的迷糊是外在的给予，是被动，她呢……”小说的结尾暗示，小雨最终选择了提前回国，结束了在日本“做鬼”的生活，然而历史的迷雾通过调查研究可以驱散，在未来的发展中，“中国话语”究竟应该如何发生，则是作家留给读者深思的问题。

在《风》这篇作品中，同样贯穿着对中国历史疮疤的再揭示与中日文化的对比，展现出历史与人性的丰富性。小说围绕着日军华北特别警备队六支队少佐西垣秀次与华北临州保安队队长史国章之间扑朔迷离的关系展开。当年参与侵华战争的“鬼子”现在已经成为日中友好协会的理事，研究所专门聘请研究二战期间日军侵华华北陆军作战史的汉学专家，同为研究所外国研究员的“我”受西垣秀次之托去寻找“汉奸”史国章。在研究日本防卫厅研究所战史室编著的材料时，“我”看到日寇华北方面军 1943 年的“治安肃正”战役中“五一大扫荡”杀害了两万中国人，“我内心充盈着刻骨的仇恨和尖利的复仇之心”。因为被害者中有“我”的叔父，作为八路军涉县根据地的一名干部，在大扫荡中被日本人“凌迟”杀害了。在寻找史国章的过程中，按照西垣秀次的图示，“我”找到了当年临州的当铺旧址的小院，谈到 1943 年日本人血洗临州，如今居住在这里的人们说：“那都是陈年往事了，死的是死了，活着的也还活着。人嘛，得向前看，现在讲友好了，不计前嫌了。谁都知道‘东芝’冰箱好，‘松下’彩电鲜亮，我们不能因为他们杀了我们的人就不看他们的电视，不使他们的冰箱。”一场惨烈、悲壮的民族抵抗的历史就这样成了“每年清明节学校的学生都敲着鼓吹着号去献花圈”的形式般的记忆。而当年在临州报复性大屠杀中第一次杀人的日本老人松村武，则将“我”带回的当铺枯井的照片“端端正正摆放在佛坛祖先的灵位旁边，献上一杯清茶，焚香击磬，双手合十，默默地悼念了许久”。战争凶手松村对孙子说，井水中有九条中国人的生命，这笔债务中国人不会忘记，他也永远不会忘记，这张照片将放在祖宗灵位旁，日日供奉，直至子孙后代。松村这么做的原因是因为当他在给日本的年轻人讲述当年的这段历史时，没人相信温文尔雅的日本人会干出这种事来，年轻人总认为他臆想成分太多。所以无论国家态度如何，松村用自己的方式坚持自己反战和谢罪的态度。

关于这段历史，中日双方的年轻人在认识裂变中又有着不约而同地刻意“遗忘”。应该说叶广芩对双方形象的勾勒是准确公正的，小说着力反映的也不仅是激烈的杀戮所带来的残酷场面，而是在寻找史国章的过程中层层剥茧式的对历史真相的还原。敌对双方的人性在残忍搏杀中产生了变异与突围：小说中暗示史国章其实即是“我”的叔父，八路军的干部，而西垣则从史国章送来的“几乎没有过失误”却又使日本人占不到任何便宜的情报中嗅出了他的真实身份。汉学世家出身的西垣这时表现出了两面性，因为发现了日本儒家文化过于强调“忠”“勇”而缺乏中国儒家文化中的“仁”，他对日军的穷兵黩武十分反感和厌恶，对史国章的“阳奉阴违”则采取了佯装不知的态度。最后，西垣有意透露给史国章日军将去涉县的重要情报，使得日军围剿涉县的计划失败，为保护提供消息者的安全，史国章慷慨赴死，敌对双方因此有了对命运共同的审视以及对生命的重新认识。虽然西垣秀次侵略者的身份并未改变，史国章身后也并未得到正史对其英雄身份的确认，但两人的关系显然不仅是“鬼子”与“汉奸”这种简单的二元对立模式，也会促使读者对这段历史产生进一步的深思，叶广芩作为创作主体的理性诉求与在战争文学中表现出的人本意识，也使得她的这类作品具有独特的审美价值。

“日本评论界对这些作品给予关注，评论家荻野修二评论我的这些反映‘二战’题材的小说时说：‘作品贯穿着对那一历史细部的再检讨，对人物的刻画是内在的，对日本情况的描写是准确的，没有胡乱猜测。如果作品细节描写不准确，马上会使人感到不快，甚至怀疑内容的真实。总之，这是对日本态度严峻的小说。’”[①] 能够得到日本人的认可，可见叶广芩在史料收集与文字表述方面下的功夫，这也引起了我们对另一个问题的思考：在文学表达与历史性叙述之间，或曰虚构与非虚构写作之间，如何达到一种相对的平衡状态？

叶广芩的日本“战争孤儿”系列作品，则予以我们关于这个问题的一定启示。“中国残留孤儿”诞生的根本原因是20世纪30年代日本的经济危机。“为转嫁国内矛盾，日本政府采取了大规模的移民政策。10年时间内，诸多开拓团、青少年义勇队、各类职员和军队先后开进中国东北、内蒙地区。据日方统计，战败时在东三省居住的有日本居民155万，军队60万。战后回到日本的127万，死亡25万。出于战败后的混乱，大量日本儿童与父母分离，粗算残留在中国的日本儿童约10000人以上。中日邦交正常化以后，自1981年开始，滞留孤儿陆续回日本寻亲，至1987年先后共有15批1448人回国寻找亲人，其中1551人判明了自己的身份。”[②] 日本各界都相当重视反映“中国残留孤儿”问题的文学作品，20世纪80年代这个字眼曾经在日本风行一时，日本人“出于民族亲爱感”将他们称为“中国未归还同胞”，但“未归还”的说法引起了中国人民族情感的不快，最后只好在他们的日本亲生父母甚至中国养父母都健在的情况下采用了“中国残留孤儿”这个不严密的称谓，也说明了这一边缘化的人群背后历史问题的复杂性。1985年叶广芩在东京时原本想做有关日本妇女情况的调查，却在电视上看到了访日寻亲团孤儿们的节目，被这些在中国长大而完全中国化了的“日本人”那“只求知道我是谁的孩子，家乡在哪儿。自己要活

① 叶广芩. 琢玉记 [M]. 北京：北京十月文艺出版社 .2015:187

② 叶广芩. 战争孤儿 [M]. 西安：华岳文艺出版社 .1990:2

得清楚明白，也给子女们有个交待……”的凄楚所打动，而萌发了调查采访这个问题的念头。在克服了诸多困难后，叶广芩先后在日本采访过几十人，其中有工人、农民、职员、学生、家庭妇女，资本家、科学工作者甚至菜铺女老板，新潟山地的农家和大企业主，以及福岛本宫町的普通市民和青年人。她感受到来日本定居的第二代战争孤儿，在很短的时间内，便与上一辈即战争的直接受害者之间产生了分裂，在观念上迅速地具有了差异等现状。回国以后，叶广芩将大批材料进行筛选与消化，发现仅凭材料写出的作品未免苍白，于是又到东北走访了在国内的残留孤儿和他们的家庭成员。在哈尔滨采访了当年在绥陵县处理日本难民工作的赵乃斌，与手表厂工人访日寻亲团团长杨树国等人，并通过他们的帮助得到了更为丰富的素材。最终，叶广芩发现返回日本定居的残留孤儿要想与当地社会相融合，必须面临语言的障碍、价值观的差异、生活习惯的不同、就职自立的艰难等诸多难题，其中有一些成功案例，但媒体也报道过不少因这些困难自杀的“战争孤儿”。“对于已死的残留孤儿，我无法了解更多，仅能从报纸的字里行间，从家属讳莫如深，闪烁其辞的谈话中推断出一二。最后我不得不用文学形式对这一事实加以表现了。”

这一题材的作品如《战争孤儿》《霜》《霞》等，填补了国内文学界对这一领域的忽视。在当代中日历史小说创作方面，这种“口述历史”与“田野调查”产生的真实性，与在民族主义带来的“抗日”题材创作与消费模式中严重固化的大部分作品相比，以其对平凡个体生命的微观叙事隐隐构成了一种文体变革。同时，深入的调查与在日本长期生活经历所产生的对日本人的了解，譬如在日本国立国语研究所聚会时，高桥部长听叶广芩讲完战争孤儿们的遭遇后，流着眼泪举起酒杯对中国母亲“无私的爱”的敬意，使得作品对中日两国的这段历史采用了无法定性的混沌叙事的态度，也展现出叶广芩作为一位知识分子对个人的文化身份保持清醒自觉，直面内心困惑，防止文本过分滑向苦难和悲情深渊，克服固有知识谱系惰性的努力。

在真实性的问题上，小说与历史资料最大的不同，是要讲述一个完整的故事，将很多原生细节融入故事当中。作家哈金谈到如何处理《南京安魂曲》中真实与想象的关系时曾说：“小说家的功力往往在于创造细节的次序，并能让故事在这个次序中自然地展开。这就需要运用想象力。原生细节本身构不成故事，只是事件。”“小说中使用很多历史的原生细节会增加这种真实感，但细节要用的恰到好处，让人觉得它是戏剧的有机组成部分，否则就会生硬别扭。……小说家必须有这种随手就拿出符合故事逻辑的细节的能力，因为写作过程中随时随地都会大量需要这种想象的微小细节来使故事丰满，使文字富有质感。”[①]叶广芩即是在作品中运用创造细节的方式，使历史由事件变成了具有打动人心力量的故事。比如，历史上的“葛根庙事件”是指：“1945年8月14日，日本开拓团1200余人及其子女逃到当时兴安南省喇嘛敬寺院葛根庙附近，据说遭到苏联军队十五六门大炮轰击，有的家族用手榴弹自决，当下便死去千余人。有个叫大栉的孩子，被过路中国妇女救护，可谓死里逃生的幸运者。”而在小说《霜》中，叶广芩则充分发挥了想象力，将这一历史事件演化成了上野秀子将儿子上野太郎留在中国的故事。小说描述了上野秀子在逃亡过程中看到的一切绝望与恐怖的惨象：有人使劲用头撞车厢板壁、青年军人切腹自杀、一家人抱在一起拉响手雷，而分发氰酸钾的女军医则被人活活掐死……秀子看到中国妇人赵秀英儿子小顺头上的枪口，发出的“对不起”的声音，与被赵秀英扼住脖子时听到太郎的哭声，赵秀英焕发出超越国籍的母性等等细节，使得赵秀英后来收养了太郎并将其改名李养顺的情节显得合乎情理。五十年后养母去世时吐露的身世之谜，促使李养顺偕妻儿回到了日本，身份的尴尬也是通过吃不惯又腥又冷的日本饮食这些细节得以体现。而文化上的无法认同，则通过一把李养顺的日本父亲留下的嗜血军刀使李家人全家感到不安，却被李养顺的日本弟弟次郎以不由分说的态度强行留在他们房间而展开。叶广芩在事实与虚构的变换之间，对那段并不遥远的历史投下了深刻的注视。在她笔下“历史”与“人性”之间的角逐以“变”与“不变”的双重基调呈现出来。李养顺的女儿逐渐在适应日本生活的过程中萌生了找一个好婆家的人生理想，儿子则成为暴走族，展现出第二代移民与父辈的分裂。曾经的历史和战争对人施加了压抑与重创，但最终李养顺与弟弟次郎一家因母亲的去世重新体认了骨肉依恋的亲情力量：“穿着洁白中国孝服的上野家长子一家人在丧礼上引起的震动出乎人们的意料。李养顺和梦莲依着中国的规矩，给每一个吊唁者都认真地磕头，陪着每一个吊唁者掉眼泪。来自礼仪大国的传统风范使日本人感动，李养顺和次郎强烈的黑白对比给参加葬礼的人们一种说不出的感受，是负疚，是痛楚，是回味，是反省……”[②]火化母亲上野秀子时，无意发现早已罹患老年痴呆的她经常念叨的“伊豆”即是中文“井”的意思，日本母亲一辈子念念不忘的是遗失在中国的芳井囤的李

① 傅小平．四分之三的沉默 / 当代文学对话录 [M]. 桂林：广西师范大学出版社 .2016:5

② 叶广芩．黄连厚朴 [M]. 北京：北京十月文艺出版社 .2015:73

养顺这个细节，使人一掬同情之泪，也穿透了战争与历史的迷障，将民间伦理和日常生活作为精神支撑，展现了叶广芩此类小说作为叙事基底的传统情感与人类共同的人性光芒。

人到中年的“战争孤儿”在移居日本之前，已经接受了中国大陆的本土教育和中国传统文化熏染，他们已经成型的观念中自带着完整的中国历史文化和社会观念体系，这使得他们比起自己的下一代，面对文化冲突与离散处境时更加敏感。在《霞》中，葛根庙事件中失去母亲的金静梓对日本的霞光和富士山有着本能的排斥，而印染大亨的日本父亲家中丰裕的物质生活与这个日本家族雅致的生活品味也使她感到震撼。随着时间的推移，在日本强势文化的压迫与挤压下，在经历种种错位和不适之后，静梓逐渐意识到这个家族“注重程式规则，缺少亲情关爱”或许才是母亲当年毅然离家远去中国的真正原因。父亲一开始并未问及静子的中国养父，却在得知她的养父是伪满皇室成员，与溥仪在苏联伯力蹲过监狱时肃然起敬，甚至面朝西方为养父磕头。静梓暗中发现父亲在书桌的玻璃下方用一张中国人惨遭杀害的照片“祭奠”在中国身亡的妻女，使得她内心激荡着难言的耻辱与悲凉的感受，也凸显出个人与民族的历史创伤记忆。作为一位在中国有着三十年行医经验的资深护士，因为语言障碍，静梓只能放弃了外出工作的打算，将给国内的前夫写信时“从方块字得到许多乐趣”，当作在经受心理与伦理观念错位与疏离时创造的精神归宿。然而，与父亲之间的严重冲突还是无可避免地发生了：

金静梓说，中国的医院里专门有按摩科，这是治疗疾病的一个很重要的手段。

父亲粗暴地说，别提你的中国，你是日本人，现在跟中国没一点关系了。别忘了，你的母亲是在中国被害死的！

金静梓说，是我的母亲自己拉响了手榴弹，谁害了她？是日本！这笔账应该记在日本的头上，跟中国没关系！

……

父亲说，你没有资格在我面前谈论那场战争。

金静梓说，我是那场战争的直接受害者。

父亲说，我在那场战争中失去了妻子！

金静梓说，对您来说，没有战争，您也会失去她。……[①]

这场较量中，性格与人性的冲突，交织在历史与民族的矛盾之中，也为金静梓最后自杀的悲剧埋下了伏笔。无所归属的失地感和漂泊感是这些“战争孤儿”回归“故乡”后基本的共通感受。历史事件是矛盾发展的导火索，最终形成矛盾的还是静梓感受到的家族成员之间“妻子如衣服”的冷漠与文化差异。这时再看那些礼仪科目与繁文缛节，包括继母一天三次常换的和服的精致，都显得索然寡味了。在人性的冲突层面，这篇小说已经超越了简单的历史事件的记载，而触及了一些普世性和永恒性的命题，譬如男性与女性之间关于自我意识的角力，亲情对人性自由的垄断等等。

在《雨》这篇小说中，叶广芩更进一步地摒除了民族主义的狭隘疆界，展现出具有超越精神的“世界性”的叙事维度。小说来自作者在日本广岛生活时与隔壁一对日本老姐妹交往的经历。其中的“历史事件”并不复杂，用文中“丈夫”的话说就是：“有什么好写的，不就是俩老太太一条狗，狗死了，儿子也死了，俩老太太照旧生活得很愉快嘛。”但是在叶广芩的细节叙述中，读者获得了对日本文化的细腻体认与对战争施暴方的同情与体恤，对自我与他者关系的换位思考。“山本虽然性情冷，但是心眼不坏，每天早晨清扫门口，都将我门前也捎带收拾了。要是逢我不在家，又突然变了天，她会替我将晾在外面草坪上的被子收进来。”两姐妹“生活得很愉快”的标志之一，就是每天都以精心挑选的日常服饰示人：“我最喜欢看的是姐儿俩穿和服出门，姐姐穿着藕荷色绣碎樱的，妹妹肯定是淡青绣唐草的；姐姐穿鹅黄，妹妹就穿淡粉。姐儿俩收拾得清丽无比，无可挑剔，蹬着木屐一前一后从院里走过，向着遇到的每一个人鞠躬问好，那情景让人觉得像是刚从天上飘下来的神仙，是不食人间烟火的老仙女下了凡，飘逸潇洒极了。”老太太养的秋田犬为什么与妹妹的儿子一样叫“贺茂”，以及一到下雨天为什么足不出户的这些悬念，在叶广芩充满生活趣味性的生动笔触中最终得以揭破：她们亲历过广岛原子弹爆炸，并留下了终生的身体损伤，在灾难中用生命救助过她们的义犬贺茂则成为妹妹儿子和姐妹俩以后饲养的所有狗的名字……原爆现场的场景叙述与姐妹俩的其他家庭成员离世的描述令人震撼，也使得文中“丈夫”“没有这十四万人的牺牲，‘二战’能停下来

① 叶广芩 . 黄连厚朴 [M]. 北京 : 北京十月文艺出版社 .2015:187

吗”的“政治正确”的观点显得缺乏了人道主义的深度，山本姐妹同样是历史的受害者。妹妹的儿子贺茂因为母亲曾经受过辐射，最终因白血病去世，老太太们则显示出一贯的沉稳平静，继续操持着在原子弹爆炸中活过来的老人们的圣诞节宴会。“我”不由感慨道：“这些人都很健谈，都很快乐，都有一种‘曾经沧海难为水’的洒脱。这是一群见识过地狱的人，一群摆脱了生命禁锢的人，置之死地而后生。他们的愉快是发自内心的，他们的享受生命是理所应当的。”并非刻意升华的人性描写，拓展了读者的心灵空间，也具有了超越客观历史事件的动人的文学力量。

与国内许多停留在控诉日军侵略暴行的极端民族主义层面上的作品，或者一味宣扬超越历史、超越民族旗号的庸俗的人道主义的作品相比，叶广芩的“日本故事”系列作品真正跨越了国族界限与历史局限，呈现出民族身份、社会历史、代际文化等多重维度的交叉状态，对不同民族遭遇的战争暴行与“战争孤儿”等问题进行了深度思考，最终通过敌对双方的人物命运的交融写出了人性的宽广与浩瀚：日本式的“不给别人添麻烦”的生活原则，与中国式的“一方有难八方支援”，“把两者加在一起最好。”“日本故事”和“中国经验”也不再隶属于单一的叙事场域，在与不同族群与社会的历史细节描写中，在史性的真实与文学的生动之间，叶广芩笔下的“日本故事”演绎着寻求融合、促进文化对话的世界性话语，并努力尝试开拓历史叙述的叙事新质，从某种意义上来说，这也是中国文学走向世界、获得认同和尊重的重要途径。

# 结　语

## 一　“归根复命”

“天地之气，合而生风，日至则月钟其风，以生十二律。”这是《吕氏春秋》中关于声律起源的说明，代表了先民对自然界气动而风生，风动成声律，人与声相感应的感悟。在古人心目中：“天地之风气正，则十二律定矣。”不但音乐与诗歌都由风气鼓动感人而生，因为天人交感，这些音乐与诗歌也可以起到感人至深的教化作用。在此基础上，孔子提出以诗、礼、乐三方面的人格教育，来养成君子“温柔敦厚”气质修养的声教之学，则成为后世奉行的文化准则。与重视理性讨论与辩难的西方“爱智”之学相比，中国的声教之学建立在道德情感的基础之上，声歌舞颂以成君子，君子兴于诗而成于乐。君子可指身居高位的士大夫，但更是指温文有礼并具有高尚情操的士君子。自孔子时代至清末的两千四百多年间，士大夫与士君子构成的士阶层在上则干济政治，在下则主持教育，中国历史文化因此得以保持稳定与延续。儒家除要求士阶层自己以仁德修身之外，更提出了以“诗教”教化百姓的主张，认为“言修身必先学诗”。在这样的思想基础上，中国古代文化与文学尽管经过了数千年的历史演化，但仍在发展延续中历久弥新。观今而通古，博古亦可通今；六经皆史，而史亦可视为诗，形成了中国文化独有的文史合一，汇通天人的内在自足的体系。

内在自足的中国文化，自晚清以来被迫面临“古典”与“现代”、“保守”与“先进”的切分，表现在五四新文学运动已经不似唐宋时期的“古文运动”一样，在中国文化内部的封闭体系中寻求“创新”的资源，而是加强了对“西学”的全面吸收，从言语文字，到思想内涵，乃至知识界的思维方式都开始逐渐西化。相伴而生的是整个社会原有的产业结构与社会组织都在逐渐走向工业化，在传统文化论者与主张西化论者的论辩之间，即使知识分子也已经与中国传统文化产生了甚深的隔阂，对于历史的书写往往局限在“民族国家”的空间内部。而随着全球化的不断加深，曾经一度与文化问题相伴而生的民族危亡问题已经成了中国历史的陈迹。世界各国文明的互动越来越密切，中华文明也展开了“复兴”的宏大进程。在这样的时代背景下，“民族”作为历史行动者的主体，在当今时代更多需要“归根复命”，保存与修复中国文化的基本样貌与价值系统。

无论在大陆还是台湾，政治上的分野使得同一文化母体出现了不同的历史进程与文化实践，中华文化也因之产生了辩证的发展。大陆地区的当代文学在1949年后，曾经试图彻底融入国际无产阶级革命体系内，造成了民族文学传统的断裂，表现在文学题材、叙事及语言等诸多方面，大陆地区的作家和台港澳地区及海外华人作家就会产生同中有异的现象。经过80年代“寻根文学”的准备，自20世纪90年代以来，大陆地区在向消费型社会转型的过程中，传统作为文化与美学结构，在具有民族历史总结性的小说中起到了巨大的支撑作用，但与中国古代文学传统相比，缺乏经由世俗完成的哲学层面的内在超越，世事世情即应是描述对象，也是超越的对象。大陆的大部分当代文学作品，在哲学层面与台港澳及海外华语文学相比，缺乏这种“向内超越的价值取向”。而台湾地区自李登辉时代开始塑造有别于过去国民党所代表的中华文化的国族主义论调，打造台湾进取冒险的海洋文明特质，又与台湾的地理面积与现实影响颇不相称。若一味沉溺于自怜自哀的悲情文化，也对台湾文学真正拓展眼界、具有国际视野不利。此时立足于我国的历史传统，提炼出中国文化的基本精神，并将其渗透进入作品创作之中，扩大历史写作的想象空间，则中国的文化与历史，都可以成为历久弥新的叙事与美学源泉。这是两岸当代作家共同努力的方向，也是本文选择作家林佩芬与叶广芩分别作为两岸当代作家代表进行比照研究的原因。

林佩芬与叶广芩都出身于满族贵族世家，都具有修己求知的士阶层“求胜”精神。叶广芩认为：“你不能跟命运较劲，不能跟周围的人较劲，你最好的办法就是跟自己较劲。韩非子说，‘志不难也，不在胜人，在自胜’。”林佩芬则期许自己在创作中具有宗教家悲天悯人的胸怀与救世的精神，艺术家创造完美与诠释完美的能力，以及思想家探寻真理、史学家钻研古今之变的执着。① 同样

① 林佩芬．义归乎翰藻·事出于沉思.2003年11月浙江大学主办“现当代历史题材创作”国际研讨会会议发表论文

具有曾经在中国古代文化中占据顶峰位置的贵族文化气息和审美精神，如果用“声教之学”加以比拟，林佩芬的创作活动好似《周礼》中《春官宗伯·大司乐》中“乃奏黄钟，歌大吕，舞云门，以祀天神”那样的正大庄严；而叶广芩的创作风貌则更类似鲍照《代升天行》中描述的那般苍凉清幽：“凤台无还驾，箫管有遗声。”她们的创作风格在文化背景与文学起点的相似中有着显著的差异。面对传统文化与人文精神，林佩芬侧重于推广关怀，具有坚定的文化信念；叶广芩则偏重慨叹深省，既有对民族文化的凭吊与坚持，又有对其缺陷的反省与自新。这些差异既来自台湾与大陆因政治分野带来的传统文化的不同发展状态，也来自两人性格的不同：“凡此所谓‘诗品’，其实亦可谓即是‘人品’。人品判于心，而见于诗。其人必有雄浑、冲淡之行迹，而始有此雄浑、冲淡之诗品。”① 本书即从两位作家的童年经验开始追根溯源，探讨了旗人世家文化对她们心理建构的影响；并结合她们的散文创作与访谈资料，进一步梳理她们不同的个性气质与海峡两岸不同的历史文化发展轨迹。

## 二 黄钟箫管

在林佩芬与叶广芩的创作中，对民族传统与民族文化的体认有着深刻的共性，前者更多承袭了士大夫的传统，后者则包含了民间文化的气息，同时又都具有现代知识分子的独立精神。她们对民族的文化自觉建设则表现为对情义中国的诗性言说与古典意象营造的文化美境，这是创作与评论界所共同呼吁的中国文学重新焕发生机的必然道路：

> 古文可以被跨越，也可以被革新。它的古老的幽魂在近代的出出进进，跌跌落落，印证了我们文化的内在冲突的多样性。……我们的士大夫文化与市井文化已经存活过，只是知识分子的独立精神寥若晨星。中国未来的艺术总该有另一个样子，但古文化的因子和民间的因子都不会死去，那也是自然的。②

来自台湾并经历过“中华文化复兴运动”的林佩芬自觉地以复兴中华文化为使命，期待以文史哲合一的创作起到淑世致用的效果，去影响与改变时代风气。如果说林佩芬早期的创作，仍然有着台湾当代文学远离家乡，漂泊无依的

① 钱穆 . 中国学术通义 [M] 北京：九州出版社 .2012:179

② 孙郁 . 新旧之间 .[J] 收获 .2011,(1)：77-85

孤儿意识，并试图以反抗父权与对儒家文化的超越，来寻找自己的精神立足点，那么她很快就以重新皈依儒家文化核心价值的精神取向而与同时代的台湾作家产生了区别。在张大春、朱天文、朱天心等台湾作家试图打破对故乡、记忆与历史的执迷的时候，林佩芬却在孜孜不倦地以数十年的精力建构一个庞大的国家与民族历史叙述的王国，恢复中华文化中的大历史观，实现其“为故国招魂”的文化情怀。在台湾作家中，她的创作趋向与生活选择是高度一致的，这也使得她的作品能够超越一时一地的局限，而接续了中国历史文学的传统，反映出民族与文化融合的根本趋势。

如何在现代性的价值观与运作逻辑之下延续中华文化道统，是林佩芬选择的历史使命。通过创作《两朝天子》《努尔哈赤》《天问》等长篇明清历史题材小说，她详细展现了“士阶层”在中国古代社会历史中的作用与影响力，尤为推崇“士不可不弘毅”的奋发敢为精神。同时，她也继续秉承五四新文学传统中的精英知识分子启蒙主义的立场，对历史长河中盲动的“老百姓”之愚昧残忍进行了深刻的省思。在“大历史观”的烛照下，林佩芬擅长从正面全方位多角度地客观描绘历史演变过程，并重新伸张那些传统的价值观。她的明清小说中于谦、袁崇焕、李岩等人“尽其在我”“知其不可为而为之”的力挽狂澜，努尔哈赤、皇太极等人的锐意进取、坚韧不拔的运筹开新，无不给当今的读者以感召与启迪。同时，她汲取了司马迁的史传笔法，坚持在小说中贯穿对人物命运的探索这一终极命题。从明清历史小说《天问》到民国家族小说《故梦》，她借笔下的人物不断发出这样的疑问：天人之际究竟是一种什么关系？人的命运究竟是怎样被决定的？人可以在多大程度上把握自己的命运？《故梦》用太史公的“末世争利，唯彼奔义”作为核心价值，展现出传统士大夫到现代知识分子的转换之路，以及在保持操守、传承文化以及勇于为民族担当方面的共性，显示出作者取自新儒家思想中延续传统文化的使命感：在传统文化花果飘零的时代，努力让飘零的花果“灵根自植”，重新长出枝干来。

在创作中，林佩芬试图建立一个“宏观历史，微观人性”的文字世界，使得读者能够以史实印证史学理论，以人性印证史实，或理解历史中人与事的错综复杂的关系，因此她也格外强调在深度与广度上借重学术研究之力的严谨创作态度，将史实与虚构的人物情节巧妙融合，是对士大夫悠久的“文以载道”的诗教传统的有效接续。

中国历史中不绝如缕的战乱与苦难，使得中国文人在“学而优则仕”之外还有一脉隐逸的传统，在逃离中完成个体和精神的成长，在山水行吟中秉持了中华文明的力量。自幼体会到政治斗争带来的压抑与边缘化的叶广芩，在今后的岁月中选择了沉潜在历史与人性之海的活法，在世俗中但不被世俗淹没，民俗志怪、笔记小品、甚至梨园美食等已经在大部分中国当代作家手中音尘断绝的文化因子在她的作品中一一呈现，容易被宏大叙事遮蔽的富于人性温存和质朴的人生片段被她记载下来。身处大陆的历史环境，经过剧烈的社会改造，但叶广芩的作品中仍旧从缝隙间透露出民族历史的记忆。她的家族小说《采桑子》《状元媒》与京味小说近作《去年天气旧亭台》等作品也取法于《史记》中的列传体，不同的人物事件或许交错出现，但每一篇都有一个主要人物，造成“整个历史进程乃由人类共业所造成”的印象，通过书写中国人的性情与情义，来凸显过去的中国人民族性与文化性格，表现出道德治国的儒家文化理想。

亲身遭逢了多次“旧”文化的挣扎乃至被暴力破坏，造就了叶广芩作品欲说还休的情感基调。在社会的大变革中，贵族家庭的成员挣扎于“守”与“变”的两难之间，所依赖的儒家文化面临着新的文化范式的挑战，小说中的人物对此几乎都有着切肤感受，他们的情感世界也因此复杂而深沉。作者称颂的往往是历经磨难而不改其赤子之心，与欲望化的世界保持距离，具有传统高贵情操的道德人物，这代表着作者的审美理想，凝结着叶广芩这一类知识分子复杂的自我认同。这些自我认同隐约游离在新中国知识分子的角色认定之外，而渗透进了传统文化的伦理价值，并呈现为“今非昔比”的深沉叹息。

历史的理性与人文的关怀常常是矛盾的，历史的前行往往带有一定的悲剧性。对于过去的历史进行无原则的美化，与去沉重化的叙述，还是使历史叙述具有暗示人生哲学意味的效能，则是检验作者是否具有知识分子的思想效能与意志行动的试金石。老舍的小说往往富含生动有味的街坊邻里的人情之美，也显示出京味小说中市民社会固有的道德传统，而叶广芩在具体的人性理解方面则显然超越了这种通俗小说的意味。或许在《全家福》与《茶馆》这些“讲述别人的故事”的文本中，她也承袭了京味文学温暖人心的抚慰功能，而在属于自己的《去年天气旧亭台》中，她则无意中显示出苍凉与冷静的叙事态度，这也是“另类”的贵族家庭出身带给作者的一种特质。

叶广芩在《青木川》中对历史和历史人物的重新考量，与她的秦岭生态写作有着内在精神的一致性，同样吻合着天人合一的自然生命观。自然在多样生命的和谐共生中存在，历史也是在人类文化的多声部合唱中演进，任何强势的扼杀和专制的裁断，最终会伤及人类自己和文明自身，也会带来文化重构的步履维艰。在青木川这样一个偏僻之地，历史上的知识分子与“土匪”曾经达成过一种奇异的相互理解，共同推动了青木川的现代性演化。文明与野蛮不再是你死我活的搏斗，“文明”对“野蛮”的征服几乎没有遇到抵御，而是呈现出神圣化与理想化的表征。从晚清开始的现代性追求，自20世纪30年代开始以革命和阶级斗争取代了以民主自由和“立人”为核心的思想启蒙，造就了革命文学的思潮并影响深远，但是在叶广芩的《青木川》中又回归到了对中外文明兼收并蓄的状态之中，其结构内涵也更贴近中国传统史学注重会通综合的基本特点。

在日本题材系列小说中，叶广芩着力反映的也不仅是激烈的战争杀戮所带来的残酷场面，而是层层剥茧中对历史真相的寻找与还原。“口述历史”与“田野调查”等写作方式产生的真实性，与由民族主义带来的“抗日”题材创作与消费模式中严重固化的大部分作品相比，以其对平凡个体生命的微观叙事隐隐构成了一种文体变革，也展现出叶广芩作为一位知识分子对个人的文化身份保持清醒自觉，防止文本过分滑向苦难和悲情深渊，克服固有知识谱系惰性的努力。作为创作主体的理性诉求与在战争文学中表现出的人本意识，使得她的这类作品具有独特的审美价值。在史性真实与人文关怀之间，叶广芩笔下的“日本故事”演绎着寻求融合、促进文化对话的世界性话语，并努力尝试开拓历史叙述的叙事新质，从某种意义上来说，这也是中国文学走向世界、获得认同和尊重的重要途径。

## 三 历史回声

中国传统思想中，偏重人文精神的儒家先天具有对文学诗性的重视，对人群社会常富有一种深切的透视与同情。在秉持儒家哲学的古代作家里面，韩愈、欧阳修分别是唐、宋古文运动的倡导者，他们同样以宣传古道为己任，注重儒家内在的修养，但是其文章风格迥异。苏洵在《上欧阳内翰第一书》中对韩愈、欧阳修的文章风格做了对比：

韩子之文，如长江大河，浑浩流转，鱼鼋蛟龙，万怪惶惑，而抑遏蔽掩，不使自露，而人望见其渊然之光、苍然之色，亦自畏避，不敢迫视。执事之文，纡余委备，往复百折，而条达疏畅，无所间断，气尽语极，急言竭论，而容与闲易，无艰难劳苦之态。[①]

如前所述，林佩芬的创作有似韩愈般“长江大河”“不敢迫视”的雄浑崇高，而叶广芩的作品则像欧阳修般“条达疏畅”“容与闲易，无艰难劳苦之态”。“贵族文学”在林佩芬与叶广芩笔下，不再意指社会学意义上的“贵族”，而是指向了平民社会中以文化属性为区分的个人灵魂及意志，并最终关乎存在意义上的审美观照。从中我们可以看到知识分子在历史发展进程中行为模式的调整过程：中国士大夫从政问政的文化传统，对国家社会的责任感与社会政治体制的深刻变化，使得无论注重“事功”行动还是擅长著述的知识分子都很难与现实政治绝缘。富国强兵与民主自由、全盘西化与文化本位、乡村自治与工业发展，都是知识分子在新旧过渡的时代所经历的变动与分化。作为同样出身于满族世家的女性作家，林佩芬与叶广芩活在满族八旗世家优越的文化素养与族裔的历史经验之中；同时，满族“重女孩儿”的文化传统，使得她们在作为历史阐述主体的时候，超越了一般汉族女性作家的边缘心态，在题材的开拓与历史叙述的深度方面，都绝非对既定男性话语的拾遗和补充，而是既带有来自汉族中心主义之外的审视眼光，又具有对男性性别特权的反思超越。无论创作古代历史小说、家族文化小说、生态伦理小说、战争反思小说还是世情民俗小说，挖掘一度被无视的族群历史，整理中国知识分子历久弥新的精神遗存，展现历史传统的复杂面向，构建审美自足的文化空间，都是两位作家已取得的文学收获。

“治乱之源，古今同体，载在方册。”面对着时代的现代化转型这一无法抗拒的趋势，对于历史的认识可以使我们重新认识到自己的存在。历史并不是一个独立自存的客体，对于历史与传统的选择与理解，也是对自己的一种理解活动。在林佩芬与叶广芩的创作中，她们共同表现出对历史的浓厚兴趣，自明清易代至民国更迭，再到当代贵族的“平民化”的历史演变，在她们的笔下都有着鲜活的记载。面对着历史的沉浮与人性的丰富，她们所擅长的，首先是对符合自己审美要求与哲学观念的人物的捕捉。哈金认为，在作家创作有关历史的作品的时候，“所谓完整性只是一种印象，例如托尔斯泰笔下的社会最底层的人物很少，虽然有几个，但很苍白，他长于描写贵族社会，其作品中的俄罗斯经

① 吴承学 . 中国古典文学风格学 [M]. 北京 : 北京大学出版社 ,2011:148

验并不是完整的。曹雪芹笔下的焦大也只是点到为止。所以，小说很难做到对时代的完整展现，但可以创造完整性的感觉。”[①] 历史是无法被“整体”“彻底”地还原与重现的，优秀的作家在拆解与选择传统与历史并分别述之的时候，一定会赋予其伦理价值，并在对中国文化传统的历史书写中获得自己的信仰，折射出自身的历史观念。

在构建自己笔下的历史世界时，林佩芬与叶广芩虽然都能够以现代知识分子的眼光，采用一些现代性的叙事方式与技巧，但她们对待“时间”的态度有所差异，也由此形成了对历史叙述不同的分光折射效果。林佩芬的创作偏重自古不变的历时性，无论书写的是明清时期的帝王将相还是民国时期的时代负荷者，抑或是大陆去台的第二代“漂泊者”，由士大夫到当代知识分子兴废继绝、感时忧国的使命感始终是其关注与颂扬的对象，具有亘古不变的永恒意义，也更近似中国古典文学文以载道的诗文传统。而叶广芩则在书写有情众生的生活常态时以人带史，勾勒出因“现代性”的时间逼迫而改变的历史痕迹，传递出对传统文化失落的不安，多角度多领域地展现当代社会的“众声喧哗”之相，行文时的松弛有度带有作者自我人生经历的体验与升华，并富有中国古典文学戏曲与传奇小说的魅力。但是，无论她们的具体创作表现如何，这两位作家都继承了中国传统知识分子那种“士君子”特有的文化担当，以儒家淑世致用的精神，全心全意地投入现实的文化建设之中。林佩芬主持成立的历史文学学会对海峡两岸的文化交流做出了极大贡献，而叶广芩对秦岭生态环保的不断呼吁使得更多的人能够关注和投入到这项事业中去。两位作家的创作，为中国古典文脉的现代承续与中国传统文化的现代性转化，都提供了较好的范例。为身处历史转型时期的现代国人在旧与新、传统与现代之间不断进行的意义追问与寻求，进行着民族化的探索，也为中国传统文化担负起承前启后的传承使命。

无论在大陆还是台湾，精神文化传统的“斯文有传”弥足珍贵，也是抚平父辈与子辈之间隔膜与创伤的有效途径。而精神文化传统的主要载体就是文学。70 年代末台湾“退出联合国”的“外交挫折”激发了台湾的乡土文学运动，其后的“本土主义”者又对乡土文学中蕴含的“大中华主义”提出了挑战。林佩芬少年时的读书、成长经历可以视作“外省人”第二代台湾作家的缩影，但贵族家庭出身的特殊色彩，使得她的文化选择趋于“保守”或“传统”，既冷眼旁

① 傅小平 . 四分之三的沉默 / 当代文学对话录 [M]. 桂林 : 广西师范大学出版社 ,2016:11

观短暂的纷争，又对历时悠久的中华民族传统文化矢志不渝。叶广芩也有着相似的文化选择与创作趋向，她的人生阅历及艺术表现与同时期的大陆作家相比，也是在联系中又有着显著区别。她详细展现出对精致典雅的旗人文化没落的痛心，并将这种一度隐藏的族群认同升华为对中华民族的国族认同，倡导恢复中华传统文化中的精华部分。在中国由民族国家向文明国家迈进的当下，在温柔敦厚的古典传统百年间几近被连根拔除的价值真空状态中，在文本的召唤中恢复克己复礼、反求诸己的儒家心性之学，成为了林佩芬、叶广芩这样的作家的使命与目标。她们通过广泛借鉴、吸收古典文学中的美学形象来推动这一目标的具体实现，使得她们的作品从立意到意象的运用，都具有中国传统文学的诗魂，其人物形象与母题呈现的方式，也是彻底中国化的。这又一次说明中国人血液中的文化传统，不会因为地域与政治的隔阂而消失殆尽。政治的“悬挂”与地域的“放逐”所带来的郁结，反而酿就了文学上的宝贵经验。从实际效果来看，这两位作家在写作实践中既恢复了汉语自古以来的美学魅力，又能在其中贯穿对新历史时代所带来新生存体验的表达与思考，并能运用传统文化参与现实以生发新的内质，这都为当下的文学创作提供了诸多有益启示，也使得我们能进一步思索有关文化发展的复杂状态，建立更具包容性的历史观念与文学观念。

# 参考文献

## 一、著作

### 1. 文学作品

[1] 林佩芬 . 一九七八年春 [M]. 台北 : 尔雅出版社 ,1978
[2] 林佩芬 . 洞仙歌 [M]. 台北 : 采风出版社 ,1982
[3] 林佩芬 . 繁花过眼 [M]. 台北 : 海飞丽文化公司 ,1993
[4] 林佩芬 . 长城外面是故乡 [M]. 台北 : 幼狮文化事业公司 ,1995
[5] 林佩芬 . 两朝天子 [M]. 北京 : 中国友谊出版公司 ,1998
[6] 林佩芬 . 天问 [M]. 北京 : 中国友谊出版公司 ,1999
[7] 林佩芬 . 努尔哈赤 .[M]. 北京 : 作家出版社 ,2000
[8] 林佩芬 . 故梦 [M]. 桂林 : 广西师范大学出版社 ,2009
[9] 叶广芩 叶广宏 . 乾清门内 [M]. 未来出版社 ,1986
[10] 叶广芩 . 战争孤儿 [M]. 西安 : 华岳文艺出版社 ,1990
[11] 叶广芩 . 没有日记的罗敷河 [M]. 长春 : 吉林人民出版社 ,1998
[12] 叶广芩 . 风也萧萧雨也潇潇 [M]. 北京 : 北京出版社 ,1999
[13] 叶广芩 . 老县城 [M]. 北京 : 中国工人出版社 ,2004
[14] 叶广芩 . 青木川 [M]. 西安 : 太白文艺出版社 ,2007
[15] 叶广芩 . 采桑子 [M]. 北京 : 北京出版社 ,2009
[16] 叶广芩 . 颐和园的寂寞 [M]. 西安 : 西安出版社 ,2010
[17] 叶广芩 党高弟 . 秦岭无闲草 .[M] 吉林：长春出版社 ,2011
[18] 叶广芩 梁启慧 . 秦岭有生灵 .[M] 吉林：长春出版社 ,2011
[19] 叶广芩 . 状元媒 [M]. 北京 : 北京十月文艺出版社 ,2012
[20] 叶广芩 . 山鬼木客 .[M] 北京：北京十月文艺出版社 ,2015

[21] 叶广芩 . 黄连厚朴 [M]. 北京 : 北京十月文艺出版社 ,2015

[22] 叶广芩 . 琢玉记 [M]. 北京 : 北京十月文艺出版社 ,2015

[23] 叶广芩 . 去年天气旧亭台 [M]. 北京 : 北京十月文艺出版社 ,2016

[24] 叶广芩 . 贵妃东渡 .[M] 北京：作家出版社 ,2016

[25] 叶广芩 . 张家大哥 .[M] 西安：太白文艺出版社 ,2016

[26] 白先勇 . 台北人 [M]. 桂林 : 广西师范大学出版社 ,2015

[27] 丁玲 . 莎菲女士的日记 [M]. 北京 : 京华出版社 ,2005

[28] 金庸 . 笑傲江湖 [M]. 北京 : 生活 · 读书 · 新知三联书店 ,1994

[29] 老舍 . 离婚 [M]. 沈阳 : 万卷出版公司 ,2017

[30] 刘心武 . 钟鼓楼 [M]. 人民文学出版社 ,2005

[31] 鲁迅 . 鲁迅全集 [M]. 北京 : 人民文学出版社 ,2005

[32] 罗曼·罗兰著傅雷译 . 约翰 · 克利斯朵夫 [M]. 合肥：安徽文艺出版社 ,1998

[33] 毛泽东 . 毛泽东文集 [M]. 北京 : 人民出版社 ,1996

[34] 司马迁 . 史记 [M]. 长沙 : 岳麓书社 ,1988

[35] 汪曾祺 . 浮生杂忆 [M]. 北京 : 作家出版社 ,2016

[36] 王朔 . 无知者无畏 [M]. 沈阳 : 春风文艺出版社 ,2000

[37] 姚雪垠 . 李自成 [M]. 北京 : 人民文学出版社 ,2005

[38] 郁达夫 . 郁达夫文集 [M]. 广州 : 花城出版社 ,1982

[39] 赵树理 . 赵树理全集 [M]. 山西 : 北岳文艺出版社 ,1990

2. 学术著作

[1] 陈独秀 李大钊 瞿秋白主撰 . 新青年 [M]. 北京 : 中国书店 ,2011

[2] 陈建忠 . 台湾小说史论 [M]. 台北 : 麦田出版 ,2007

[3] 陈平原 . 中国小说叙事模式的演变 [M]. 北京 : 北京大学出版社 ,2010

[4] 陈晓明 . 众妙之门 重建文本细读的批评方法 [M]. 北京 : 北京大学出版社 ,2015

[5] 陈志平 . 文心雕龙译注 [M]. 上海 : 上海三联书店 ,2014

[6] 樊树志 . 晚明大变局 [M]. 北京 : 中华书局 ,2015

[7] 傅小平 . 四分之三的沉默 / 当代文学对话录 [M]. 桂林 : 广西师范大学出版社 ,2016

[8] 葛亮 . 此心安处亦吾乡 严歌苓的移民小说文化版图 [M]. 香港 : 三联书店

(香港)有限公司,2014

[9] 龚鹏程．中国传统文化十五讲[M]. 北京：北京大学版社,2006

[10] 龚鹏程．中国小说史论[M]. 北京：北京大学出版社,2008

[11] 古继堂．简明台湾文学史[M]. 北京：时事出版社,2002

[12] 顾随讲叶嘉莹笔记．中国古典文心[M]. 北京：北京大学出版社,2014

[13] 郭绍虞．郭绍虞说文论[M]. 上海：上海古籍出版社,2000

[14] 胡兰成．中国文学史话[M]. 上海：上海社会科学院出版社,2004

[15] 黄仁宇．万历十五年[M]. 北京：中华书局,2006

[16] 蒋勋．孤独六讲[M]. 桂林：广西师范大学出版社,2009

[17] 李泽厚．中国现代思想史论[M] 北京：生活·读书·新知三联书店,2008

[18] 刘登翰．遥望那一树缤纷台湾文学漫论[M]. 镇江：江苏大学出版社,2017

[19] 林载爵．女性主义与自由主义[M]. 台北：联经出版事业股份有限公司,2013

[20] 刘宁．当代陕西作家与秦地传统文化研究——以柳青、陈忠实和贾平凹为中心[M]. 北京：中国社会科学出版社,2014

[21] 刘小新．文化研究与文学问题[M]. 镇江：江苏大学出版社,2016

[22] 刘勰．文心雕龙[M]. 上海：上海古籍出版社，2015

[23] 吕正惠．战后台湾文学经验[M]. 北京：生活·读书·新知三联书店,2010

[24] 孟度．钱钟书、杨绛研究资料集[M]. 上海：华中师范大学出版社,1997

[25] 钱穆．国史新论[M]. 北京：生活·读书·新知三联书店,2001

[26] 钱穆．中国学术通义[M]. 北京：九州出版社,2012

[27] 孙犁．孙犁选集·理论[M]. 西安：陕西师范大学出版,2003

[28] 唐君毅．说中华民族之花果飘零[M]. 台北：三民书局有限公司,1974

[29] 唐君毅．中国近代思想家文库[M]. 北京：中国人民大学出版社,2015

[30] 童庆炳．中国古代文论的现代意义[M]. 北京：北京师范大学出版社,2001

[31] 王安忆．重建象牙塔[M]. 上海：上海远东出版社,1997

[32] 王德威．抒情传统与中国现代性[M]. 北京：生活·读书·新知三联书店,2010

[33] 王德威．想象中国的方法历史·小说·叙事[M]. 北京：生活·读书·新

知三联书店 ,2003

[34] 王德威 . 写实主义小说的虚构：茅盾、老舍、沈从文 [M]. 上海 : 复旦大学出版社 ,2011

[35] 王诺 . 生态批评与生态思想 [M]. 北京：人民出版社 ,2013

[36] 王庆生 . 中国当代文学史 [M]. 北京 : 高等教育出版社 ,2003

[37] 王运熙 . 中古文论要义十讲 [M]. 上海 : 复旦大学出版社 ,2004

[38] 吴承学 . 中国古典文学风格学 [M]. 北京 : 北京大学出版社 ,2011

[39] 许倬云 . 历史分光镜 [M]. 北京 : 中华书局 ,2015

[40] 许建辉 . 姚雪垠传 [M]. 武汉 : 湖北人民出版社 ,2007

[41] 严家炎 . 二十世纪中国文学史 [M]. 北京 : 高等教育出版社 ,2010

[42] 杨义 . 文学地理学会通 [M]. 北京：中国社会科学出版社 ,2013

[43] 於可训主编 . 对话著名作家 [M]. 郑州 : 河南文艺出版社 ,2009

[44] 余英时 . 现代儒学的回顾与展望 [M]. 北京 : 生活 · 读书 · 新知三联书店 ,2004

[45] 张岱年、程宜山 . 中国文化论争 [M]. 北京：中国人民大学出版社，2006

[46] 张炜 . 陶渊明的遗产 [M]. 北京 : 中华书局 ,2016

[47] 赵园 . 北京：城与人 [M]. 北京：北京大学出版社，2002

[48] 周志强 . 汉语形象中的现代文人自我汪曾祺后期小说语言研究 [M]. 北京 : 北京大学出版社 ,2009

[49] 周作人 . 自己的园地 [M]. 北京 : 人民文学出版社 ,1988

[50] 朱栋霖 . 中国现代文学史 1917-2012[M]. 北京 : 北京大学出版社 ,2014

[51] 宗白华 . 艺境 [M]. 北京：北京大学出版社 ,2003

[52] 查建英 . 八十年代访谈录 [M]. 北京 : 生活 · 读书 · 新知三联书店 ,2006

[53] [ 日 ] 谷川道雄著李济沧译 . 隋唐帝国形成史论 [M]. 上海 : 上海古籍出版社 .2011

[54] [ 意 ] 克罗齐 . 历史学的理论和历史 [M]. 北京：中国社会科学出版社 ,2005

[55] [ 法 ] 古斯塔夫 · 勒庞 . 乌合之众 : 大众心理研究 [M]. 北京 : 中央编译出版社 ,2004

[56] [ 德 ] 莫宜佳 . 中国中短篇叙事文学史 [M]. 上海：华东师范大学出版

社 ,2008

[57]［美］塞缪尔·亨廷顿 . 文明的冲突与世界秩序的重建 [M]. 北京 : 新华出版社 ,2010

## 二、学术论文

1. 期刊论文

[1] 白军芳 . 叶广芩家族小说的文化学意义 [J]. 小说评论 ,2010(5)

[2] 白烨 . 叶广芩的变亦不变——读《扶桑馆》有感 [J]. 北京文学 ,2015(5)

[3] 陈鼓应 干春松 . 学术与政治之间 :“台大哲学系事件”始末——陈鼓应的记忆 [J]. 学术月刊 ,2013（5）

[4] 陈思和 . 有关 20 世纪中国文学史研究的几个问题 [J]. 文学评论 ,2016(6)

[5] 陈晓明 . 重建文本细读的批评方法 [J]. 创作与评论 ,2014(6)

[6] 从维熙 . 初读《天问——明末春秋》[J]. 北京社会科学 ,1997(1)

[7] 房广莹 . 叶广芩家族小说的空间化书写——以《采桑子》为例 [J],2016(8)

[8] 古大勇 . 二元的主体立场与开放的复合型文本——评台湾满族作家林佩芬的长篇小说《故梦》[J]. 民族文学研究，2013（6）

[9] 古继堂 . 凝神纳百态挥笔洒纵横——论林佩芬的《天问》[J]. 民族文学研究，1998(1)

[10] 古继堂 . 鱼游大海，鸟归林——谈林佩芬近年来的创作 [J]. 民族文学 ,2014(9)

[11] 谷仓 . 寻觅精神家园——叶广芩小说漫议 [J]. 小说评论 ,1994(2)

[12] 关纪新 . 兴替由来岂瞬间——评台湾女作家林佩芬的长篇小说《努尔哈赤》[J]. 满族研究 ,2001(4)

[13] 关纪新 . 当代港台及海外满族作家素描 [J]. 中国文化研究 ,2013, 夏

[14] 黄红春 王东梅 . 叶广芩与老舍京味小说的比较 [J]. 满族研究 ,2016（4）

[15] 季红真 王雅洁 . 衰败文化中的家族、历史与自然——论叶广芩的小说创作 [J]. 南开大学学报 ( 哲学社会科学版 ),2010(6)

[16] 李春燕 周燕芬 . 行走与超越——叶广芩创作论 [J]. 小说评论 ,2008(5)

[17] 李敬泽 . 红楼梦影响纵横谈 [J]. 红楼梦学刊 ,2010(4)

[18] 李玫 . 空间的生态伦理意义与话语形态——叶广芩秦岭系列文本解读 [J]. 民族文学研究 ,2009 (4)

[19] 李艳妮 . 生态文学的美学之维——论叶广芩的生态文学创作 [J]. 沈阳大学学报 ( 社会科学版 ),2008 (2)

[20] 李永东 . 戏剧家族与家族的戏剧性解体——解读满族作家叶广芩的家族小说 [J] . 民族文学研究 ,2008(1)

[21] 李永东 . 异质因素与贵族世家的解体——评叶广芩《采桑子》[J]. 创作与评论 ,2008(2)

[22] 林佩芬 . 为中国历史文学做贡献 [J]. 北京社会科学 ,1997(1)

[23] 刘大先 . 定位京味文学的三重坐标 [J]. 韶关学院学报 ,2008(11)

[24] 刘大先 . 叙事作为行动 : 少数民族文学的文化记忆问题 [J]. 南方文坛 ,2013(1)

[25] 刘恩铭 . 再造民族灵魂的呐喊——谈林佩芬历史小说《天问明末春秋》[J]. 满族研究 ,1996(3)

[26] 刘树元 . 陈墨 , 京华——叶广芩近期小说创作 [J]. 名作欣赏 ,2012(7)

[27] 吕智敏 . 林佩芬的使命感 [J]. 北京社会科学 ,1997(1)

[28] 南帆 . 文学理论 : 本土与开放 [J]. 福建论坛 · 人文社会科学版 ,2009(3)

[29] 潘超青 . 历史视域下的伦理感怀与人文意识——叶广芩写作的多维度观照 [J]. 民族文学研究，2016（5）

[30] 潘超青 . 置身于历史中的旁观者——读叶广芩的《日本故事》[J]. 民族文学研究 ,2008(4)

[31] 施战军 李翠芳 . 情智共生的雅致写作——叶广芩小说论 [J]. 当代作家评论 ,2014(1)

[32] 孙郁 . 文体的隐秘 [J]. 当代作家评论 ,2001(5)

[33] 孙郁 . 新旧之间 [J]. 收获 ,2011(1)

[34] 郃科祥 . 作家的身份及其性别体认——由《日本故事》观照叶广芩作品的超性别现象 [J]. 小说评论 ,2007(6)

[35] 唐克龙 . 动物的“高贵与庄严”: 论叶广芩的动物叙事 [J]. 民族文学研究 ,2006(1)

[36] 王家诚 . 溥心畬年谱 [J]. 新美域 ,2005(2)

[37] 王鹏程 袁方 . 在历史的缝隙里窥视“土匪”的秘密——论叶广芩的《青木川》[J]. 民族文学研究 ,2008 (1)

[38] 王一川 . 京味文学：绝响中换味 [J]. 北京社会科学 ,2006(6)

[39] 席扬 林山 . 中国贵族精神的丰富性表达——再论叶广芩家族叙事的文化图谱与意义指涉 [J]. 中南民族大学学报 ( 人文社会科学版 ),2012(5)

[40] 谢有顺 . 接近那些复杂的灵魂——《中国当代作家评传丛书》序 [J]. 南方文坛 ,2005(1)

[41] 谢有顺 . 散文的后面站着一个人 [J]. 当代作家评论 ,2006(3)

[42] 邢小利 . 文人情怀史家眼光——叶广芩论 [J]. 中国作家 ,2010(9)

[43] 杨秀英 . 论叶广芩写作的文化性 [J]. 小说评论 ,2010(5)

[44] 姚雪垠 . 创作体会漫笔——《李自成》第五卷创作情况汇报 [J]. 文艺理论与批评 ,1990(1)

[45] 姚雪垠 . 关于毛主席对我写《李自成》的关怀和支持及其它 [J]. 华中师范大学学报 ( 哲社版 )，1994(1).

[46] 叶广芩 . 但写真情并实境 任他埋没与流传 [J]. 时代文学 ,2004(1)

[47] 叶广荃 . 走出叶广芩 [J]. 时代文学 ,2004(1)

[48] 於可训 . 近十年文化散文创作评述 [J]. 文艺评论 ,2003(2)

[49] 张志扬 . 归根复命——古典学的民族文化种姓 [J]. 海南大学学报 ,2013(1)

[50] 周燕芬 . 叶广芩 . 行走中的写作 [J]. 小说评论 ,2008（5）

[51] 周燕芬 . 历史的文学生成法——唐浩明、林佩芬创作比较论 [J]. 理论与创作 ,2007(5)

[52] 周燕芬 . 林佩芬：历史小说的另一种个性书写——感知《努尔哈赤》[J]. 小说评论 ,2001(6)

[53] 周燕芬 . 叶广芩：安置灵魂的一种写作 [J]. 小说评论 ,1998(4)

[54] 宗原 . 海峡两岸学者举行《满族历史与历史小说研讨会》[J]. 北京社会科学 ,1996(4)

[55] DAVID DER-WEI WANG.The Literary Mind and the Carving of Modernities,[J]. The Journal of Chinese Literature and Culture, 2016: November:203-214

2. 学位论文

[1] 程小强 . 张爱玲晚期文学论 [D]. 西安：陕西师范大学 ,2015

[2] 宋嵩 . 发现与重读——20 世纪 80 年代“被遮蔽”历史小说研究 [D]. 济南：山东师范大学 ,2014

[3] 杨君宁 . 民国显影・台湾轨迹——跨海知识人的历史记忆与文化实践:

以齐邦媛为中心 [D]. 北京 : 中国社会科学院研究生院 ,2015

[4] 尤作勇 .“现代文学”的歧路——白先勇陈若曦小说创作比较研究 [D]. 成都 : 四川大学 ,2009

[5] 翟瑞青 . 童年经验对现代作家创作的影响及其呈现 [D]. 济南 : 山东大学 ,2013

[6] 张文东 . 传奇叙事与中国当代小说 [D]. 长春 : 东北师范大学 ,2013

三、报刊文章

[1] 叶广芩 . 在同一单元里 [J]. 延河 .1981(9)

[2] 叶广芩 . 溥仪先生晚年轶事 [J]. 延河 .1982(2)

[3] 公孙嬿 . 林佩芬有语“问天”[N]. 台湾日报 .1984-5-21

[4] 郭明福 . 悲怆若此，天道宁论——我读《天问》[N]. 新生报 .1984-6-14

[5] 勾勒充满人性的历史时空林佩芬追求文史哲合一的境界 [J].（台湾）大同杂志 .1995(5)

[6] 杜鹃 . 林佩芬：当我与历史人物晤面 .[N]. 辽宁日报 .2001-10-26

[7] 刘大先 .《故梦》：一个世纪的爱与死 .[N]. 中国民族报 .2012-9-7

[8] 刘大先 . 温情守望礼仪中国——以京味作家叶广芩作品为例 .[N]. 光明日报 .2016-11-8

[9] 金莹 . 小说集《去年天气旧亭台》出版叶广芩 : 京城有旧梦 .[N]. 文学报 .2016-7-21

以下为作者林佩芬提供 :

[10] 鉴往知来的博学鸿儒——贡献于史学的钱穆先生 [J].（台湾）文艺月刊 .1984(5)

[11] 废墟的沉思 [J].( 台湾 ) 明道文艺 .1998(10)

[12] 外双溪的回忆——忆钱穆先生 [J].( 台湾 ) 明道文艺 .2006(8)

[13] 芳菲恻恻 ——记一九七八年 [J].( 台湾 ) 明道文艺 .2004(11)

[14] 惊涛拍岸——卷起千堆雪 [N]. 台湾日报 .1999-10-24

[15] 登天一阁 [N] 中央日报 .1998-11-13

[16] 寒食 [N].( 台湾 ) 中华日报 .1997-1-19

[17] 洛阳故梦 [N].( 台湾 ) 中华日报 .1995-11-29

[18] 明末诗史吴梅村（2002 年台湾历史文学学会与西北大学联合举办“海

峡两岸历史、文学与戏剧的交流”研讨会会议论文，部分发表于台湾《历史月刊》、《明道文艺》及大陆《文史知识》)

[19] 山高水长 [N]. 台湾日报 .1989-11-20

[20] 山海关 [N]. 台湾日报 .1991-5-26

[21] 世上如侬有几人 [N]. 台湾日报 .1989-11-4

[22] 王孙终古泣天涯 [J].( 台湾 ) 历史月刊 .1999(12)

[23] 永历三十七年 [N]. 台湾日报 .2000-1-5

[24] 诸法空相 [N].( 台湾 ) 中华日报 .1998-11-3

[25] 壮岁旌旗拥万夫 [N]. 台湾日报 .1989-11-14

[26] 于万里雪凝处成佛 [N].( 台湾 ) 中华日报 .1996-6-9

[27] 历史的伤口 [N]. 台湾日报 .1989-12-31

[28] 生死界 [N]. 自由时报 .1999-11-5

[29] 义归乎翰藻·事出于沉思（2003 年 11 月浙江大学主办“现当代历史题材创作”国际研讨会会议发表论文，收录于《中国历史文学的世纪之旅》，吴秀明主编，春风文艺出版社 2004

# 后　记

“学不至于乐，不可谓之学”。这部书是在博士论文的基础上完成的，在与紧张和压力相伴之余，整个写作也是一次愉悦的心游旅程。首先要感谢的是我的导师周燕芬教授。在几乎两年的时间里，我徘徊在“华人文学研究”的选题方向中，却迟迟找不准自己的目标。导师也很焦虑，但从未强行给我规定一个更便于“操作”的题目，而是鼓励我继续根据自己的喜好与特点选择自己真正想做的研究，并最终帮助我确定了对林佩芬与叶广芩这两位作家的研究方向，将她所有的相关资料都借了给我。周老师自己对这两位老师的作品均下过很大的研究功夫，也给予我很多的启发。在当时的条件下，我尽可能地收集了有关两位作家的作品、报道、访谈等资料，并将它们逐一整理，做好研究的准备工作。通过撰写论文，对明清历史、中国思想文化及文学写作方面的问题都有了新的积累与思考，每天规律地埋首书本、运指如飞的过程现在想来也是一种难得的体验和享受。以前从未撰写过这么大体量的文章，对我的意志品格，不啻为一种磨炼。在撰写论文的时候，我一直期勉自己拥有导师从容大气的学术研究风范，这也将是自己今后继续努力的方向。

周老师严谨的实证态度，使她不遗余力地为我争取结识两位作家老师的机会。与林佩芬老师相识于 2012 年的暑假，我受林老师之邀，去北京社会科学院满学所参加《故梦》的作品研讨会。获益良多的同时，也近距离接触了这位性格爽朗、出口成章，时常开怀大笑的台湾作家，发现她是如此的平易近人而又满腹经纶。随着越来越多的接触，逐渐了解了她通过自己的创作延续传统文化命脉的心志抱负。在这个物欲横流的红尘世界中，林佩芬老师有所为而有所不为的坚持，让我似乎看到了古典中国知识分子的身影。她对自己的要求是“尽其在我”的严格，对朋友却热情细心，在得知我想要孩子的时候，专门送我一幅溥心畬先生的书法作品，因为其中有着“石榴结子”的美好祝愿。如今，我的梦想已经成真，而林老师则在撰写为青少年演绎的“论语课堂”剧本，希望我的孩子将来也能从中受益，得到传统文化的滋养，使他的心灵在飞速发展的现代社会不致干涸。

对叶广芩老师的喜爱是从十多年前读硕士时就开始的，我陶醉于她作品取材的广泛与叙述的深挚，也参与过几次西安万邦书店举行的作品首发仪式，远距离欣赏着她端正的坐姿与渊雅的言谈。直到参加2016年万邦书店在汉中留坝举行“走读秦岭”的活动，才第一次近距离接触到叶老师。那次活动予人印象最深刻的，是千里迢迢从北京赶赴秦岭大山中，只为见叶老师一面的“粉丝”于智，当晚她的即兴发言，显示出对叶老师作品非同寻常的熟稔，给予我不小的震撼。第二天早上，我们与叶老师在幽静的书房晨曦中随意闲聊，于智展示了她从叶老师作品中考据出的“叶氏家谱”，叶老师戏称“一个外人对我们家的事，比我还熟悉”，我领略到了叶老师的幽默。在谈到自己的家事时，叶老师居然一度哽咽，则让我看到了她淡泊的外表下重情笃义的心。之后，我加入了叶老师的粉丝群“豆汁记”，不但和饱读诗书的于智成为了好友，还结识了植物专家党高弟老师，精通曲艺的“西京书生”，在我们与叶老师的聚会上带着擀面皮的宝鸡厨师小孙……无论大家职业、年龄如何，各个身怀绝艺，热爱文学。与“豆汁记”的朋友见面，“读叶论叶”并相偕去听秦腔、踏访叶老师作品中的“名胜”之地，欣赏大家撰写的美文，于我都是特别愉快的体验。文学与生活在这时显得那样形神合一，这才是我心爱的文学，它与情和人的关系应该是自然活泼的。

在当今时代，文学的功能与意义一直在被探讨着。美国人尼尔·波兹曼在《娱乐至死》中提出了“阐释时代”的结束：“在它们（摄影术与电报）的语言中，没有关联，没有语境，没有历史，没有任何意义，它们拥有的是用趣味代替复杂而连贯的思想。”波兹曼认为电视无法延伸和扩展文字文化。互联网和智能手机的出现，加速了图像和瞬息时刻的危险结合，在这种纷杂的生活中，我们每个人的“附近”正在消失。人类目前的心理问题越来越严重，精神的异化归根到底是因社会的极速发展，使人与他人的关系、人与自然的关系都显得那样脆弱。我们还有没有可能修复这种脆弱？我仍想向具有家园归属意义的中国传统文化与文学去寻求答案。即使在严谨律己的宋代，宋儒程颢也拒绝了别人建议除掉窗前的“茂草数砌”，因为“欲见造化生意”。中国文学家大多以“乐意相关禽对语，生香不断树交花”为其会心，“何必兰与菊，生意总欣然”为其选题。儒家以生为绝对之善:“天地之大德曰生”,对世界毫无厌倦与诅咒之意。这种赞美人生的哲学态度使得中国人非常重视世间之境,所谓仁者之爱,爱人者与被爱者都在此一世间。佛教的施爱者超越于生死流转的彼岸,对在生死流转中挣扎的被爱者不胜哀怜悯恤;柏拉图的虔敬之爱出自对理念世界中至高无上的真善之美的崇仰;基督教的施爱出自上帝之心。只有中国人视真善美为“道”,而“道唯人能弘之,非道能弘人”。所以“天以阳生万物,圣人法天以仁育万物”。人与自然相对时既不匍匐在地也不分别对抗,而是休戚与共心意相通,这是一种人的主体精神甚为重要的生机流畅的文化。人生不能无时无刻都去苦存乐,如何积极有所乐,还在于人的主体精神。返照自身、择所应为、发愤忘食、自强不息与屈肱枕乐、箪食瓢饮并非直接来自人的生物本能,而在于生命之自律自新与开展。无论林佩芬与叶广芩老师的个人生命际遇,还是她们笔下那些富于民族记忆与风骨的诗性言说,都充盈着对自然与人世的眷爱,及对自身的自律与超越,对她们的研究也就伴随着一种“归乡”的欣喜。在文学史中,这种与主流有些距离的“民族主义”并非寄托族群意识的乡土文学,而是属于知识与教化带来的理性的省思,那余音绕梁的回味或许能化解一些“现代化”带来的喧嚣与躁淤。

中国历久弥新的历史文化,从我选择读中文专业开始就一直令我迷醉。难忘在青木川遇到操着一口标准普通话,落落大方邀请我们去他家参观的老人;在老县城夜半潺潺的水声与星光中,保护站的工作人员与我们谈起环保时的痛心表情。2016 年夏天,在京城原礼亲王府邸的蝉鸣声中,我和一袭天蓝色衣裙的林佩芬老师有过倾心交谈;在颐和园盛放的荷花清香中,于智带我找到叶广芩老师散文中的景福阁和大戏台,特别是在戏台东边,我们在叶老师五十年代曾经居住过的“小红门”外默默追想;与党高弟老师一起去叶老师家拜访时正是一个明媚的秋日,阳光透过白色的纱帘,洒向在“西京书生”带去的每本著作上一丝不苟签下自己名字的叶老师,那一瞬间的岁月静好,让我想起《青木川》里的学生们终生感念的谢静仪校长……期待自己能继续保持撰写此书磨炼出的一点意志,去克服之前“兴趣颇广、心得全无”的浮躁,自此研究不辍,像周燕芬老师与林佩芬、叶广芩两位老师一样,慢慢积累形成自己的一方天地。